MEMORY HOUSE
记忆坊文化

福禄丸子 著

谁说我不喜欢她

（全两册）下

长江出版社

图书在版编目（CIP）数据

谁说我不喜欢她 / 福禄丸子著. -- 武汉 : 长江出版社, 2024.9. -- ISBN 978-7-5492-9603-3

I. I247.5

中国国家版本馆CIP数据核字第20249AR413号

谁说我不喜欢她 / 福禄丸子 著
SHEISHUOWOBUXIHUANTA

出　　版	长江出版社
	（武汉市解放大道1863号 邮政编码：430010）
选题策划	北京记忆坊文化
市场发行	长江出版社发行部
网　　址	http://www.cjpress.cn
责任编辑	梁　琰
特约编辑	莫桃桃
封面设计	小贾设计
版式设计	天　缈
封面绘图	KEHAO
印　　刷	环球东方(北京)印务有限公司
版　　次	2024年9月第1版
印　　次	2024年9月第1次印刷
开　　本	880mm × 1230mm 1/32
印　　张	18
字　　数	520千字
书　　号	ISBN 978-7-5492-9603-3
定　　价	72.00元（全两册）

版权所有，翻版必究。如有质量问题，请联系本社退换。
电话：027-82926557（总编室）027-82926806（市场营销部）

目 录
Contents

第七章　生日快乐	001
第八章　没有预期的重逢	024
第九章　不要躲开	079
第十章　表白密码	159
第十一章　幸福之门	205
番外一　小事儿	248
番外二　分开的那些年	255
番外三　梦中人	261

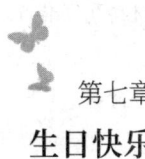

第七章
生日快乐

冷战就是从这一天开始的,差不多半个月的时间,两人都没怎么说话,也没有见面。

反正他俩一直是这样,她不找他,他永远不会主动联系她。

她知道唐劲风在忙着照顾母亲,安排手术的事,当然还有更重要的,是要筹到足够多的医药费。

其实之前他四处奔走,视频和新闻报道铺天盖地的时候,已经有一些自发的善款进来。包括戴鹰说的,有律所伸出橄榄枝,也是以奖学金的形式提供一笔钱给他解决现实的难题,再图他今后入职为律所效力。

但数量上肯定是不够的。

高月卖二手奢侈品得来的那笔钱一直没有机会给他,现在要给,恐怕他也不会要了。

正好穆锦云他们问她生日想要什么礼物,她一改之前大吵大闹的样子,特别淡定地说:"你们要真想让我高兴的话,以我的名义,给家庭困难的器官移植患者设立一个基金吧。手续怎么办我不懂,但钱我可以出,多少算尽点力。"

看穆锦云愣了一下，似乎还有点犹豫，高月又补充道："交换生的材料我都准备好了，随时可以走。"

爸妈果然没再说什么，慈善基金的事情就安排下去了，按部就班地进行着。

穆锦云甚至为此专门在名下的酒店搞了一场慈善晚宴，为基金会筹款，顺便也为高月庆生，邀请的都是平时会跟她一起打牌的老姐妹、生意伙伴和他们的子女。

高月对这样的盛装晚宴一点兴趣也没有，但为了这个基金会的名头，她不得不参加。

之前卖二手奢侈品得来的那笔钱，她已经通过陆潜提供给唐劲风父母这次的移植使用，当然她的名头是省去了的。

她也不想让他觉得欠她更多。

唐劲风的爸妈做手术那天，她还是去了一趟医院。

这件事因为关注的人太多，各路媒体包括A大的领导也都到了现场，高月就没走近，去了也只是远远地看着。

唐劲风的父母都躺在床车上，好像也不知道该说些什么才好，更多的是沉默，反倒是周围的人说了很多话，他们也就只是点头和感谢。

唐劲风夹在中间，明明父母都在身边，却又好像有说不出的孤独感。

这样的场景很少见，手术室门外还有警察看守，新闻媒体的工作者来得比医护人员还要多。

唐劲风中途几次想要去外面透透气，都被各路人马拦了下来。

等到差不多午饭时间，高月想了想，叫了对面日料店的定食外卖，送来之后指明发给在场所有关注这个案子的人。

这家日料店是米其林三星，平时午间优惠套餐也要近百元一份，大家的注意力都被这高级外卖给吸引了，她才有机会突破重围，拉起唐劲风推开了旁边楼道间的门。

他看到她似乎有点惊讶，两人都记不清有多久没好好说过话了，开口有些艰涩："你怎么来了？"

"我想来看看你妈妈，没想到不相干的人太多了，就没过去。"

"外卖是你叫的？"

"嗯。"

他心头一暖：“那你吃了没有？”

她摇头，又点头，然后才从随身的包里拿出一张帖子给他：“后天我生日，有个派对，想邀请你也来参加。”

他没接，蹙着眉看着那淡雅的粉色信封：“这两天我可能走不开。”

他父母都刚刚做完手术，为人子女，他是必须要在床前照料的。

她知道啊，她怎么会不知道……

大概就是因为知道，她才会特意选在这个时间邀请他来。

他不露面，她就会记住他的薄情和不好，而忘记他的那些好了。

那样她就不会那么喜欢他了。

她把帖子塞给他道："没关系，我就是来通知一下，你来不来都不要紧，照顾爸妈重要。"

他眉间的褶皱更深了，眼神仿佛是在看一个不谙世事的小孩。

她朝他笑了笑："我给医生和护士也叫了外卖，送到护士站了，还有你的份也在里面，大家都辛苦了，你们要记得吃啊！这家日料店的定食挺好吃的。"

说完她再没勇气多看他，或者多要求他什么，转身跑了。

慈善晚宴很热闹，胡悦、林舒眉和顾想想她们都是第一次受邀参加这样的活动，尽管努力装得矜持，还是仿若三个刘姥姥进了大观园，看什么都是西洋景一般稀罕。

"哇，大家的礼服都好好看啊！"顾想想喜欢亮晶晶的东西的喜好是不会变了，看到那些像把整片星空穿在身上的名媛和贵妇，眼睛都直了。

她们几个在各自的衣橱里千挑万选也没找到合适的裙子，最后都统一穿了最安全的小黑裙，在这样星光熠熠的场合实在是暗淡到变成了布景板。

林舒眉还算镇定，细细抿着手里那个酥挞上的一小堆鱼子酱："等你以后做了酿酒师，这种场合多着呢，各种品酒晚宴都要参加，看得多

003

了也就不稀奇了。"

何况她们今天是高月亲自下帖子请来的贵客，抬头挺胸就对了。

胡悦四下看了一圈："大学同学里她就请了我们几个吗？她的唐唐小甜心不来？"

"听说他爸妈这两天做了肾脏移植手术，他估计很忙吧，大概来不了。"

"唐甜心没来，倒是有别的甜心来了。"林舒眉抬了抬下巴。

然后胡悦和顾想想就看到了戴鹰。

他今天也人模狗样地穿了身西服，打了领结，头发大概还打了发蜡，梳理得一丝不苟，装成熟。

他也看到了她们，端了个杯子过来，还挺绅士："你们来啦？"

胡悦和林舒眉都不约而同地眼睛朝上看，走开了。

戴鹰摸了摸鼻子道："啧，我难得打扮成这样，她们怎么一脸不待见的表情？"

"不是不待见。"顾想想嘴里塞满了食物，好不容易吞下去一些，拍拍胸口道，"嗯……你这样挺好看的，很帅。"

"是吧？"他有点得意，又仔细打量她一眼，"你今儿也打扮得很漂亮。"

顾想想红了脸，顾左右而言他："对了，月儿呢，怎么没看见她？"

"她跟她妈妈在一起呢，等会儿要准备筹款的仪式，今晚有的忙了。"

高月是今晚当仁不让的主角。

她化了精致的妆容，把长发拉出了特别漂亮蓬松的卷，束成高高的马尾，优雅曳地的华伦天奴礼服在腰间小小一收，勾勒出她高挑的身材，露出奶油色的肩头。

穆锦云一身银色和黑色交织的礼服，走到她面前，低声问她："准备好了吗？"

高月点头。

巨大的生日蛋糕已经推到了台前，香槟塔里的酒像是永远无穷无尽。衣香鬓影，灯光璀璨，有冷焰火开出火树银花，簇拥着她走到所有人的掌声和祝福中来。

她考上A大那一年的生日排场都没有这么大。

其实都是爸妈为了让她高兴，不仅顺她的意思创立慈善基金，还广而告之，用这样好的名声为她庆生。

他们是真的疼爱她，她要什么都满足她，只在她喜欢唐劲风这一件事上除外。

可能她的叛逆期来得太晚吧，妈妈扶着她的手一起把蛋糕切开的时候，她竟然没有一点喜悦的感觉。

酒店偌大的宴会厅被生日歌和粉白的气球塞得满满当当的，那些美丽的生日礼物，大大小小都堆在台前的长桌上。

高月没有拆礼物的心思，甚至没有吃东西的心思，全身心被约束捆绑着的感觉，让她想念去年过生日时专门回校请室友们吃的那顿路边摊。

滚烫的铁钎子串着肉片、鸡翅和年糕，撒满孜然和辣椒面，烤得外焦里嫩，吃起来别提多过瘾了。再来一提啤酒或者冰镇的果汁，简直是人间极乐的事。

她想起来就有点怏怏的，排场再大，有再多宾客，她始终觉得少了点什么。

唐劲风终究没有来，没有短信，没有电话，没有礼物，什么都没有。

或许在他眼里，她根本没有那么重要，跟一个普通同学差不多。

有事忙，他也就没有什么特殊表示了。

生日会后才是慈善基金设立的环节，全套流程她妈妈穆女士已经安排稳妥了。

本来还有一段写好的发言稿，让她上去念，因为毕竟是在她生日时成立的项目，由寿星来开启似乎比较有纪念意义。

她推托妈妈代劳，毕竟妈妈在商界有那样的威望，何况妈妈总说二十年前的那一天是她生平最骄傲的日子。

剩下的觥筹交错几乎就和她没什么关系了。她游走在各宾客之间，尤其那些跟她家世相当的客人，认识的不认识的，甭管以谁的名义请来的，她都要一一去打个招呼。

005

走到林舒眉她们几个这里的时候，高月端香槟酒杯的手都酸了，整个人疲惫不堪。

"我为什么这么想不开，搞这个生日会啊？"她嘟囔着。

"为了你爸妈高兴吧？"

"自己也高兴啊，你看你今天多漂亮、多耀眼啊，还有那么多礼物！"

"怕是为了某个没到场的人吧？"林舒眉一针见血道，"为了引起他的注意，也想看看他到底会不会来。"

看破不说破的美德是不能指望这位姐妹有了。

"你们还好吗？有没有吃饱啊？"她还是忍不住关心502的小伙伴们，"蛋糕分到这边来了吗？"

"分了分了，好大一块，超好吃的！"顾想想一谈起吃喝就兴奋，端起盘子让高月看那细腻绵软的奶油，"这蛋糕是哪里出品的？好想请教一下是怎么做成这样的。"

"是我妈他们酒店的西餐厅做的，首席西点师在法国得过奖，糕点做得很好吃，很受欢迎。喜欢的话，我以后也经常带点回去给你们尝尝。"

说完看到几个人都看着她，她忽然意识到，她们可能没有多少以后了。

"你真的要出国吗？"胡悦问。

"嗯，交流生计划，已经确定了。"

"什么时候走？"

"还没定，我……可能先回一趟北京，跟家里的老人说一声再走。"她不想谈这么伤感的话题，话锋一转道，"你们都吃饱了吗？要不要再加点什么点心？"

"我们打算回去再在大门口吃个烤串。"林舒眉摆手道，"你就别操心我们了，去忙你的吧！"

"那你们等会儿怎么回去啊，打车？"

顾想想道："戴鹰说送我们来着……咦，他人呢，刚才还在这儿啊！"

006

"别指望他了。"胡悦翻了个白眼,"他喝了香槟,香槟也是酒啊,而且还喝了不止一杯,万一酒驾被抓,明儿要上本地新闻了,他爸妈得气死吧!"

他敢开,她还不敢坐呢!

顾想想咬唇:"那我去找找他吧……"

胡悦本来想说:他那么大个人,你还怕他丢了?再说他跟咱们又不一样,这种场面和到场的人都很熟悉了,不会有什么事。

但话到嘴边,她还是没说出口。

手机里嘀的一声进来一条消息,周梧发来的:"我给你们占好位子了,今晚吃烤串我请客哦!"

胡悦抬头问道:"时候不早了,等会儿打车都要算夜间费了,走吗?"

顾想想还是去找戴鹰了。

"走啊,月儿我们走了。"林舒眉跟高月打招呼,"想想等会儿跟你回去算了,你今晚不回学校了吧?寝室就不给你留门了。"

"好,我等会儿安排,让我妈的司机送她回去,或者就住我这儿。"

她指了指楼上,法华丽嘉酒店多的是房间。

她的生日,总有个总统套房留给她,俯瞰A城的无敌夜景,收到的所有礼物也会被送到那个房间里。

算是她的一点恶趣味吧,像小时候那样,她很享受坐在一堆华丽包装纸里头拆礼物的感觉。

但现在有没有这个环节都不重要了,她的心思显然并不在过生日上。

晚宴持续到很晚。有人约了夜店续摊,要拉高月一起去,她推了,实在跟他们玩不到一块儿去,而且今天她实在是累了。

拉锯了很久他们才肯罢休,酒店花园外一度被各色马达轰鸣的跑车堵满,确定她不去了,车子才——拉风地驶离。

她老爸为了避嫌,她的生日会通常就是看她吹个蜡烛就走了,今天大概是因为基金会的事他不想掺和,又或者还在生她的气,脸都没有露。

穆锦云出来的时候,看她坐在外面的长椅上发呆,关切地把肩上的外套披在了她身上:"进去吧,晚上有点凉了。礼物给你送上去了,你要今晚拆,还是明天再说?今儿要回家吗?"

"今晚拆吧。妈,你别管我了,回去陪着老爸,他等会儿又说我们不跟他玩,孤寡老人什么的。"

穆锦云微微叹了口气:"你还在生他的气?"

高月摇头:"没有,我知道你们是为了我好。我……就是需要点时间消化一下。"

"嗯,你尽力了,别太苛责自己,知道吗?小唐爸妈的事,已经是最好的结果了,基金会以后还能帮到更多像他们那样的人……"

"妈。"

"好、好,我不说了,你早点休息,去拆礼物吧。这么晚了,也别出去玩了,啊?"

"嗯。对了,张叔有空吗?能不能先帮我送想想回学校?"

"想想啊,我刚才看到她跟戴鹰在一起,上车走了啊!"

"上了谁的车啊?"

"当然是戴鹰的了,他今儿那辆车也没买多久吧,我都没见过。"

妈妈走后,高月不放心,拿出手机打给顾想想,她那边一接通,传来的就是快把人掀翻的声浪。

他们居然跟那帮人去了夜店。

戴鹰跟他们熟,盛情难却,顾想想不愿意让他酒后开车,他就把她当代驾了。

这家伙,真够可以的。

没办法,高月只得嘱咐顾想想注意安全,早点回去,才把电话挂了。

夜凉如水,热闹一下子镜花水月般就散了,高月拉了拉肩头的外套,刚刚起身,就听到身后有人叫她:"高月。"

她难以置信似的转过身,果然看到唐劲风站在那里,灌木丛挡住了他的下半身,看不到他的手和腿,只能看出他的胸口剧烈起伏着,似乎走了不少路,而且走得很急。

"你、你怎么来了?你从哪儿来的啊?"

"医院。我妈他们已经休息了,我才出来。"

"阿姨……还有你爸爸,都还好吗?"

其实她一直很关心他爸妈的情况,但手术结束后,她没好意思再去医院探问。

听林舒眉从陆潜那儿问来的消息,应该是一切顺利的。

"还好。"他似乎也不想多说,一步步走近了些,手才从身后拿出来,"这个送你。"

不大不小的一束花,从玫瑰到桔梗、康乃馨、满天星……没什么章法地插配在一起,不好看,却堆得满满的。

"我去得太晚了,花店都要打烊了,没有整束合适的花,只好拼了一些。如果你不喜欢,回头就扔了吧,不要紧。"

"这是你送我的?"

"嗯,如果你不喜欢……"

"不,我喜欢!"

她喜欢啊!

她宝贝地把那束花搂在怀里,又拉他的手:"你陪我做一件事好不好?"

"什么事?"

"你来了就知道了。"

她左手抱着花,右手拉他走得飞快,进了行政楼层的电梯,直通顶楼的总统套房。

他不明白她的亢奋和欢喜来自哪里,也不知道她要带他去做什么,只是在电梯里忍不住悄悄睨她。

今天的她跟平时很不一样。

但哪里不一样,他也说不上来。

"到啦,就这里!"

她刷开门卡进去,房间里仍然跟今晚宴会厅的风格一样,满满都是梦幻的粉和白色的装饰,礼物堆在角落的地毯上,有大捧气球被拉在一起,飘浮在礼物上空。

"你陪我拆礼物,加上这束花,就是你送我的最好的礼物了。"

这是她情窦初开时的幻想——有朝一日，她要跟喜欢的人一起在这个房间里拆礼物，一起吐槽那些奇葩的、她一点也用不上的东西，也一起分享那些美好的、合她心意的礼物，然后由她告诉他，她的兴趣、她的喜好，将来最喜欢的生日礼物都要由他来送……

唐劲风没动，她拉了拉他的手道："没关系的，这里没有人会来。管家大叔也知道我不喜欢有人在，不会来打扰我。你快过来坐吧，坐这里。"

她从沙发上拿了两个抱枕扔在地上，硬拉着他一起坐在礼物中间，然后随手抱了一个盒子递给他，自己又拿一个在手里："来，拆吧！"

她一副神采飞扬的样子，似乎完全不记得两人之前还闹过不愉快。

高月手里的盒子沉甸甸的，拆出的是一部最新款的手机，全球范围内应该还没有上市，这时就已经送到了她手里。

"啧，没创意。"她随便看看就随手将其放在一边，向他解释道，"这人每次都送这个，其实哪用得着啊！"

手机没坏她就不想换，实在是懒得导数据。

唐劲风也拆了手里的那个礼物盒子，里面是个索尼最新款的电子读写书。

高月拿过来看了看："这个倒不错，听说现在国外都流行无纸化办公、无纸化教学，用这个应该正好。"

唐劲风问："你要参加交流生计划的事，已经定了吗？"

他终于问她了，她还以为他丝毫不在意呢！

"是啊，差不多了。不过你也知道，我又不想去。我听周梧他们说，你应该可以保研？"

"也还不确定。"

"你的成绩这么好，肯定没问题！其实我也还可以抢救一下，你看我的绩点也差不多有3.0了，争取本校的保研试试，要不行就自己考一下，应该可以考上吧？"她越说越高兴，越说越笃定，"反正我本来就不想出国，留下来陪你一起考研啊！"

那样他们就还是在同一所学校，抬头不见低头见。她还看过很多大学毕业生的爱情佳话，就是同步考上研究生以后才在一起。

他这么自律，这么爱学习，这么看重前程，需要的肯定是一个跟他共同进步的伴侣呀！

唐劲风却没有露出欣慰的神情，反而渐渐蹙起了眉头："前程不是儿戏，你不要开这样的玩笑。"

"我没有开玩笑啊，我想留下来跟你一起考研有什么不对？"

"你要学的东西不在国内，去欧洲是最好的选择。"

"那是你们以为的最好的选择！"

"不，是你告诉我的。"

为此他还专门查阅了资料，如果她将来想从事酿酒的事业，最好的管理经验、实践经验和酿造技术的确要从欧洲学习，国内还有比较大的空白。

就算是A大这样的优质高校，她这个专业的研究生也更偏向理论和实验室，甚至是由工科转理科的方向，对她将来的帮助有限。

"我现在后悔了，不行吗？我将来也不是一定要做酿酒这一行啊，我可以做点别的，比如……舞蹈培训、啦啦操培训？"

她看胡悦的亲戚家做得有声有色，也挺不错的呀！

唐劲风却沉默了，静静地看了她好一会儿才道："既然这样，那我们以后都不要再见面了。"

她怔了一下道："你、你说什么？"

他把头扭向一边，看着这个极尽奢华的屋子里的一切，所有富丽堂皇仿佛都是她人生的底色。

那是跟他完全不同的色调，他自己也不知道发生了什么，才会有今天的相融。

可如果她固执地要放弃自己的底色，相融不再色彩斑斓，也就没有了那种美好的感觉，只剩下沉重。

"其实有些话不该在今天跟你说，可我想以后可能不会再有更好的时机了。"他费尽所有力气才把要说的话一口气说出来，生怕中途她一个眼神就让他溃不成军，"高月……"

"你不准说，什么都不准说！我不听！"她抬手捂住自己的耳朵，"刚才的话不算数，因为我听不见，我什么都没听见！"

011

她像八点档电视剧里才会有的那种无理取闹又不听解释的女主角一样耍赖，因为她知道他要说什么。

现在的他们，跟当初她单纯追着他跑的时候不一样了，有些话一旦说出口，就覆水难收。

她真的像个孩子，可又什么都明白。

唐劲风看了她一会儿，横下心来，站起来朝门口走去。

"等一下！"

他像没听到，头也不回地朝门口走去，眼看着手都已经摸到了木门的把手。

高月冲过去一把按住门，背靠在门上，面对着他，生生拦下了他的去路，气咻咻道："我叫你等一下，不准走！"

他看着她，冷静得眼睛里没有一丝波澜。

她又气又委屈，只好说："你还有债没有还！"

"什么债？"

又是问出口他就后悔的一个问题，因为她在他的话音没落时就踮起脚来，双手攀上他的肩头，把吻印在他的唇上。

有细微的电流一下子从相触的地方流遍全身，唐劲风下意识地抬手虚扶在她腰上，不知是要推开她，还是想更紧地拥抱她。

在最初那一刹那的僵硬过后，高月的唇舌变得灵活起来，她轻轻碾磨着他的嘴唇，舌头甚至还要往里挤。

他脑海中的弦已经绷到极致，终于将她拉开一些，声音带着一种他从没听过的喑哑："高月……"

"你就不能亲亲我吗？"她的嗓音是含混的、委屈的，眼里都蓄起晶亮的眼泪，"每次都是我主动，永远都是我追你，到了现在……你还是不肯亲亲我！"

到了现在，真要分开了，他再也没有耐心陪她玩了，她也累了的时候，他还是不肯亲她一下？

"你就一点都不喜欢我吗？一点点都没有吗？"

相互喜欢的两个人不是应该缠绵悱恻，百般不舍吗？那为什么他不留她，用尽一切方法留住她啊！

如果他不喜欢她，那之前的好又是为什么呢？只是一种手段吗？他为了他父母的事，纡尊降贵地对他不喜欢的女生好，陪她这个富家女玩各种游戏，只是为了达成自己的目的吗？

那他现在达到目的了啊，再多骗她一会儿都不行吗？

她知道他不是这样的人，她认识的唐劲风不是这样的人，可她说服不了自己啊！

条件交换就条件交换吧，他的演技不能再投入一些吗？

她又吻了他一下，他的唇是冰冰凉凉的，像这个房间里永远开得那么足的冷气一样。

"你连骗我一下都不肯，对吗？"她忽然连攀住他肩膀的力气都没有了，"那行，你走吧，我去找别人。"

她觉得今天仿佛才是她的成人礼，好像一定要有一个出口宣泄心里的情绪，要把自己的一颗心交托出去。

可她不知道该找谁，拿出电话随手拨了一个号："大鹰，你们现在还在夜店玩吗？我去找……"

她没说完，手里的手机就被夺走关掉扔到一边，唐劲风箍着她手臂的力道大极了："你一定要这样吗？"

"你管我呢？你又不要我，管我怎……"

最后一个"样"字她还没说出口，已经被他一口吞噬掉。

这个吻来得很突然，他唇上的温度仿佛是陡然之间升起来的，烫得她想要往回缩，却又被他紧紧抱住，动弹不了。

原来男生主动的吻是这样的……

霸道、热烈，仿佛宣誓和烙印，她之前那种点到即止的吻简直像蜻蜓点水一样，难怪每次都了然无痕。

接吻是要这样的吗？

她没有太多空间思考，已经被他推倒在沙发上，两人的嘴唇却始终没分开。她都不知道他是怎么做到的，或许是因为他咬着她吧，不轻不重地衔住了她的唇瓣，然后是舌，她根本连缓口气的机会都没有。

然后是身体的纠缠，他只用了一点力气压过来，她竟然就没法起身了，肩膀被他摁住，呼吸的动作稍大一些就会碰到他。

013

她不能呼吸，有点害怕，却又想要更多，尝试着张口，然后就只听到咻咻的声音，像是从她鼻腔里发出的，逼得他也一阵悸动。

"你就对我这么没有信心吗？"情到深处，他忽然这样没头没脑地说了一句，眼睛里好像忍着一种不被理解的疼痛。

她不知道那是什么意思，下意识地摇头。

"如果这是你想要的，那我给你。"

他其实可以等的，三年、五年、八年、十年，不管她去哪里，天涯海角，过树穿花，他等她回来。

他只是不能用承诺捆住她，她又信不过他，那如果这是她想要的，他就给她。

高月有点蒙："你……你愿意？"

"为什么不愿意？"

"你不怕吃亏？"

"你不是说还债吗？只要能还清，我就不算吃亏。"

他喜欢的姑娘是不是真的傻？这种事情，男人怎么会吃亏？

然而高月理解的是另一层意思。

他其实是想要一笔勾销的吧？为了他爸妈的事，为了配合她家里的意愿让她出国留学，他用身体偿还这笔债也在所不惜？

她也有骄傲，宁可他不喜欢她，也不想他是因为感激、因为交换才跟她在一起。

可她偏偏还是控制不了自己，看他目光灼灼地盯着她，脸色因为刚才那个激烈的吻而泛着红，衬衫领口露出深凹的锁骨……那是她喜欢的人为她动情的证据。

再骄傲，她也不舍得不要。

他又俯身下来，这回换了更柔软缠绵的方式，吻到她眼泪都快滚出眼眶，他才进行到下一步，像是怕会弄疼她，又怕他太粗鲁而让她感觉不到被尊重。

她终于抬起手臂圈住他的脖子，声音嗡嗡地说："去里面……好不好？"

他抱起她，不是想象中一直要的公主抱，而是像上回那样，她像个考拉一样面对面地挂在他身上,这回腿也蜷起来了,更显孩子气,却也更亲昵。

她连这么几步路也不肯浪费,埋在他的颈窝里细细地啃吻着,一下一下,像极了某种小动物。

她不知道那样的地方有多敏感,只是感觉到他的战栗,感觉到他抱她抱得更紧。

两人到床上又吻了好久,拥抱着翻来覆去,直到额头都冒出细密的汗水。

他摸索好久,终于在她大声呼痛的时候把她的声音全吞了下去。

最后的最后,她听到他在耳边说:"高月,谢谢你。"

不是我爱你,而是谢谢你,这大概就是他的答案了吧?

她再也没有什么能给他的了,她的真心已经被换成了一声谢谢,而女孩子最宝贵的第一次……好歹是她最喜欢的人,她也算不上吃亏,对吧?

她只能这样安慰自己了。

高月感觉自己是痛晕过去的,因为风平浪静以后她有很多细节想不起来,像是意识出现了短暂的空白。

她却睡不着,也不敢翻身。

她身上还有汗,可又实在没力气下床去冲凉,他会不会嫌弃她?

最重要的是,她害怕他又开口说出什么绝情的话来。

辗转反侧到半夜,她能感觉到唐劲风也没有睡着,连呼吸都刻意控制着节奏,似乎怕惊醒她。

快天亮的时候她才眯了一会儿,醒过来的时候她是被他的胳膊圈在怀里的。

她都不知道原来他一睡着了也满床乱滚,都滚到她这边来啦,胸口贴着她的后背。

这回变成她大气都不敢出,生怕把他吵醒,这样美好温存的时刻就要结束。

然而最后吵醒他们的是他的手机铃声。

唐劲风似乎犹豫了一下没有立马接听,高月佯装翻身,他怕吵醒

015

她,最后还是接了,然后快步走去了外间。

他接听的那一刹那,她其实听到了手机听筒里传出的声音,虽然只有非常简短的一声,但那个温和低沉的中年女音她听了二十年,怎么也不可能听错。

居然是她妈妈穆锦云打来的电话?!

唐劲风是接到穆锦云大清早打来的电话,才知道他父亲即将改变羁押地点的事。

手术已经过去好几天,平稳度过了危险期,监狱不可能一直放任正服刑的犯人在城区的三甲医院休养,要换到监狱系统自己的医院去,当然医疗条件各方面都没法跟这里相比。

穆锦云跟他说:"我们见面谈一谈,我会想办法让你爸爸在这边的医院里多待一些日子。"

唐劲风不知该怎么形容这样的感觉,他看着床上还没有睁开眼睛的高月,薄被下露出的那一点点春色,既荒谬,又让他忍不住流连。

他压根不知道她听出了来电的人是谁,也不知道她心里一早就埋下的怀疑的种子,到这一刻结出了多大的误会。

如果知道,他这个早晨一定不会舍不得叫醒她,不会就这样步履匆匆地离去。

唐劲风在他打工的那家咖啡店见到了穆锦云,她面前仍然是冰咖啡,她又帮他叫了一份三明治和热拿铁。

"你还没吃早餐吧?年轻人空着肚子对胃不好,今后日子还长着呢,要好好爱惜身体。"

那句"今后日子还长着呢"仿佛别有深意。

他从清晨接到她的电话开始,整个人就处于一种紧绷的状态,跟之前几次与她打交道时的坦然完全不同。

他知道那是因为他有了真正的软肋,而且那恰恰也是她最在乎和关心的人。

他觉得自己可能要输掉这场博弈了。

姜还是老的辣这句话,果然是前人智慧与经验的总结。

"您怎么会在这个时候打电话给我？"他问。

"你昨晚去找月儿了？你们俩在一起？"

尽管已经极力克制，但他脸上还是泛起红晕，有一种被人窥破秘密的难堪的感觉。

"不用觉得难为情，我不是来兴师问罪的。"

唐劲风抬起头道："您不怪我？"

"不怪，只要月儿高兴就好。"

穆锦云说得非常自然，唐劲风却疑惑极了。

"我不明白。"

穆锦云笑了笑道："我女儿的个性，我这个当妈的非常清楚，不达目的不罢休，不撞南墙不回头。为了不让她今后做出更偏激叛逆的举动来，我觉得让她如愿一回也没什么不好。何况我也信得过你，小唐，你是个非常好的孩子，如果将来你们还有缘分……"

她没有把话讲完，毕竟将来的事变数太多，谁又说得准十年后面前的还是不是记忆中的那个人？

她不能让自己的女儿等，也不会让别人家的孩子去空等。

反正他很快就会明白，他跟月儿之间最大的阻碍其实并不是他们的家庭本身，而是由于环境落差造成的对彼此的不信任。

他们到底还是太年轻了。

"你父亲的事，我会帮忙处理。听说他还有两年刑期就结束服刑了？将来的生活，你们有什么打算？"

她的话外之音非常明确，假如需要的话，她也能为他们做最好的安排，例如给唐正杰一个工作岗位，这对有犯罪前科的人来说是非常珍贵的机会。

"他懂一点技术，可能还是会进工厂找一份工作，只要有两只手，总能找碗饭吃的。"

穆锦云又笑，是啊，最重要的是唐正杰还有这么优秀的儿子。

"那你去医院陪陪他们吧，剩下的事我会帮你。月儿那边请你先不要多说什么，我会跟她谈谈。"

"我……"

他本来想说他一定会对高月负责这样的话,可是话到了嘴边,怎么都显得苍白又可笑。

"我想请您不要为难她,我跟她之间……所有的责任都在我。"

"你放心,我也舍不得为难她,我只是想为她选一条更容易走的路。"

高月坐在自家客厅里等着,等到很晚,才等到穆锦云回来。

"咦,月儿你还没睡?"

穆锦云每天都有堆积如山的工作和数不尽的人事应酬,回家一换上拖鞋,疲惫就显现在脸上。她到沙发边坐下,就扬声叫阿姨给她热点汤和点心,她晚上都没好好吃饭。

当天是现炖的虫草鸡汤,天转凉又是吃蟹的季节了,有专程从阳澄湖寄来的蟹,蒸完几只尝鲜后,他们家阿姨就凭着好手艺,把剩下的一只只蟹拆出蟹粉,做了蟹粉小笼包。

热透后的小笼包端上桌,能隐约看到薄薄的皮子下汤汁轻微晃动。穆锦云先尝了口黄澄澄的汤,满足地咂了下嘴,又问高月:"你饿不饿?要不要也再吃一点?"

高月没吭声,用筷子夹了个小笼包,蘸了一点点醋,放在勺子上慢慢吃。

穆锦云欣慰道:"你以前总吃不了这个,太心急,一口下去非得烫嘴不可,现在总算有点姑娘家的斯文劲儿了。喜欢就多吃一点,不够我让阿姨再蒸。"

高月连着吃了两个小笼包,都吃得很慢,最后放下碗筷才说:"妈,我明天就飞北京了,下周飞阿姆斯特丹。"

穆锦云"啊"了一声表示知道了,又问:"东西都收拾好了吗?"

"嗯,收拾好了。"高月停了停,又道,"我可能挺长时间不能陪你和我爸吃饭了,你们要多注意身体。"

"放心吧,你爸不方便出去,我有事没事还是会去那边看你的,不会让我的宝贝闺女孤孤单单一个人在异国他乡受苦的。"

高月笑了笑,这要是在以前,她一定趁机说:"不想看我受苦那就别让我去了呗,反正我也不想去。"

可现在，她反而想到更远的地方去了。

她今天悄悄去了趟医院，像曾经第一次去那里一样，只是悄悄地看了一眼唐劲风的妈妈和爸爸。

虽然都已经是饱经生活磨难的人了，但有了这种活下去的希望，他们看起来倒比之前显得精气神更足。

唐劲风也在，大概是从学校直接赶过去的，带了三人的午饭。由于父亲在一个单独的病房里被看管着，他把饭菜送过去，生硬地说了几句什么，很快又出来了，回到妈妈的病房里，陪她一起吃饭，给她擦脸，又给她加上天气转凉后需要的厚衣服。

他给父亲也带了衣服，都交到羁押看管的工作人员手里了，让他们拿去给他。

她听陆潜说，本来唐劲风的爸爸要改变羁押地点了，不知什么原因又可以延期了。

她知道是什么原因，可看着眼前的现实，她没有办法去怪谁。

尤其是唐劲风，让他在自己的至亲和她之间做选择，太难了，也太残酷了。

她最开始喜欢他的时候，就是单纯地希望他能开心一些，不要过得那么艰难。到了如今，这种初衷也并没有改变过。

她也不怪爸妈，至少他们真的帮到了唐劲风一家，那也是他和她都想要看到的局面。

她只是没想到自己这么骄傲。

以前啊，脑洞大开想了那么多场景，好像只要能跟唐劲风春风一度，什么条件她都可以答应。可真到了这一天，她才发现原来不是这样的。

那天在酒店，他走了之后，她躲在被子里悄悄哭了一场，其实也想好了，这大约就是他们最后的结局吧。

遗憾是有的，但还不至于不堪。

她在要面对更多不堪之前，先主动逃离了。

这样，所有美好的回忆，就都还存在于她的脑海里。

他以后可能会忘了这一切，可她会一直记得。

"妈,我求你最后一件事,行吗?"

穆锦云用餐巾擦了擦嘴,神色也郑重起来:"你说。"

"唐劲风毕业以后想做刑辩律师,如果遇到什么困难,请你们帮帮他,这是他最大的梦想,也是我的。"

就当是现实对他的补偿吧,他并没有做错什么,人生不应该受到这样的惩罚。

她是坐早晨最早的一班飞机飞到北京,就是不想让任何人来送机,徒增伤感。

到了北京,她也没有住在姥姥家里,而是住到了穆皖南结婚的新居里,因为俞乐言总说房子太大了,空荡荡的,穆皖南不在的时候,她有时一个人还会有点害怕。

高月去给她做伴,顺便悄悄看一眼她这位大表哥有没有欺负人家。

还好,两人似乎比刚结婚那会儿要融洽一些了。

原来倔强如穆皖南也会向现实妥协?

还是说,这就是婚姻和爱情最后的真相?

唐劲风发现找不到高月的时候,离她的生日只过去一周。

父母的身体都已经度过了手术后最艰难、最让人提心吊胆的时期,如今就算监狱方面改变羁押地点也没有什么危险性了。

唐正杰上车的时候拉住他的手道:"这两年,要照顾好你妈……辛苦你了。"

等他服完最后的两年刑期,再出来好好补偿他们。

他这辈子最对不起的人,就是他们母子。尤其这个儿子,曾经是他们全家人的骄傲,人生却因为他的一时糊涂而偏离了原本的轨道。

唐劲风面上仍然是淡漠的神色,可心里的焦躁在不断扩大。

高月到底去了哪里?她为什么不接他的电话?就算是交流生计划,她也不可能这样一声不吭地就走了。

她应该撒娇的,或者干脆耍赖,在他骑着车从校园中经过的时候突然蹿出来,往他车轮面前一坐,娇俏生动的脸一仰:"我不管啊,你要去机场送我!"

可他不管多么忙碌，骑着那辆快要散架的自行车来回多少趟，这样的场景都再没发生过。

A大的校园里已经没有她的存在了。

他到她的宿舍楼下去找她，第一次那样张扬地叫她的名字，就像她当年在五号男生楼楼下叫他那样。

路过的人们指指点点，议论纷纷，说："看哪，杀人犯的儿子肖想生物系的'白富美'，人家都去做交换生了，他还纠缠不休。"

他好像也无所谓了。

这本来就是事实，他再怎么不想面对，也还是事实。

高月没有下来，他等来的是她的室友林舒眉。她拿出个信封给他道："这是高月托我交给你的，她说这车她开腻了，就送给你了。你有辆车，不管去哪里都方便一些。"

信封里是车钥匙和一份车辆保养协议，她把她那辆特斯拉转赠给了他，连车辆未来的保养修理都已经提前打理好了，让他没有一点后顾之忧。

他不动声色地把东西装回信封里，手都在发抖，硬声问道："她在哪里？"

林舒眉摊手道："可能已经到阿姆斯特丹了吧。怎么，你现在要追过去吗？"

明知是一句不可能的调侃，但他在那一刻竟然真的生出不管不顾的冲动来，就像歌里唱的"我愿意，天涯海角都随你去"的决心。

林舒眉到首都机场送机的时候，说："我不知道这样做对不对，你没有看到唐劲风的眼神，他对你不是没有感情的。"

她都恨不得把自己来北京这张机票让给他。

高月笑了笑道："不管怎么说，大家都相处这么多年了，当然不可能一点感情都没有。你看，就连你这样的'铁公鸡'都专程到北京来送我。"

"我可不是白来的，说好了，等你留学归国，飞黄腾达了，记得帮衬我的酒庄。我把首席酿酒师的位置留给你。"

"你先留着给想想吧，肥水不流外人田，她能帮到你的。"停了一下，高月又问，"她这几天还好吗?"

"她那个性子你知道的,失恋至少哭一周。虽说戴鹰也没真正跟她在一起吧,但这么突然……她是挺难接受的。何况这回情况特殊,她还总觉得是自己连累了戴鹰。"

"那天我要是没让他们去夜店就好了。"

那天他们在夜店里发生的事,高月也是后来才听说的,虽然算是有惊无险,但无形中似乎改变了两个人的人生方向。

林舒眉说:"大家都是成年人了,谁还管得住谁啊?等出了国,爸妈都管不着你们了。天高任鸟飞,飞远了也别忘了飞回来。"

高月鼻酸,倾身抱住她道:"谢谢你舒眉,你们也要好好的。"

"放心吧,一路顺风。"

两人互道珍重,挥手作别。

高月进了安全通道,明知林舒眉还在身后没走,但一次也没敢回头。

她把自己的青春就此抛下,怕看到踉跄的来路,又生出不甘与不舍。

头等舱的位置宽敞舒适,她正打算换上拖鞋,身旁的人已经把拖鞋摆好放在她面前:"哪,换吧!"

她抬起头,看到戴鹰一脸桀骜地看着她,刚取下墨镜,脸颊上好大一块瘀青,遮也遮不住。

"我还以为你不来了呢!"她一边换拖鞋,一边揶揄道,"不是要去把那几个人打趴下吗?看来你还是没逃脱你爸关的禁闭啊!"

她生日那晚,戴鹰带顾想想去夜店玩,出了点岔子,跟人打了一架,回家被他爸妈好一顿收拾,顺便被趁机打包送出国了。

正好她也要出去,家长们就委托她看住这家伙,仿佛半个监护人一样。

"你懂什么?我这叫君子报仇十年不晚!看我学成归来,不揍死他们几个孙子!"

高月收起了笑,目光落在飞机舷窗外,仿佛自言自语道:"可惜有的人等不了十年的……"

戴鹰没听懂,还在喋喋不休道:"我爸是个不讲道理的人,我那不是挑事打架，我那是英雄救美，见义勇为！顾想想是我带到夜店里去的，那几个纨绔子弟算什么玩意儿，也敢往她杯子里丢东西！我不护着她成什么了？结果到头来反而给了我爸妈借题发挥的借口，你知道他们说话有多难听吗？"

他又指着脸上的瘀青给她看："你以为这是那几个家伙揍的吗？这是我爸的手笔！我都多大了，他还动不动就往我脸上招呼……"他的声音哽了一下，"我怕我再不走，他们都要去找想想的麻烦了。"

偶像剧里的那些情节，他相信他们做得出来的。

"你就没想过抗争一下吗？"高月问。

"抗争有用吗？"他不答反问，有些灰心，"你也试过了，假如抗争有用，你就不会跟我一起坐在这飞机上了。"

高月又抬眼看他脸上的瘀青，没想到最后是他们俩彼此感同身受。

她在随身的包包里摸索了一下，然后把两只手握拳放在他面前，像小时候那样说："猜猜我的哪只手里有糖。"

"左手。"

她张开左手的拳头，小小一粒薄荷糖躺在手心里。

"喊，我就知道你总是喜欢把糖放在左手里。"戴鹰边说边剥开糖纸把糖喂进嘴里。

高月张开右手，里面躺着另一颗葡萄味的软糖。她将糖放进嘴里慢慢嚼着，是她喜欢的酸酸甜甜的味道。

他们都开始学着长大了，总要学会给自己一点甜头，但愿从今往后的每一次选择，都不再落空。

航班在夜空中起飞，仿佛依靠着星星和风在航行。

既然他们都不喜欢自己的命运，那就先去看一看远方的风景。

第八章

没有预期的重逢

容颜若飞电,时景如飘风。

高月再次见到Mr.Dubois时,也只能算是偶遇。

多年不见,他居然一眼就认出她来,热情的贴面礼之后,邀请她到他新开的西餐厅试菜。他正值壮年,却不再担任家族集团的副总裁,只在董事会挂个虚名,跟太太一起到中国来开餐厅,一偿夙愿。

高月也终于见到他的小娇妻,年纪大约只有他的一半,显然不是当初他提过的那位很美的发妻。

她也见怪不怪,浅浅尝一口鹅肝,又抿一口高脚杯里的葡萄酒。

她在荷兰两年、法兰西三年,外加一年在著名的吉佳乐世家酒庄的实习经历,法语已经流利得可以跟英语自由切换,也尝得出这鹅肝的确非常有欧洲的味道。

只是这配餐的酒不太合口味,她请侍酒师过来,把酒放在冰水中冰镇一会儿再拿过来。

侍酒师露出惊讶的表情道:"小姐,这是霞多丽,不适宜冰镇饮用。"

高月笑了笑："霞多丽不宜冰镇只是以偏概全的看法，我觉得应该冰镇到八至十摄氏度，再等它慢慢回温后入口才是最佳的饮用口感。"

侍酒师只好照做。

Dubois很高兴，感慨道："我们在中国一时之间找不到好的侍酒师，幸好遇见你。我请主厨出来，你看看菜式上还有什么建议，也可以帮我们提一提。"

于是这顿饭一直从下午吃到入夜，高月跟从法国来的总厨也相谈甚欢。

只是她感觉那酒始终不够地道，侍酒师再端来冰镇过的酒，她也只是闻了闻香气就推给Dubois夫妇品鉴。

或许是出于成本考虑，他们引进的葡萄酒有点不上不下，口感香气都一般，在酒单上对外销售的价格却不便宜。

她把自己的意见讲给了Dubois听，并说："我有朋友的酒庄自产非常棒的霞多丽，如果你们有兴趣的话，我可以请她提供一些样品给你们试试看，品质非常不错，性价比也很高。"

Dubois当然高兴："太好了，听你妈妈说，这几年你都在欧洲学习酿酒，那么你肯定就是行家了。我们很乐意听取行家的意见。"

小娇妻就坐在他身边，涂满妖娆的指甲油的手覆在他毛茸茸的手背上，亲昵地来回轻抚。

不知道当年他跟第一任太太结婚的时候，是否也有过这样如胶似漆的场景？

助手肖雨过来在她耳边说了几句话，高月就起身道："抱歉，今晚还有些事要处理，我要先走一步。谢谢您的款待，下回到法华丽嘉酒店，请让我做东。"

"那是当然的，我们还要仰赖你朋友的酒庄提供的好酒呢，希望今后能够合作。"Dubois笑道，"听说你快要结婚了，婚礼也在丽嘉旗下的酒店举行吗？"

"是啊。"高月从容地披上外套，将长长的鬈发拢到一侧，"正是因为要结婚，所以事情才特别多。"

"那么先生呢？"他忽然想起来，"啊，是之前带你来为我们一起做翻译的那个小伙子吧？他似乎是学法律的，现在从事什么工作呢？"

高月拉着肩上的外套的手微微一顿。

——你们是情侣吗？

——是的。

——不是。

异口不同声，然后两人又同时改口。

——不是。

——是的。

已经很多年没有人在她面前提起唐劲风了，可就这么一下，那种鲜活的回忆又瞬间浮现在脑海里，仿佛昨天刚经历过一样。

她低着头回答道："噢，不是他，我的未婚夫……不是他。"

Dubois露出了然的情绪，毕竟连他也结束了二十年的婚姻再娶，又怎么能指望年轻人们这么多年了还一往情深？

"也不知道是哪个幸运的家伙！"他打趣道，"将来有需要浪漫的时刻，一定要记得光顾我们的餐厅啊。"

"一定。"

高月挂着淡淡的笑容从西餐厅里出来，助理已经将她的红色保时捷开到门前，她示意自己喝了酒，车交给助理来开，自己则上了副驾驶座。

她再次朝窗外的Dubois夫妇挥手道别，助理脚下猛地一踩油门，跑车的轰鸣声飙出好远，她才将车篷打开，仿佛借着惯性抵在椅背上，咬牙说："是啊，是哪个幸运的家伙呢？"

她来做一回终结者，让他的幸运到今晚为止吧！

晚八点，法华丽嘉酒店大堂有现场弦乐演奏，大提琴婉转悠扬的声音回荡在酒店颇有特色的金色穹顶之下，应和着小股喷泉的潺潺水声。

大堂吧的客人或喁喁低语，或独自品着咖啡。

然而跑车的尖啸撕破了这种宁静，一辆火红的保时捷不知从什么地方呼啸而来，转眼已泊在大堂门口，门童甚至来不及反应上前拉门。

高月摔上车门，拉了拉披在肩上的白色外套，又抬头看一眼面前灯光璀璨的建筑，似乎想要确认这就是她要来的地方，然后才款步走进大堂。

A城入秋后仍显闷热的天气被隔绝在身后的玻璃门外，她忍不住抚了抚胳膊上冒出的鸡皮疙瘩——这酒店的冷气开得也太足了！

早已等候在门口的乌格迎上去，接过她手里的包。

"确定了吗，哪个房间？"高月声音娇懒，听不出情绪。

"确定，1109。"

"该准备的都准备好了吗？"

乌格点头，示意她身旁的肖雨拉开背包给她看放在里面的摄像机。

高月嘲弄地提了提嘴角，昂首道："那还等什么？走吧。"

她穿过大堂朝电梯的方向走去，一头长而卷的深栗色长发在脑后随手绾成再简单不过的发髻，只有鬓边落下的一缕随着她的步伐微荡。亮色衣裙下露出一双修长的腿，脚底踩着八厘米高的红底高跟鞋，在花岗岩地面上每走一步都敲出清脆的声音。

这样衣着光鲜的女郎，漂亮、自信，却不是轻浮的网红脸，加上身后还跟着一男一女两位助手，很容易让人联想到事业有成的女强人，说不定还家底殷实，才打小练就出这样从容强大的气场。

但应该不会有人猜到这偌大的集团酒店，都是属于她家的。

她也很久没到这里来了，回国这么些日子，但凡要应酬，她大多选在集团旗下的其他酒店，一次也没到这里来过。

仿佛只是像现在这样看着电梯上方跳动的数字，她也会想起很多年前自己的天真。

可她妈妈穆女士偏偏还为她留着那间总统套房，说她任何时候想要一点简单的快乐或者想一个人静一静不被打扰，都可以住。

喊，她怎么可能还会来住？连她身边的人都明知她不会来，才明目张胆地把那儿当成了偷情的圣地。

叮咚一声，电梯终于到了，她深吸口气，终于踏了进去。

电梯停在第十一层，高月走出来，默默在1109号房门口站了一会儿。脚下绵软的地毯和面前厚实的房门起到了很好的消音作用，走廊里安静得有点诡异。

乌格和肖雨对视了一眼，不约而同地轻声说："高小姐……"

这时候犹豫也是很正常的，假如她还想给对方留点颜面，离开也来得及。

高月伸出手道："房卡呢？"

黑色的房卡被递到她手里，她抚过卡面上凸起的酒店标志，把卡轻轻放在门锁的感应面板上，电子锁解锁的声音这时听来有些滑稽，她再按下把手，门就开了。

不，确切地说，门只开了一半。高月已经听到房间里短暂噤声之后手忙脚乱的动静，恶从胆边生，抬起一脚就踹向了房门。

她看起来瘦，这一脚的劲道却出奇大，可惜安全链还藕断丝连地挂着，她准备再出第二脚的时候，被一旁的乌格拉住。做过特种兵的他帮她补了一脚，门终于开了。

高月走进去，房间里的情形跟预想的差不多，男欢女爱的气息还没有散去，一片狼藉。床上衣衫不整的男女大概是被刚才破门的巨响给吓傻了，都顾不上继续穿衣服，只目瞪口呆地看着来人。

高月环视四周，最后仔细看了看披着被子坐在床上的女人，啧了一声道："我说欧伟祺，你的品位还真不是一般差，这样的货色你也看得上眼。"

刚才手忙脚乱套上衬衫的男人终于反应过来，跳到地上，跑过来抓住她道："月儿，事情不是你想的那样，你给我个机会解释……"

"放手。"

"月儿……"

"我叫你放手！"她狠狠甩开他道，"别用你的脏手碰我，我怕得病。"

欧伟祺没办法，本能地想要求助。可她带来的两个人，乌格名为助理，其实就像保镖一样，铁塔般站在她的身后，一副跟她同仇敌忾要护卫她到底的模样。秘书肖雨则从进门就捧着一部小型摄像机，把房间内外的情形都清清楚楚地拍了下来。

没有人站在他这一边，她不听他解释，根本没有人能为他说句好话。

"高月，你听我说，我真不是有心的。我今晚喝了点酒，是她……

是她勾引我的！"他抬手朝床上的女人一指，迫不及待地想要辩白，"这次是我鬼迷心窍，看在我们就快结婚的分上，你原谅我吧！我保证，以后再也不会了，真的！我心里只有你啊！"

"你心里只有我，还是只有我家的钱啊？"高月冷笑道，"你也知道我们快结婚了啊？那你应该知道结了婚就不能随心所欲地在外面乱搞了吧，啊？你好歹装个样子给我看看啊，连这么点功夫都不肯下，还想着结婚？"

欧伟祺嗫嚅着说不出话了。

"你也知道我一般不到这儿来，所以就从我这儿拿了房卡，时不时带人来享受一晚……嗯，你真够可以的。这时候你要维护一下自己的女人，我还敬你是条汉子。你倒好，推得一干二净，真以为我不知道你每周都干些什么好事啊？既然这回让我逮个正着，要再给你来一次的机会，我不成傻子了？"

说完她再不理会欧伟祺，转头问肖雨："怎么样，都拍下来了吗？"

"是的，都拍好了，放心。"

"嗯，行，那我们撤吧。剩下的，乌格你找酒店的人一起收拾一下，该修理的修理，要赔偿的照价赔偿。"

乌格点头。

刚才的响动已经惊扰了同楼层的不少客人，好些人在门口探头探脑地看究竟发生了什么事。

总统套房管家和值班经理也闻声赶来，看到高月从房间里走出来，连忙上前赔小心："高小姐，发生什么事了？"

高月笑道："噢，没什么事，就是发现有人嫖娼，要不你报警处理？"

"这……"

"高月，你个臭三八，你说谁嫖呢？"欧伟祺一听她说要报警就恼羞成怒，上前两步冲到门口冲她喊道，"别以为你姓高就了不起了，什么总统套房，你爸妈还真把你当公主了？你不跟我睡还不让我跟其他女人睡，你不是心理变态就是石女！"

酒店经理一看是欧伟祺，脸都绿了，心想虽说夫妻床头闹床尾和，但小爷你这会儿还是消停点吧，没看这位姑奶奶正在气头上嘛，再发作

029

起来还不知怎么拆楼呢!

然而高月没再大动干戈,只是云淡风轻地说了一句:"看见了吗,还不报警?"

她难过吗?沮丧吗?不,一点也不。她只感觉到轻松、庆幸,哪怕结婚的帖子都散出去了,哪怕至少一千多号人已经知道她要结婚的消息了,但她毕竟还没嫁嘛,不用跟这个渣男捆绑一辈子,比什么面子里子都强。

可她怎么都没想到,会在这个时候遇见另一个她更不想遇见的人。

脚上的高跟鞋在踹门的那一刻就不太对劲儿了,她强撑着走出众目睽睽的那个圈,在走廊转角处跷起小腿想调整一下时,眼睛没留意前头,不期然地撞进了一个男人怀里。

"小心。"

这个声音,这个气息……如果不是脚上传来的隐隐的疼痛那么真实,有那么一刹那,她以为自己出现了幻觉。

她从没想过会这么快就再遇见唐劲风,而且还是在他们最后分别的这个地方。

可她也很快知道,这并不是幻觉。

尽管她记忆深处的唐劲风是在校园里蹬着最破的自行车也挡不住清秀俊朗气质的青葱少年,跟眼前穿着得体的休闲西服和锃亮的皮鞋,有真实体温和结实体魄的成熟男士沾不上边。

她没有对记忆中的人做过如此深层次的加工,唯一的解释就是,这是一场没有预期的重逢。

她搞不懂他为什么会出现在这里,也不知道刚才发生的事他看到多少、听到多少,会露出怜悯、嘲弄,还是厌烦的表情……就像在大学时代被她纠缠时那样。

还好,她从他脸上什么都没看出来。

他本来就很懂得掩饰自己的情绪,这么多年来,人事纷纷,现在他更锻炼得炉火纯青。

唐劲风今天到这里来,其实是为了拜访某位已成为律所合伙人的师兄。

对方刚度完假，从泰国飞洛杉矶，在国内做短暂停留，就住在这家酒店。

两人也很久没见了，他到机场接人之后陪对方办理入住手续，放下行李刚准备出门去吃饭，就听到走廊另一边的喧哗声。

他不是喜欢看热闹的人，这一刻却鬼使神差地循着声音走过去，在转角的地方看到了事情的经过。

最后出现的是他再熟悉不过的那张脸，她仍像以前那样骄傲地仰起下巴说："看见了吗，还不报警？"

她比以前更犀利了。

其实今天当他听说师兄舒诚住在法华丽嘉酒店的时候，脑海中有个念头一闪而过，快得他甚至来不及弄清那到底是什么。

现在他知道了，那个念头是关于她的——她是这个集团酒店的公主，这里是她的地盘，他说不定会遇上她。

这也是他们最后分离的地方。在哪里分别，就在哪里遇见，他没想到，真的会有这样的好运。

她曾经跟他说过，全世界六十亿人口，两个陌生人相遇的概率是十万分之五，相识的概率是千万分之五，相爱的可能更是微乎其微，刻薄到计算器的屏幕都显示不下。

只是他不知道，两个曾经相识的人形同陌路之后，再重新相遇的概率又有多少？

身体相撞的那一瞬间，两人心里都是百转千回。最后还是高月先推开他，调整了一下，仿佛忘了脚上高跟鞋的不适，在他面前重新站稳，挺起胸膛，微微抬起下巴，拉好肩上的外套……她又变成今晚踏入酒店时那个不可一世的高月。

唐劲风还是面无表情地看着她，她却朝他笑了笑，算是对撞到他的一点歉意，然后什么话都没说，快速地从他身旁走过，踏入电梯。

电梯门缓缓合上，两人面对面，却又像被隔断在两个世界里。

高月出了酒店后快步往停车场走去，走得一瘸一拐，一直走到自己的车子面前才停下。

大概她走得太急，胃里一阵抽搐难受。

031

幸好刚才顺手从房间的小吧台上抄了一瓶没开过的矿泉水，她拧开灌了一大口水，却感觉被欧伟祺这个垃圾辐射过的水都不对味。

手机在包里振动，她把剩下的半瓶矿泉水放在车顶上，接起电话："小五？"

穆嵘在那头语气兴奋道："姐，你的婚礼准备得怎么样了？今儿我才收到从美国来的包裹，就是上回跟你说的那镜头，找了好多地儿才买到的。你要有什么婚庆公司的跟拍摄影，趁早给他们退了，就让我给你拍，保证每张照片都美得跟画一样！还有啊，我哥终于同意借我那辆跑车。你不是喜欢法拉利吗？到时你穿上婚纱，我拉你出城兜完风再直奔婚礼现场！"

老穆家的孩子们，她是继穆皖南之后第二个结婚的，都当大喜事一样操办，在北京、海外的人，都忙着往回赶。

今晚的捉奸大戏，家里人还不知道，穆小五孩子心性，还一味沉浸在老姐要嫁人的喜悦里。

他喜欢摄影，照片也确实拍得不错，说了好几回要给她当婚礼摄影师，只不过这回英雄没有用武之地了。

"你那镜头多少钱？"高月问。

"啊，也就万把块钱吧！"

"嗯，回头我给你发个红包，这个镜头当我送你玩。还有，你不是说想去埃及吗，身上的钱够不够？不够我赞助你去，在外头花钱的地方多，有的用别省。"

穆嵘疑惑道："不是，我不着急去埃及，这不是要参加你的婚礼吗……"

"没有婚礼，取消了。"

什么？

"你还不明白吗？你老姐我不嫁了，这婚……结不成了。"

"不会吧，怎么回事啊？姐你……不是……喂，喂！"

高月挂断了电话，把手机也给关了，然后扬手就把手里的车钥匙抛向了不远处的喷泉池，还不解气，又忍不住狠狠踢了面前的车子一脚。

这辆车是欧伟祺送她的，说是新婚礼物，其实不过是为了显摆他们欧家也不缺钱。

她都说了喜欢法拉利,他还送她保时捷。

她这辈子不想再碰这辆车,只能等乌格他们下来再开车送她回去。

"你去哪里?我送你。"

不知道唐劲风什么时候来的,就隔着车子站在她对面。

高月深吸口气,竟然也练出了那种出奇平静的语气:"不用了,我能开车。"

唐劲风将目光扫向她脚下,刚才就摇摇欲坠的高跟鞋这会儿差不多彻底断裂了,一只高一只低。

她跟着他往下看了看,气得干脆将鞋子脱下来,扬手就扔进了角落的垃圾桶里。

她光脚站在地上,硬气地一抬下巴道:"看什么看,我就喜欢光着脚开车!"

唐劲风仿佛没听到,伸手拿下她刚放在车顶上的那瓶水:"走吧,我的车在旁边。"

就是这么一个看似不经意的小动作,让高月炸了毛:"唐劲风!"

他停下脚步,回过头。

不得不说,有些人是造物主的宠儿,连岁月对其也格外善待。唐劲风退去了少年的青涩,却还跟大学时期一样英挺俊朗。做律师的这些年,法律赋予了他更多责任感,让他比少年时更多了几分沉稳和坚定。

曾经迷倒校园中万千少女的法学院高岭之花,也曾是高月全部的梦想。

高月坐在副驾的位置上,还没搞清楚自己怎么就上了他的车。

确切地说,是她送他的那辆特斯拉。

恍惚间,她有种时光倒流的错觉。

"是不是想问我怎么还开着这辆车?"

高月将脸扭向一边道:"不关我的事,我不关心。"

"其实我有另一辆车代步,很少动这辆车,但车不开容易坏,所以我参加了车友会,周末参加活动的时候会开出去跑一点里程。"

"我说了,不关我的事,你不用说给我听。"

"可这辆车本来是你的。"

"我送给你了,赠予行为完成,就不算是我的了!"

他淡淡地笑了笑。

高月很火大:"你笑什么笑?"

"赠予行为完成,赠予合同就生效。法学双专业课上学过的内容,你到现在还记得?"

"我又不是金鱼,记忆力只有七秒。好歹花钱学的东西,我怎么会不记得?"

"法学双专业的学分,你后来都修完了吗?"

这一来二去的他们怎么还聊上了呢?

高月拒绝再回答他的问题,拍了拍窗户:"前面放我下车。"

窗外是碎石子铺就的小道,穿过街心花园,深处有富丽堂皇的大理石门庭,门楣上有偌大的"紫金华府"几个字。

唐劲风问:"你现在住这里?"

"不关你的事!"

她今晚已经不知第几回说这句话了。

对着欧伟祺那种渣男发难,她可以有一百种骂人的花样,都不带重样的。可到了他面前,那些词都不知道哪儿去了,她突然就变得词穷起来。

她恨这种无力感,只觉得比一百个人围观她今晚的捉奸行动还要窘迫,只想赶紧逃得远远的。

她匆匆下车,他却跟她一起从车上下来,拦住她道:"你还有东西没拿。"

啊?

她很确定她从酒店出来的时候,手包一直放在助手肖雨那里,自己什么都没拿。

但她还是忍不住回头看了看。

唐劲风把车钥匙交给她道:"这个,也是你的东西,我早就想物归原主,一直没有机会。"

"你什么意思?"高月拔高了声音道,"我说了送给你就是送给你,不想要你就拿去扔掉,又还给我算什么意思?"

唐劲风觉得她仿佛一只小动物,凭借本能竖起满身的刺抵御外界的伤害。

这种感觉有点熟悉,很多年前他也是这样,或许不是尖刺,但周身也包裹着硬甲,小心保护内心最柔软的部分。

她不应该是这样的。过去他所认识的高月是活泼开朗、没心没肺,却又细腻周到的姑娘,就算情绪大起大落,也是靠大哭或大笑来宣泄。

可是今晚,她表面威风,心里却敏感又痛苦,还要小心隐忍着,丝毫不让人刺探。

或者她只是不让他刺探。

"这辆车当年市价超过百万元,我跟你又没有亲属关系,不能接受这么大数额的赠予,所以我一直当它是你寄放在我这里的东西,随时等着你来把它取回去。"

只是他没想到一等就等了七年。

高月横了他一眼,没再多说,劈手去夺钥匙,他却又抓住不放,趁机问她:"为什么不是戴鹰?"

"什么意思?"

"你要结婚了。"他顿了一下,才又说道,"对方为什么不是戴鹰?"

他知道当年她是跟戴鹰一起走的,也设想过假如她在这几年当中结婚嫁作人妇,对方肯定就是戴鹰了。

然而从刚才在酒店发生的事情来看,要跟她结婚的另有其人。

高月气到要爆炸,刚要开口,他却已经放开了手。

反正她肯定又要说那句:"关你什么事!"

来日方长,有些事,他还有的是时间去了解,不急在这一时。

高月只觉一口气被堵在胸口,没再多看他一眼,钻进车子里就把车开进了小区里面。

至于他怎么回去,他住的地方离她这儿有多远,才不关她的事呢!

唐劲风在夜风中伫立半响,直到那点车灯在林荫深处渐渐看不到了,他才转身离开。

他一边走一边给师兄舒诚打电话:"对不起,今晚没能一起好好吃个饭。是……等你下个月回来,我直接到律所去找你谈。嗯,不用再考虑了,我已经决定辞职,递交辞呈之后等走完内部程序就可以离开。"

婚不结了,取消婚礼却是个声势浩大的工程。

婚纱是从米兰重金订购的,还在来的路上,就给退了回去,货款照付,东西高月却是一眼也不想看见了,眼不见才心不烦。

还有诸如司仪、鲜花、预约的乐队和明星,全都由助手们去沟通退订。

还好,除了至亲的家人和朋友,大部分受邀的宾客是用电子请帖发出的邀请,再全部群发一遍,说婚礼因故取消了,也省得当面解释了。谁爱八卦就八卦去吧,做错事的人又不是她。

高月言简意赅地把事情跟爸妈说了一遍,捉奸在场的视频证据、酒店监控全都奉上,这就算交代完了。

至于欧家那边,要不要把证据也给他们欣赏欣赏,就交由父母定夺,算是她给长辈们的一点面子。

高月知道自己爸妈在儿女的终身幸福问题上,眼睛里是进不得一点沙子的,所以发生了这么恶劣的事情,她说取消婚礼那就取消,她爸妈怕她受刺激,也不敢再多说什么。

但她还是选择这段日子避不见人,不管是家里人也好,其他亲友也好,一律不见面,也不接电话,省去许多口舌上的麻烦。

那晚唐劲风送她回的紫金华府,其实是她回国后一个人住的复式公寓。那天她回去收拾了点东西就离开了,不然各路亲朋好友肯定要上门轮番轰炸。

她住到了胡悦那里。

"你这可真够潇洒的,临门一脚说不结婚就算了,还学人家玩起人间蒸发来了。你说你家里人要找到我家来怎么办啊?我是开门呢,还是开门呢,还是开门呢?"

"不用开门,开了也说我不在。你拿根扫帚拦住门,谁敢跟你这个大肚婆叫板啊?"高月把盛在碗里的酸奶递给她,"行了,你最爱的火龙果酸奶，可以吃了。"

胡悦挺着肚子接过那个小玻璃碗，搅和着里面粉红色的酸奶，舔了一口就美滋滋地说："还是你们学发酵工程的人厉害啊，我自己动手就怎么都做不出这个味道来。不过你的手艺还是比想想的差点，她上回给我做的吃完了，给我留了种子我自己做不出来，有一天半夜想吃，都馋哭了。"

"瞧你那点出息！想吃酸奶还是去买现成的比较好，自己在家做，环境不如工厂干净，更赶不上以前学校的实验室，被污染变质的概率还是挺大的，你这孕妇吃还是小心点。"

"买是买了，老周半夜出去把附近几条街上大大小小开着门的便利店里所有品类的酸奶都给我买了一遍，可惜都不是那个味道啊！最重要的是，等他买回来我又不想吃了。"胡悦摊手道，"孕妇就是这么反复无常。"

"我看是被你们老周给惯出来的吧，你这么能作，也就他受得了你。"

"喊，也不看孩子跟谁姓？为了给他生这孩子，我都胖十几斤了，脸都变形了！你看看这鼻子、这额头……这是我的脸吗？他难道不该对我好点？"说完胡悦又摸了摸圆滚滚的肚子，低头笑道，"不过孩子倒挺懂事的，感觉性子像他爸。"

高月看到那肚皮像波浪一样滚动，知道是孩子在里面动呢，忍不住也把手放上去感受了一下："嗯，这几个月挺乖的，都让妈妈忘了刚开始那俩月吐到恨不得抱个马桶到处走。你妈这么快就好了伤疤忘了疼，看来很快就要把二胎的事排上日程了吧？"

"我才不生呢，一个都够受的了！生完我就去做纤体，我要减肥，要恢复美貌！"

"老婆，我回来了！给你带了荣记的烧鹅和桃酥，还有我和同事一起团购的泰国的山竹，一整箱在车上，我先拿两个上来你尝尝。"

周梧下班回来，手里拎着大包小包的吃食，还捏着俩山竹。

胡悦迎上去，把吃的都接过来，迫不及待地探头到塑料袋里去闻香："这烧鹅太香了，你怎么知道我想吃啊？"

周梧只嘿嘿一笑，又摸她的肚子："宝宝告诉我的，他说他和妈妈都想吃烧鹅，我就买了。"

胡悦嗔怪地拍开他的手："少肉麻，月儿在呢！"

高月举手投降："你们继续，当我不存在就好，反正这几天'狗粮'我也吃得饱饱的了。"

"对啊，高月又不是外人，怕什么？你们先吃着，我下去把山竹搬上来。"

老周乐颠颠地下楼去了。高月剥着手里的山竹，露出里面白生生的一瓣瓣果肉，感慨似的说："老周是真的对你挺好，我们502现在就你最安稳、最幸福了。"

"谁能想到呢？我当初也没想到自己会跟他在一起，我一直以为自己喜欢戴鹰那种类型，然后求而不得，会孤独终老呢！对了，戴鹰现在怎么样，回国了吗？""还没有，不过也快了。他跟A城的篮球俱乐部已经谈好了合同细节，等签完约，把美国那边的事情处理好，应该就会回来了。本来他要回来参加我的婚礼的，这下取消了，他反而不着急了，等把手头的事情全弄完再回来也不迟。到时候让他请客，请我们一起吃顿好的。"

"我到时候说不定都生了，还不一定能去呢！"胡悦咽下桃酥，又喝了一口酸奶，"而且呀，周梧还不一定肯让我去呢，他可能吃醋了！"

"是吗？看不出来啊。"

"看不出什么，你们又说我坏话呢？"周梧抱着两箱水果顶开门，嚷嚷道，"老婆，叫钟点工阿姨多做两个菜吧，我们今天有客人。"

"谁呀？"胡悦走过去想帮忙，"哎，买一箱就行了，你怎么买这么多东西……"

话没说完，她已经看见跟在周梧身后，也抬着两小箱水果的唐劲风，一下子惊讶得嘴都合不上了。

"胡悦，好久不见。这些东西……放哪里？"

他声音清朗，彬彬有礼，分明就还是当年校园中万众瞩目的那个唐劲风。

胡悦惊得都顾不上待客的礼节了，一连声朝屋里高喊着："月儿，月儿……高月！"

高月是看周梧搬了好多东西回来，屋子里可能没地儿放，就把自己拖来的那个小行李箱拎进房间去了。听到胡悦突然在外面大叫，她还以为出了什么事，赶紧跑出来，没留意脚下多出的水果箱子，一脚踢上去，人就往前扑倒。

唐劲风不偏不倚地接住她，几乎是把她从水果箱子那边给抱了过来，看她一脸惊魂未定的表情，蹙了蹙眉道："你没事吧？"

有事啊，有大事！

"你……你怎么会在这儿？"

她靠在唐劲风怀里，整个人从表情到身体都僵住了。

"小唐是来找我的。"周梧擦了把汗，笑眯眯地帮忙解围道，"我们也挺长时间没见了，他听说我快当爸爸了，怕宝宝出生以后我更没时间，就今天过来聊一聊。他问要买点什么，我说什么都不要，买点水果就行，胡悦爱吃嘛。谁知他买了这么多，刚好我自己也买了……"

周梧还是像以前那么爱唠叨，胡悦使劲儿掐了他一把，他才反应过来："哦哦，你们聊啊，我去看看今晚做点什么菜比较好。"

"我去给你们倒杯水。"

胡悦用硕大的肚子顶着老公进厨房，转身前朝高月使了个眼色。

高月只当没看见，跟唐劲风拉开距离道："你自己坐吧，我们都不是这家里的主人，我就不招呼你了。"

她拿了瓶水，拧开咕咚咕咚喝掉一半，还是觉得口干舌燥。

唐劲风看她一身家居打扮，问道："你这几天都住在这里？"

"怎么了，不行吗？"

"紫金华府呢，是你的婚房？"

"咯咯咯……"

高月呛到了，连忙扯了纸巾擦嘴。

"你别管这么多行不行？"她好不容易把这口气喘匀，"哪壶不开提哪壶。"

"你哪壶不开？"他一本正经地问，"结婚吗？"

他让人无语的本领比读书的时候有过之而无不及。

高月懒得理他了，高声喊道："胡悦，菜够不够啊，我去楼下买点来加菜！"

"不用不用。"胡悦端着两个盘子出来，"老周买了烧鹅、烧肉和凉菜，加上阿姨原本做的那些，够吃了。你们来坐吧，可以开饭了。"

几个人围坐在餐桌旁，周梧感慨道："这还是我们毕业后头一回四个人聚在一起吧？"

"什么毕业后，毕业前也没这样一起坐过，高月大三就出国了，那时候我还没跟你在一起呢！后来结婚……她有事没来得及赶回来。"

其实她们502的姐妹都知道那是托词，她是怕回来参加婚礼遇上唐劲风。

胡悦边说边拿了瓶酒给他打开。高月问："这是舒眉他们新酒庄的酒吧？"

"对啊，今年的新酒，之前一直喝的霞多丽，红酒还没尝过。"

高月跃跃欲试，接过开瓶器说："我来吧！"

她娴熟地打开酒瓶瓶塞，红酒的单宁酸味涌上瓶口，她谨慎地吸了口气，才把酒倒进酒杯里。

果然是液体红宝石，冲进杯子里就有很好的视觉效果。

唐劲风默默地看着她，从她衣袖中露出的那一节手腕，到她扶握酒瓶时专业的姿态和角度，不放过任一细节。

等酒已经落到杯底，胡悦才想起来道："啊，还有醒酒器吧，我都忘拿出来了，你们等等，我去拿。"

"没关系。"高月叫住她，"临时决定开的酒，来不及醒了，就先这么喝。反正喝酒最重要的是气氛。"

"说得好，喝酒最重要的是跟谁喝。"周梧也瞥了身旁的唐劲风一眼，看他还是不动如山，没什么表示，只好摆出主人翁的架势，举起手中的水晶杯，"来，我们干一杯！煽情的话我也不会说，不过当年我在你们公主楼楼下表白失败那一次喝多了，当时高月说的话我还记得特别清楚，一杯敬明天，一杯敬过往。祝大家不好的都忘掉，想要的都实现！"

杯子碰在一起，发出清脆的响声。

高月忍不住揶揄道:"老周你这还叫不会说话啊,胡悦把你调教得太谦虚了。"

"这可不是我的功劳啊!"胡悦抿了一点酒,"我还觉得他谦虚过头了呢,都不知道展示自己的长处,所以干了这么多年也才是个小副科长。"

"副科长挺好的。"唐劲风突然开口,"实权干部。"

老周哈哈一笑道:"还是我这小老弟最懂我。你最近怎么样,听说要准备升职了?"

"没有,我辞职了。"

他这话一说出来,其余三个人都停筷看着他。

"什么?辞职了?什么时候的事啊,之前怎么没听你说过?"

"最近才决定的,现在等内部流程走完。"

"那之后打算做什么,还是刑辩律师吗?"

"嗯。"唐劲风有意无意地看了高月一眼,"我想自己闯荡看看。"

周梧像是想起什么来,说道:"舒诚师兄的律所好像在找刑诉部门的负责人,他联系过你吗?"

唐劲风点头道:"是有这个意向,那天本来要跟他见面好好聊一聊,遇到点意外情况,只能等他下个月回国了。"

高月当然猜到了那个"意外情况"指的是什么,一口气噎得烧鹅也吃不香了。

胡悦见状,用筷头点了点周梧说:"说你呢,怎么好好的又扯人家唐劲风身上去了。他行业经验那么丰富,如今跳槽出去说不定能直升合伙人,不是挺好的嘛,多赚点钱好攒老婆本。"

说着她还在桌子底下用脚尖踢了踢高月,被高月猛瞪了一眼。

周梧:"说的也是啊,不过我们家主要负责赚钱的是老婆大人,我主内,等将来孩子出来了,我就升级做超级奶爸,让老婆没有后顾之忧。"

"还超级奶爸呢,搞得像你有喂奶这个功能似的。"

"有奶瓶和冰箱啊!我听我们公司的前辈们说,母乳吃不完可以挤出来放冰箱里,喝的时候热一下就行了。老婆我看好你,肯定奶

041

水足……"

胡悦脸色绯红，塞了一大块烧鹅堵住他的嘴："少说几句吧你！"

高月和唐劲风似乎都已经习惯了他们夫妇这样日常的打情骂俏，笑了笑，然后低头继续吃饭。

这还是重逢后，他第一次看到她笑。

因为有周梧和胡悦在，饭桌上一直不缺话题，有些不想提的、不方便提的，他们也都很有默契地避开了。

一顿饭气氛还是挺好的，胡悦高兴，喝光了一小杯葡萄酒，又伸手要继续倒。

高月按住她道："够了吧你，小心把孩子也喝醉了。今天先尝个味道，等'卸了货'再喝个够。"

胡悦点头，她的酒量其实挺好的，这么点酒根本不至于喝醉，意识还清醒得很，但叫她不喝她就不喝了。

然而坐了没几分钟，她突然捧着肚子拧起眉来。

周梧最紧张，见状连忙过来扶她："怎么了，肚子痛吗？"

"嗯，扭着疼。"胡悦一把揪住他，"是宫缩吗？我不会是要生了吧？可预产期明明还有一个月啊！"

她这么一说，周梧更紧张了，夫妻俩互相拉扯着，一点主意都没有。

还是唐劲风反应最快，沉着冷静地安排道："要生也不会这么快，先不要慌。想想有什么要带的，证件、衣服，还有孩子要用的包被、奶瓶……都拿上！我们都喝了酒不能开车，我下楼拦出租车。月儿你陪老周一起扶着胡悦乘电梯，慢慢来，千万不要着急，明白了吗？"

"啊……噢，好。"

高月也没经历过孕妇临时要生产这种事，不自觉地就听从了他的安排。

等他开门下楼去了，她似乎才反应过来——他刚才叫她什么？

月儿？

医院急诊病区。

周梧从进医院门就开始吆喝"我老婆要生了麻烦让一让",搞得值班的医生也很紧张。

结果检查下来,只是急性肠胃炎,医生说胡悦是吃多吃杂了,还没到要生的时候呢!不过为了避免引发真的宫缩,可以留院观察一天。

唐劲风拍了拍周梧:"虚惊一场,重要的是大人、孩子都没事。你怕什么,反正晚几天出来,不也一样管你叫爸爸?"

"我倒希望现在就'喜当爹'呢!"周梧一脸失落,"今天幸亏有你们在。话说你还没结婚呢,怎么看起来这么有经验啊?"

"以前办案的时候遇到过。"

"证人吗?"

"嫌疑人家属。"唐劲风笑了笑,"坐在我的办公室里不肯走,突然就要生了,是我送去医院的。"

他做律师的这些年真是人生百态都看了个遍。

高月在病房里调侃胡悦:"叫你别吃这么多东西吧,这是你家宝宝消化不了,提出抗议了。"

"哼,这个小没良心的,也不看我每天这么胡吃海塞是为了谁啊,一点都不领情!把我给吓得还以为要早产了。"胡悦靠坐在病床上,朝门外一仰下巴道,"哎,既然没事,你就别管我了,去跟那谁聊聊呗!你俩也好多年没见了,应该有好多话要说吧?"

"我跟他没什么话好说的。"

"怎么会呢?我看你俩眼睛里满满都是戏啊,聊一聊又怎么了呢,万一旧情复燃,趁机干柴烈火啊!"

"你就巴不得赶我去住酒店吧?"

胡悦装出大惊失色的模样:"难不成你们打算在我们家房间里……天哪,这是人性的泯灭,还是道德的沦丧?不过我跟老周今晚都得待在医院,家里没人,你们要看得上寒舍,我们也不会反对的。"

高月深深自责,感觉自己上学那会儿酷爱胡说八道的毛病把整个寝室的姐妹都传染了,胡悦以前不是这样的,可高冷了。

"亲,这边提醒你注意一下胎教呢。没事我先撤了,明天来接你出院。"

043

"等一下。"胡悦叫住她道,"就算你自己没什么想跟唐劲风说的,想想她老公的事你也可以帮忙问问啊!我听说那渣男可能过几天就会被放出来,这对想来说可不是什么好事。"

"这么快就有结果了?开庭不是一般要等一段时间的吗?"

"根本就没到法院开庭那一步,检方做了不起诉决定。"

亏得大学时她俩一起修了法学双专业,说起这些复杂又似是而非的法律名词,不至于不理解其中的含义。

说到这个,高月又憋了一肚子火,走出病房的时候脸色可难看了。

"发生什么事了?"唐劲风问她。

其实跟他没什么关系,可高月觉得憋屈,情绪不自觉就朝着他去了:"检察院什么情况下会做出不起诉决定?"

唐劲风愣了一下道:"你问这个干什么?"

"我就想了解一下,不行吗?"

"你不是学过吗?刑事诉讼法课,有专门讲不起诉决定的一堂课。"

"时间太久,我忘了。"

忘了就自己去翻法条。

要是以前,他一定会这么对她说的,现在他却朗声说道:"《刑事诉讼法》第十五条、第一百四十条、第一百四十二条列明的可以做出不起诉决定的情况,包括情节显著轻微,危害不大,不认为是犯罪的,超过时效、特赦、嫌疑人死亡以及补充侦查之后仍然证据不足,看你朋友的情况是哪一种。"

高月有点惊讶:"你……你怎么知道的?"

"周梧跟我说的。"

就算没有周梧,他也能猜到,她要不是为朋友两肋插刀,又怎么肯在这种时候好好跟他说话。

"我想不出来是哪种!"她有点赌气似的说,其实她能猜到八成是情节显著轻微不构成犯罪,可她不愿承认,"什么样的人渣可以对自己的妻子下那种狠手,把人打成那样啊?想想去验过伤,这也算情节轻微?"

"也有可能是证据不足,家庭暴力取证并没有想象中那么容易。"

"所以关起门来，就打死勿论吗？反正也没有第三人在场，没有摄像监控，人死了甚至连面对面对质都做不到了，死无对证啊！"

"高月。"

"我知道，我不该跟你说这些，又不是你的错。"她意识到自己的失控，吸了吸鼻子，"我就觉得从我回国开始，糟心事一桩接一桩，看看舒眉、想想，再看看我自个儿，结了婚的、要结婚的，没一个顺心的。要不是还有胡悦和老周幸福着，我都要怀疑我们寝室是不是被诅咒了。"

两人不知不觉已经走到病房楼下的花园中，有高大的树木在初夏抽出细长的枝条来，夜幕中看不清是紫还是白的连串花穗随风轻摆，有着勃勃生机。

花瓣落在她的头顶发间，是小小的紫色。

唐劲风为了抑制抬手帮她拿掉花瓣的冲动，手一直插在裤兜里，不评价她居然还相信这种怪力乱神的小女孩心思，说："我那天问的问题，你还没有回答我。"

"什么问题？"

"你的结婚对象，你为什么打算跟那个人结婚？"

噢，换汤不换药是吧？那天他问的是，为什么结婚对象不是戴鹰，而是另有其人。

"你是想问我为什么这么瞎吧？"高月自嘲道，"又不是刚认识他的时候，他就是这个德行的，连动物都会伪装呢，何况是人？"

"你还在为他说话？"唐劲风的声音有些紧绷。

"怎么，你吃醋啊？"她故意走近一步，在他的衬衫纽扣上抚了抚，"你不要搞错了，我们充其量只是睡过的关系，早就两清了，怎么着也轮不到你来吃醋啊！"

唐劲风没说话，就像以前她撩拨他的时候那样，他也总是不动声色地看着她表演。

她有些没趣，正要收回手，却突然被他一把攥住。

他的力道很大，可是握在她手腕上的手还是很小心，避免弄疼她。

"你、你干什么？"

045

她其实并不怕他,眼睛亮晶晶的,还是当年那个天不怕地不怕的大小姐模样。

只是她心里的计较不知道换过多少,他猜不透,她又不肯告诉他。

他想质问她的,是什么让她对他不信任到了这样的地步?

可被她的一双眼睛这样看着,话到嘴边又咽了下去。

最后两个人又一次不欢而散。

高月接到助手肖雨的电话,说她家里人到处找她,找得很急,让她无论如何回个电话。

于是高月开车回了趟父母家。

爸妈这些年还是住在原来的别墅,本来有环境更好的新房子可以换,但他们舍不得院子里亲手栽种的花草,就干脆哪里也不去了,说等高月结婚生了孩子,可以时不时到她那儿去小住,帮忙带带孙子。

现在别说孙子了,女婿都没了。

高月到家的时候,发现差点成为她公婆的欧家二老来了,欧伟祺坐在最旁边,耷拉着脑袋,一看就是被按着头来道歉的。

不仅如此,她的大表哥穆皖南也在,大概是来做说客的。

要不是跟穆皖南有一半的亲缘关系,她真要感谢他八辈祖宗,因为要不是他介绍,她也不会认识欧伟祺这个奇葩。

"月儿回来了?"穆锦云拉她过去坐,使了个眼色,让她少安毋躁。

高月就乖乖坐下,还乖巧地叫了人:"欧伯伯,欧伯母。"最后她不情不愿地叫了一声,"大哥。"

穆皖南微微点头。

高月都不知道他什么时候到A市来的,因为他鼻梁上架着眼镜,像是会议开到一半就被拉来当和事佬了,而他只有掩饰自己疲态的时候才戴眼镜。

"哎呀,月儿你可回来了,我们还怕你出什么事,担心得不得了!"欧伟祺的妈妈李荷蔚急切道,"这回这个状况,千错万错,都是我们家伟祺的错,他太贪玩了,要结婚了还收不了心。我们已经狠狠地教训过他了,你别生气了,啊?"

"放心吧,伯母,我没事。"

"没事就好,我们最近天天都来,就想跟你见面聊一聊。伟祺也知道错了,他已经跟那个女人分手了,分得干干净净的,你不用担心。"

"干净?"高月听到这个词忽然笑了笑,看着欧伟祺一脸惶恐不安的表情,转头问,"妈,那个拍下来的视频,你给伯母他们看了吗?"

穆锦云没吭声,欧伟祺已经噌地一下站起来道:"喂,你够了吧?你要闹到什么时候?在我爸妈面前你能放尊重点吗?"

高月打开手机里存的视频,搁在茶几上,屏幕朝着欧家二老,里面一片喧哗聒噪声,衣衫不整的男女地上一个,床上一个。

"没看也没关系,我这儿存了。"

对方脸上一片尴尬,欧瑞林的老脸实在挂不住,气得青一阵白一阵,简直没眼看。

"你、你……"

欧伟祺看着自己老爸要发飙,又气又怕,伸手就要去拿放在茶几上的手机,没想到被高月一巴掌拍开了。

"我那天就跟你说过了,让你别碰我的东西!"

视频像要配合她似的,正好传来那天她在房间里跟他的对话——别用你的脏手碰我,我怕得病。

她也顺势站了起来,拔高声调,指着他道:"就你这样的,还好意思让我放尊重点?视频里没穿衣裳的人又不是我!我已经够给你面子了,这事除了咱们两家以外没大张旗鼓地去外头说,我也没想让伯父伯母这下不来台。你倒好,还跑我家里来耍横,你横给谁看呢?我告诉你,我不吃你这一套!别以为跟你的小情人断了就没脏身子了,一次不忠,百次不用,懂吗?就这样还想娶我,做你的春秋大梦去吧!"

说完高月抄起手机照着落地玻璃门就哐当砸了过去。

对,她就是连放过这段视频的手机都嫌脏。

她也懒得再看其他人的脸色,转身上了楼。

欧家三口看着散落一地的手机碎片,还有玻璃门上像霜花一样散开的裂纹,都是一副目瞪口呆的表情。

穆皖南和穆锦云坐在那儿没动,似乎对此已经习以为常了。

穆锦云坦然地起身送客:"你们也看到了,不是我们不留情面,不肯再结这个婚,实在是我这个闺女……"

剩下的话她也用不着多说了,百闻不如一见,这一见,真的是实力劝退。

送走了欧家三口,穆锦云示意穆皖南坐一会儿,自己上楼去敲门叫高月下来。

高月房间的门虚掩着,根本没锁。

穆锦云走进去,看她收拾自己的东西,问:"你这两天去哪儿了?要不要回来住几天?"

"不用,我住我朋友家。"高月头也不抬地说道,"只要你们别上门找我,我可以马上就搬回紫金华府的公寓去住。"

"我们也是关心你。"看她脸色不对,穆锦云连忙岔开话题,"好了好了,不说了,我们不到那儿去找你。但是你总得让我们随时知道你在哪儿,不然我们会担心的,知道吗?"

"担心什么,担心我会为了欧伟祺那种人寻死觅活吗?"高月停下手里的动作,转过来看着她,"妈,我愿意结这个婚,是因为你们都觉得我俩合适。欧家跟你和大哥都有生意来往,大家知根知底,他当初也确实挑不出什么错来。可你看看现在呢?我也不是没给过他机会,可我发现我忍不了。如今已经证据确凿了,我没冤枉他吧?他妈还认为就是低个头认个错的事,非得结这个婚不可,不就是图咱家这点钱和权吗?"

穆锦云叹了口气道:"唉,你这孩子,说什么图不图的?结婚本来就是两个家庭之间利益和资源的再分配啊!普通家庭要结婚,不也谈的是谁家出房子,谁家买车子,装修的款哪家出……"

"他们也都捉奸在床吗?哦,没有爱情,还要来分我的面包,凭什么?"

穆锦云不吭声了,好半响才说:"那你真的想好了吗?众口铄金,积毁销骨,取消了婚礼,背后可能会有很多流言蜚语,你承受得来吗?"

高月不屑道:"那他们敢当着我的面说吗?不敢,那怕什么,我又不用天天跟他们打交道。"

穆锦云很是担心她这个态度,正色道:"月儿啊,我们是关心你。"

"我知道。"高月顿了一下,背上包道,"放心吧,以前那次都没死,这次更不会有事,你们不用担心。"

她下决心放弃一段真正的感情,接踵而来的伤感和孤独,还有那些好的、不好的回忆,都在短时间内像突然倒灌的海水,几乎在她踏上异国土地的刹那就把人溺毙。

那种绝望又无法挣脱的窒闷感,比她想象的要难受一万倍。

她甚至觉得那时候只要唐劲风跟她说一句话,随便说什么,哪怕只是一条发错的短信、一个未接的电话,她都有可能就逃回来了。

逃回他身边。

管他是不是接受了什么条件,管他是不是真心喜欢她,大不了她像过去那样死皮赖脸地缠着他,辛苦一点,也好过这样受煎熬。

可是没有,他从来没有联系过她,没有找过她,没有一条发错的短信,没有一通错过未接的电话。

她怀疑他都已经把她的联系方式给删了。过去他们一起翻译合同时那个邮箱她明明还在用啊,可他也没有发过一封邮件给她,连垃圾邮件都没有。

尽管是她先走的,可他像遗弃一只养腻了的宠物,一早就抛弃了她。

她是靠自己硬挺过来的。

往事如烟,本来在脑海中一闪也就过去了,谁知偏偏有人问:"是因为唐劲风吗?"

穆皖南的声音冷不丁地打乱了母女谈话间微妙的平衡,他就站在高月的房间门口。

高月瞪圆了眼睛看着他:"你说什么,有种再说一遍?"

"我说你现在这么坚决地不肯结这个婚,是因为又见到了唐劲风吗?"

穆锦云愣了愣,看看他,又看了看高月:"月儿,你……"

"对，我是见到他了，我们还一起吃了饭，相谈甚欢呢！"她也不怵，坦坦荡荡道，"所以你们现在打算怎么样？又一人去威胁他一次，让他离我远点吗？"

她也是时隔好多年才偶然得知，原来当初穆皖南也去找过唐劲风，直言不讳地说他高攀不起高家，请他趁早放手，避免纠缠使得两个人都痛苦。

她仔细想了想那个时间，不就是她跟唐劲风一起吃火锅的那一次吗？

原来她当时的感觉没有错，他本来是打算跟她说点什么的吧，可最后什么也没说，只送了她一本《傲慢与偏见》。

那本书早就被她翻遍了，里面什么都没有。但知道这件事之后，她想再把书拿出来看一看，发现书还留在家里，没有带到国外去。

现在倒提醒她了。高月转身走到书架前，取下那本《傲慢与偏见》拿在手里，耀武扬威似的朝穆皖南挥了挥："看到了吗？这是他当年送我的礼物，我现在呢，就带着它去跟唐劲风叙叙旧，你是不是很羡慕？"

穆皖南面色冷淡道："高月，你不是小孩子了。"

"我的确不是孩子了，所以我知道我在做什么。你呢，你知道你在做什么吗？结了婚还在心里念着另外一个人，年年去悼念，搞得像情种似的，你想过你老婆和孩子的感受吗？捉奸捉双，幸亏我亲自捉到欧伟祺，还拍了视频作为证据，否则你们只怕更要认定我是胡诌给他安罪名了。就这样，你们还觉得我应该结这个婚，你是不是觉得每个人都能像你太太俞乐言那样，坦然接受你在婚姻里面想着另外一个人？"

穆皖南果然变了脸色。

"月儿！"

"妈，我今天就把话说清楚，心里有别人的男人我不接受，甭管他是刻骨铭心还是逢场作戏。你们要还是非让我嫁给欧伟祺那种人，我明儿就买张机票飞法国，这辈子都不回来了！"

说完她又转向穆皖南道："物以类聚，人以群分，心里没人家还娶回家，一边享受着她的好，让她给你生儿育女，一边念着心里那个人,你们这种男人是缺了八辈子的德!你同情你的同类我不管,只是你要今后再敢掺和我的事,我跟你没完!听见没?穆皖南,我跟你没完!你也甭以为就吃定你老婆一辈子了,她迟早忍不了会跟你离婚,我们走着瞧!"

"高月!"穆锦云发火了,喝止她道,"怎么跟你大哥说话呢?他知道这事之后是最坚定地支持你取消婚礼的人,怕你姥姥他们挂心,又特意飞过来,想看看你好不好,你怎么能这么误解他呢?"

高月笑了笑道:"噢,是吗?那关心我是为了什么,不还是因为心中有愧?"

本来她还想说反正愧疚这回事他最擅长了,忍了又忍总算没有说出口。

她看着脸色青白的穆皖南,又回头对穆锦云说:"妈,我真的没事,你们不用担心我,我已经长大了。酒店和我自己公司的事,我这两天就会回去处理。公事方面您可以过问,毕竟您现在是董事长,私事方面,希望你们能给我一点空间。我是成年人了,所有的后果,我承担得起。"

"月……"

不等他们再说什么,高月已经背着自己的东西下楼离开了。

穆锦云叹了口气,又安慰身旁的穆皖南:"皖南啊,她刚才说的话你别往心里去,她就是这个辣椒脾气。你要离婚的事我们也是刚知道,她又经历了欧家小子这一出,我们都还没来得及告诉她……她不是有心的。"

"我知道,姑妈,我没事。"他站在那里,痛过之后,神色已经恢复如常,"这事我也的确有责任,原本以为她跟欧伟祺处得来才介绍他们认识,谁知道最后搞成这样。我今天来是想提醒她一点,欧伟祺跟她的公司还有业务上的牵扯,不管是在私事还是公事方面都要小心对方打击报复。毕竟她是女孩子,容易吃亏。"

高月发完那通脾气,没过两天,就接到胡悦的电话,约她一块儿陪顾想想去一趟检察院。

高月咋舌道："不是吧，难不成想想这样了还下不了决心离婚？"

胡悦说："谁知道呢？所以我们才要去看着点，避免她又被那个渣男威胁而改变主意呀！"

毕业后因为都留在A市生活，胡悦和顾想想这对曾经的"情敌"反而成了她们502寝室关系最亲近的伙伴，经常打电话和约饭。

胡悦和周梧是大学里就开始恋爱了。

胡悦去做同声传译之后，周梧还在读研究生，等周梧研究生毕业考上了公务员，两人很快就结婚了。然而顾想想比他们还要早一步跨入婚姻的殿堂。

说起来她嫁的这个人高月也认识，就是当初戴鹰为她跟人打架的那家夜店的老板，她在小圈子里见过，只是没那么熟。

大概就因为戴鹰这个事，双方调解的时候他也参与了，一来二去认识了顾想想。

后来林舒眉在A市近郊找了块合适的地种成葡萄园，把高原酒庄给复制了过来，顾想想就成了她酒庄的酿酒师。夜店也有酒水供应的需求，需求还不小，酒庄最初产出的酒就放在他的店里寄卖，加上顾想想会去收集消费者的反应，两人的接触就越发多了，没多久就到了谈婚论嫁的地步。

林舒眉那时就跟高月说过，她反对顾想想嫁给这个江浩，因为这男人有超强的控制欲，连顾想想跟她们几个女生一起出来吃顿饭都要刨根问底，一旦知道有男人参加，比如胡悦带着老周一起去，那下回聚会顾想想就别想再出来了。

而且在准备结婚的过程中，他就对顾想想动过手。虽然只是一巴掌，但对高月和林舒眉她们这样的个性来说，男人对女人动一个手指也是完全不能忍受的。因为家暴这种事，只有零次和无数次的差别。

很可惜，顾想想没能被这一巴掌给打醒，怀抱着侥幸心理，还是嫁给了江浩。

婚后过的是什么样的日子就不提了，就说高月回国这么久，也就只有收到消息赶去顾想想家救她那次见了她一回，那天她已经被关起门来施暴两个小时了，脸肿得变形，高月几乎都没认出那是谁。

她觉得自己也真是个人才,眼看江浩自己的手都肿了还不肯罢手,朝着他扔了把椅子过去,不偏不倚正好砸中他,才顺利地等到警察赶来把人制服。

顾想想抱着她们失声痛哭,终于下定决心要离婚。

因为及时报警和有人证在场,江浩也终于被逮捕了。

本来大家想着他怎么也要被判个几年再出来,看来还是她们太乐观了。

高月开车去接顾想想时,她穿了一身白色连衣裙,比大学时瘦了很多很多,但是不见之前的憔悴之后,还是很漂亮、很精神的。

可见一桩糟糕的婚姻有多么毁人。

"谢谢你们啊,今天还特意来陪我。"她坐上车子后座,忍不住摸了摸胡悦的肚子,"宝宝还是这么乖,什么时候生呀?"

胡悦说:"别提了,前两天肠胃炎就差点生了,其实还有一个月。"

"这么危险?"顾想想惊了一下,"那要不你就别去了,我有高月陪着行了。"

"不行,我不放心你们俩。"

顾想想很感动,又看了看自己坐的座椅,疑惑道:"咦,我怎么觉得这车有点眼熟呢?像是月儿大学里开的那辆。"

"不用怀疑,就是那辆。"胡悦暧昧地说,"有人遇到老情人了,共开一辆车。"

"唐劲风?"

"可不是呗!"

正稳稳开着车的高月终于开口了:"胡悦,你再嚼舌我就立马打电话把老周叫来接你回去!"

胡悦撇了撇嘴不吭声了。哼,她不是怕周梧,不过是挺着肚子,不想听他唠叨罢了。

她们刚到检察院,就在门口碰到了江浩。照理他应该在看守所里,可能只是到这里来办手续,或者知道她们今天也要来,故意来遇她们的。

江浩一脸平静，之前那种暴躁的戾气这会儿是一点都看不出来了，脸上反而带着笑："老婆，你来接我回家？"

顾想想看他往前一步，就往后退一步，最后几乎退到了高月身后，才终于鼓起勇气说："我不是来接你的，还有，我以后也不是你的老婆了。"

"离婚协议我都还没签字，离婚证没到手，你不是我的老婆是什么？"

他一个字一个字说得很慢、很笃定，不是那种狂躁的状态，却让人汗毛倒竖。

高月感觉到顾想想靠着她的身体在发抖，像惊弓之鸟，气得拉起她说："不用理他，我们进去。"

胡悦也挺着肚子大摇大摆地从他身旁走过："麻烦让一让。"

江浩看着她们的背影消失在办公大楼的门厅里，眼睛里翻卷着的恨像淬了毒的刀刃，完全不加掩饰。

负责案件的检察官把决定事由跟顾想想简单交代了，果然跟唐劲风说的差不多，不起诉决定是因为证据匮乏以及顾想想的伤势只是轻伤的级别，渣男根本是打出了经验，知道怎么让她疼又不至于把人打成重伤。

几人从检察院的办公楼出来，外面下起了雨，天空黑沉沉的，每一朵云都像压在人的胸口似的。

江浩居然还没走，也没撑伞，就那么直挺挺地站在雨中，看到她们出来了，也没动。

"这人是个疯子，别理他。"高月说，"我车上有伞，你们在这儿等我一会儿，我去拿。想想，你已经申请了人身保护令，不用怕他的。"

顾想想没说话，甚至根本不敢抬眼跟雨中的人对视，身体不由自主地又开始发抖。

"想想，跟我回家！"江浩站在雨中朝她喊道，雨越下越大，可雨声也盖不过他的声音。

"想想，你不要听他的！"胡悦紧紧揽着她，"你今后就跟他没关系了,根本用不着理他。"

"胡悦,我……"顾想想眼里蓄满了泪,又求助似的看向高月,"月儿……"

"没什么好犹豫的,跟他离婚。离婚协议他不签,就等法院判决,我不信他能控制你一辈子。现在你先别管他,他只要不想再被逮捕一次,就不敢在这里怎么样的。"

她向胡悦使了个眼色,两人一边一个挽住顾想想,想先冒雨把她带上车再说,可顾想想恐惧到脚像被钉进了水泥地面,一步也迈不开。

江浩似乎很满意她这种反应,在雨中一步步朝她们走过来:"你们到底跟她说了什么啊,让她怕成这样?其实我早就告诉过你们了,我跟她不管发生什么,都是我们夫妻之间的事。我爱她,她也爱我,她不可能离开我的。"他一把掐住顾想想的下巴,"你自己告诉她们,是不是这样,啊?"

顾想想的脸都被他掐得扭曲,眼泪珠子噼里啪啦地往下掉,张着嘴却一个字也说不出来,觉得自己的模样真是丑极了。

江浩趁机想把人拖走,门厅里却出来一个人:"你们在这里干什么?"

高月听到声音一回头,就看到唐劲风站在身后,穿着深色的西装,英挺干净,比她记忆中模拟法庭上的形象更清晰好看百倍。

她只当遇到他是巧合,却不知他是特地到这里来等她们的。

唐劲风看了高月一眼,把手里的伞递给她,才对旁边的江浩说:"你以为这是什么地方?把你的手拿开!"

他自有一股不怒自威的正气在,江浩却不怵:"都已经不予起诉了,难道我现在跟我太太说句话也犯法了?"

"法律不是让你拿来挑衅的。你太太身上有针对你的人身保护令,按照规定你不得骚扰、跟踪、接触她以及她身边的亲友。照我看,你现在的行为已经违反了这一条禁令,可以视情节轻重处以罚款和拘留,要是构成犯罪,照样要追究刑事责任。这次不予起诉是证据不足,并不意味着你没做错。人不能无耻到这种地步,把侥幸当作理所当然,毕竟运气总会用光的。"

055

他还是跟以前一样,骂人损人都不带脏字。

江浩眯眼道:"你威胁我?"

"这不是威胁,这是警告。"

江浩仔细地看了看他的神色,又看了看他身边的高月,笑道:"看来你跟她们几个是认识的了?怎么,我太太请你做她的律师,还是你也是她的情夫?"

高月忍不住上前一步:"你胡说什么?"

唐劲风拦住她,对江浩道:"心理阴暗的人,看什么都龌龊。我什么人都不是,只是履行作为一个公民的义务,遇到违法行为及时制止,不需要任何特别的理由。你要是觉得你太太对婚姻不忠,就从合法途径收集证据去起诉,不要信口雌黄败坏她的名誉,那不仅不尊重她,也不尊重你自己。"

江浩这才不吭声了,又死死地盯着顾想想看了好一会儿,才转身离去。

顾想想像古代卸下重枷的囚犯一样,整个身体都有些发软,高月和胡悦也都松了一口气。

胡悦探头向唐劲风道谢:"谢谢啊!不过怎么这么巧,我们刚准备走,就遇到你了?"

"不是巧,我知道你们今天要到这儿来,怕遇到不必要的麻烦,所以特地过来看看。你们还好吗?"

他是对三个人说的话,眼睛却只看着高月。

"没事。"高月硬邦邦地回了一句,把手里的伞塞回给他,"雨不是很大,我跑过去把车开过来就好了,用不着伞。"

"哎!谁说用不着啊?我是大肚婆,一点雨都不能淋的!伞给我,你不打,我跟想想打!"

高月瞪了她一眼:"那你们在这儿等,我去开车过来。"

她独自跑进雨里,唐劲风拿着伞很快追上她,把伞撑在她的头顶:"你慢一点,小心摔跤。这附近不让随便停车,我陪你一起去,比较方便。"

高月只好让他跟着,不知不觉就被纳入了他的伞下。

他看到她开着那辆特斯拉的时候,似乎挺高兴地笑了笑,正好被她发现。

"你笑什么?"

"这辆车开起来还习惯吗?"

她就知道他要拿这个做文章!

高月昂起头道:"习惯啊,有什么不习惯的?我又不是没开过。要不是家里最近的车都送去保养了,我才懒得开这辆出门。"

其实是因为退婚的事跟家里闹别扭,她不好开口找爸妈借车来开。刚回国时买的新宝马因为有了那辆保时捷,她就低价转给了林舒眉,现在连保时捷也没了,她突然就没车开了。

"那辆保时捷呢,钥匙找回来了?"

她都说了,他果然是哪壶不开提哪壶!

"我有备份的钥匙!"高月羞恼道,"你管这么多干什么?"

唐劲风没再多说什么,打开门下去,撑伞在雨幕中快步走回胡悦和顾想想身边,将她们护送到车旁。雨势虽然已经小了,但一把伞遮不住三个人,他为了不让两个女孩淋湿,大半个身子都曝露在雨中,雨丝还沾到他的头发和深色外套上,很快就濡湿一片,他似乎也浑不在意。

胡悦和顾想想拉开车门上了车,又都降下车窗朝他招手说谢谢。

胡悦拍了驾驶座一下,低声对高月道:"喂,你也太不近人情了吧?人家好歹专门来给你送伞,帮我们解围,你也说句谢谢的话呀!"

高月看着站在车前的唐劲风,头发和衣服都被雨水沾湿了,还是那么高大挺拔,有些熟悉,又有些陌生。

她没说话,抄起他刚刚留下的那把伞,推开车门跑了下去。

"拿着!"她把撑开的伞塞给了他,"你回去吧,我们走了。"

高月埋头又钻进车子里,打了两下方向盘,车子就飞快地转了半圈冲出门去。

唐劲风拿着伞留在原地,摸到伞柄上留下的她手心的温度,淡淡地笑了笑。

高月送胡悦回去以后,又送顾想想回家。

057

她跟江浩婚后住的房子是江浩名下的，虽然两人还没有离婚，但为了避免再凑到一个屋檐下，发生之前那么惨烈的事，顾想想这段时间一直暂住在父母家里。

可现在江浩被放出来以后，她连父母家也不敢回了，怕他上门纠缠，吓到年迈的双亲。

父母看到她被打得遍体鳞伤已经够伤心了，还要陪她过着提心吊胆的日子，她实在于心不忍。

高月有些为难："怎么办呢？我现在也没地方住，不然你还可以继续来跟我做室友。"

顾想想说："要不我到酒庄去住吧？反正之前葡萄成熟到下工艺单开始酿酒，我有时也会住在那儿。"

后来是结婚后江浩不肯让她住外面，所以即使酒庄离A市有差不多一个小时的车程，他也一定要每天接她回家，第二天又送她到酒庄去。

这男人偏执得可怕。

现在她住到酒庄去倒是个不错的主意。

顾想想回家换了自己的车，对高月道："月儿，你回去吧，不用管我了。"

看她没动，顾想想有些奇怪："怎么了吗？"

"想想，你怪不怪我？"

"啊？"

"我是说戴鹰的事……当初要不是我把他一起带去了欧洲，你现在嫁的人可能是他，就不会受这些委屈了。"

从头到尾，她都没想过要跟戴鹰在一起，当时那种情况虽说是父母的一厢情愿，但也很容易让人误解为他俩出国双宿双栖去了。

假如顾想想还跟戴鹰在一起……高月觉得他们当时那个状态，后面自然而然是会走到一起的，可偏偏他们两个人都放弃了。

要是他们还在一起的话，一房两人，三餐四季，猫狗双全，这样的幸福大概也已经实现了吧？

戴鹰虽然有时也浑，但顶多只是孩子心性，爱玩爱闹，不够成熟。

动手打女人这种事他是绝对做不出来的，而且后来去了国外留学，离开父母近距离的干涉和安排,她发现他其实也是很有主意的人。

否则他不会中途放弃他从来没什么兴趣的金融类专业,改道美国学习现代化的体育管理。

他一直梦想拥有自己的球队,毕业后在美国一家篮球俱乐部谋职,做到了助理教练的职务,也算在某种程度上实现了自己的梦想。

顾想想笑了笑:"最绝望、最难过的时候,我也想过这种假设,可自己也给不出一个确切的答案。那可能就是说……没有这种痛苦,也会有别的问题吧?两个人结婚,哪会真的一点委屈都没有呢?"

当初只是有谈恋爱的可能性,戴鹰为她跟人打了一架,都引发他家人这么大的反应。要两人真结了婚,他的父母八成也是对她这个媳妇有诸多挑剔和不满的。

高月一把握住她的双肩摇了摇:"顾想想同学,振作起来啊!你是遇人不淑遇上了那个姓江的渣男,但不能对婚姻和爱情丧失信心啊!你还有我!"

刚进大学的时候,高月就开玩笑说将来要"娶顾想想",因为在宿舍里的一切都有顾想想帮她,还总有那么多好吃的可以喂饱她们在学校食堂永远无法满足的胃。

女孩子也可以喜欢很可爱的女孩子啊,可惜那些渣男就是不懂珍惜。

顾想想笑了笑道:"那你还相信爱情吗?我看今天你对唐劲风的样子,冷若冰霜,一点也不像以前最相信有情饮水饱的那个状态。"

高月摸了摸鼻子:"噢,我跟他啊……我跟他的情况有点特殊嘛。"

"有什么特殊呢?他喜欢你,你也还喜欢他,这不就行了?"

"我不喜欢他!"高月矢口否认,"当然,他也不喜欢我!"

"人家为了你都要辞掉工作了,这还不叫喜欢啊?"

那什么才叫喜欢?让她这种失婚妇女怎么重塑寻找真爱的信心?

高月没听明白:"什么意思?"

那天在胡悦家吃饭的时候,她是听他提了一句要辞职,刚才他也提了,可什么叫……为了她要辞掉工作?

顾想想摇了摇头:"你自己想吧,想清楚点,要实在不行,面对面去问问人家。你们这么多年没见了,他应该有挺多话想跟你说的。"

她才不要去!

她再也不要做送上门的那个人了!

这些年她在国外,享受着倾慕者主动送花约饭的殷勤,挺好,她可不想再为唐劲风破例了!

她就不信她过不去他这道坎了!

取消婚礼的风波差不多过去后,高月回到法华丽嘉酒店开始处理公事。

照穆锦云的意思,酒店的采购事务和婚宴业务打算交给她来负责,正好她在欧洲这些年的酿酒、品酒和餐饮行业经验派得上用场,等业务熟练了,穆锦云再慢慢将权力全部转移给她。

但高月有自己的想法。她的志向并不在酒店经营和管理上,而更倾向于做新的酿酒品牌。因此一回到国内她就先找到林舒眉,按照她们这几年来的规划,建立了新的酒庄和公司,林舒眉做法人,而高月是最大的股东。

她之所以妥协接受妈妈的提议,是因为刚回来的时候,穆锦云病了一场,虽然不是大病,在医院住了几天就回家休养了,但高月还是明显感觉到父母都老了,她也早就过了任性的年纪,能帮妈妈减轻点负担,那就做吧。

反正新公司刚成立,还有很多事务性的工作要处理,比如连办公地点一直没找到合适的,干脆就暂时放在法华丽嘉的办公楼层,她平时处理两边的公事也比较方便。

尽管如此,她自己的公司还是迟早要独立出去的,所以一直在让助手肖雨他们联系合适的办公楼。

她最得力也最常跟在她身边的两位下属就是肖雨和乌格,公司的其他员工大多在林舒眉的新酒庄工作,包括酿酒师、技术工程师和工人,目前只有财务和人事部门跟她在丽嘉集团的大楼办公。

她对自己的公司负责,又有酒店的业务要兼顾,大大小小的事务很容易堆积如山。之前她的日程表通常排得满满当当,连婚礼的事情都顾不上自己料理,大多是办得差不多了通知她一声而已。

她觉得人手是够用的，公司成立之初，要控制成本就要控制人力支出，她并不想那么快扩充规模和人手，因此宁可自己辛苦一点。

但财务总监和林舒眉都提醒过她，公司需要专业的法务服务，要么聘请一位法务顾问来做企业法务，要么外包给合适的律所。

高月自己是修过法律双专业的，但术业有专攻，她对国内的商事法律细则不够熟悉，一旦真有纠纷，她是应付不来的。

可是合适的法务顾问并不那么好找，尤其现在又不是求职的旺季，她这样一个名不见经传的小公司，就算打着法华丽嘉集团的名义去招聘，来应聘的人也都不够合她的心意。

要不她干脆外包给合适的律所？她咨询过周梧，他们A大毕业的法学同胞应该有不少是律所经验丰富的骨干律师了，也许会有好的推荐。

周梧很热情地向她推荐了一家叫S&S的律所，据说不管在民商事、反垄断，还是知识产权方面都很拿得出手，合伙人之一的舒诚是他们法学院研究生院的师兄，最擅长知识产权领域和私人财务管理的业务。

高月总觉得舒诚这个名字很耳熟，好像在什么地方听过，于是上网查了一下。他本科居然是清华法学院的，研究生才来的A大。看他入学的年份，她正好出国，应该不认识他才对啊！

她又查了他擅长的业务，私人财务管理……说白了，不就是专帮有钱人搞定股权、债务之类的关系，特别是离婚财产的分割嘛？

高月脑海中顿时勾勒出一个奸恶之徒的形象，就像美剧中常见的那种战无不胜，尤其擅长帮有钱人搞定麻烦事的"讼棍"律师。

可她还是没想起来这个名字为什么会耳熟。

没等她决定是否将法律业务外包给律所，人事经理就喜滋滋地跑来跟她说："高总，你来得正好，我们法务终于有了像样的候选人，安排一场面试您见一见吧？"

高月看一眼自己的日程表道："算了，你们自己看吧，最后觉得合适再给我拍板。"

前几回面试实在让她有点伤着了，不是答非所问鸡同鸭讲，就是不分场合地高谈阔论，唾沫星子都快飞到她脸上了，最后还嫌她开的薪水低。

061

参考同类职位的市场行情，她开的薪水实在不算低了好吧？企业里的薪水当然不能跟律所风生水起的律师们相比，可问起来为什么不继续做律师，那些人又说，开拓案源挺麻烦的，上面又有老板压榨，太辛苦了。

噢，这些人想工作轻松离家近，还要数钱数到手抽筋，有这样的工作吗？要不给她也来一份？

再说了，他们来她这儿工作，不也要受她压榨吗……

人事经理有点失望："啊，您真不看看吗？是优质帅哥哦，而且跟您一样是A大毕业的，贵校真是出人才啊！"

"A大学法律的？"

"是啊！"

那能有多帅，压得过唐劲风吗？她连最好的人都见识过了，其他人还怎么入眼？

她觉得有些东西真是根深蒂固得可怕，都过去这么久了，提起A大法学院，她脑海里竟然首先想到的还是他。

财务部做出纳的小姑娘这时也跑过来找人事经理，进门就大呼小叫："金姐，今天来面试的候选人是面什么岗位的，好帅好帅！"

看到高月，她吐了吐舌头："高总。"

怎么没人告诉她高总已经回来上班了啊？

高月咂了下嘴："看来是真的不错啊，能让你们俩都赞不绝口，我倒真有点好奇了。"

毕竟她也离开学校很多年了，长江后浪推前浪，唐劲风那样的说不定已经被拍死在沙滩上了呢？

"真的很帅，高总您快去看，差不多就可以了，最重要的是先用起来嘛，我们缺人，嘿嘿。"

金经理好笑，挽起高月道："走吧，我跟您一起进去。"

高月随手拿了个笔记本走进面试的会议室，来面试的人背对着她坐在椅子上，直到她们走进去，才站起来，轻轻拢了拢身上的西服。

然后高月一阵头晕眼花，傻了似的钉在原地看着眼前的人。

挤在门外看热闹的财务部门同事得出一个结论——这位候选人了不

起,果然帅呆了,连他们高总这样见惯大世面的人都被镇住了。

金经理忍不住清了清嗓子,高月才回过神来。

唐劲风笑了笑,递上一份简历道:"高总,这是我的个人简历,这些年的经历都写在里面。"

"咦,我们高总这么年轻,你怎么一下就知道是她?"

以前的应聘者一听说公司负责人要来面试,都以为来的至少是个中年人,哪里会想到是这么年轻的女孩子?更有不少人就此露出轻视的态度,瞒不过她们的眼睛。

"来应聘之前,我查阅过贵公司比较详尽的资料,包括公司法人关系、运营结构和公司负责人的个人履历,算是一种尽职调查。"

谦逊,而且有心,金经理越看越满意,尤其连简历他都带来了两份,这样的细节恰到好处,她忍不住提醒高月翻看了解一下,有什么问题就提,不然她就要直接宣布录用啦!

要她问什么呀?问什么难得倒唐劲风啊?高月看着眼前温和自信的男人,感觉自己仿佛才是被面试的那一个,心绪起伏着,恨不得直接站起来走掉。

可那样一定会被他看轻,他一定会觉得她出国留学实践这么多年,创办了自己的公司,却还是当年那个任性胡为的小姑娘。

她深吸口气,耐着性子翻开面前的简历,胡乱看了一眼,只在工作经历那里抓了几个关键词,问道:"你以前是做刑辩律师的,工作表现优异,年年受表彰,是优秀律师,为什么还要辞职?"

"做律师是我很久以前就有的梦想,这个梦想已经实现了,我也无愧于我的工作,所以现在有其他的梦想要实现。"

"比如呢?"

"比如,世界这么大,我想跟我喜欢的人一起去看看。"

虽然像是网络上随处可见的段子一样的说辞,可他说得极为认真,连一旁的金经理都被勾起了好奇心:"不辞职就不能去吗?"

唐劲风又笑了笑道:"我喜欢的人很有钱,我想我多少也该多赚一点,工作时间稍微灵活一点,可以多迁就她。"

不行了,她的一颗少女心已无处安放。

这样优质的帅哥辞职换工作竟然是为了迁就"白富美"的女朋友？而且他看上去没有一点心不甘情不愿的样子，好像还甘之如饴，这也太梦幻了吧？

"那……你换工作的事，你喜欢的那个人知道吗？她赞不赞成？"

"我也不知道她赞不赞成。"唐劲风将目光落在高月身上，"不过我打算先斩后奏，给她一个惊喜。"

什么惊喜？男人给的全是惊吓！

高月脑子里有点乱，说什么也不肯自作多情地代入他口中那个喜欢的人。

她感觉自己快要演不下去了，只想趁早结束这场面试，手握成拳头压在他那份简历上："既然你以前是做刑辩律师的，那么应该对刑事案件比较有经验。我们公司法务需要的是精通民商事法律和知识产权方面的人才，你不会觉得不太对口吗？"

"企业的职务类犯罪、经济类犯罪，近几年我也处理过不少，都需要掌握合同法、公司法、票据法、保险法、海商法等领域的知识。今年年初那阵闻名全国的侵犯知识产权的案子，也是由我从头到尾跟的，所以我觉得即使跳槽，专业的路线也应该是越走越宽，而不是越走越窄。贵公司的法律业务有哪些，可以作为问题提出来，我试着解答，你们再看是否满意。我记得高总似乎也有法律背景？"

"是啊！"金经理还颇为自豪地说，"我们高总大学时修的双学位就是法学。"

"是吗？"唐劲风淡淡地笑道，"那更应该听得出我的回答是不是准确到位，能否解决问题了。"

高月的脸都憋得通红了，金经理才开了个头准备问公司变更登记的实务问题，就被她抬手叫停。

"不用问了。"

她们是不可能问倒唐劲风的。就算他今天不是有备而来，时光倒回到大学时代，每年特等奖学金的面试他也从没被学院的老师们问倒过，更不用提她这个当年要借他的法理学笔记才能刚好考个及格分的人了，他刚才说的那几部法律有些她连翻都没有翻开过……

"谢谢你今天过来,那……请先回去等消息吧,我们有了决定会给你打电话的。"

金经理最后跟唐劲风握手说着千篇一律的说辞,有点遗憾,又有点抱歉。

其实她很搞不懂,高总到底对这么好的候选人有什么不满,匆匆结束面试,就匆匆离开了,甚至等不及她把最后这点套话给说完。

唐劲风倒是像对面试结果怎么样不太在意,看高月离开,跟着离开了会议室。

高月从会议室出来就上了天台,拿了一支烟出来。

她太久没抽,放在桌上的打火机都已经打不出火。

她正烦闷,旁边嚓的一声轻响,有小小的火苗燃起,让她点烟。

她看着唐劲风那张俊朗却又仿佛永远漠然的面孔,报复性地吸进一大口烟,娴熟地吐出一串烟圈。

"什么时候学会抽烟的?"他冷冰冰地问。

"在荷兰读书的时候,有时候觉得闷,喝咖啡也不够精力坚持下去的时候就抽一支。"

"交换生课程很辛苦?"

"你以为我是出去玩吗?"她好笑地看他一眼,"虽然赶不上国内研究生入学时那样严苛,但学业任务一点也不轻松,最重要的是孤独啊,一个人,还不给自己点奖励,怎么撑?"

类似的话她以前也说过。在啦啦队训练时的那些日子,第三食堂的奶茶大概就跟如今她指间夹着的烟差不多。

唐劲风没说话,她也不看他,远眺远处高楼的塔顶,问:"你是来看我笑话的吗?"

他蹙眉问道:"为什么这么问?"

"我也不知道啊,可能等着看我笑话的人多了去吧!声势浩大地要结婚,最后没结成。靠着爸妈的荫蔽投资了公司也没成气候,大家都等着看我哭,看我出丑呢!不然我想不出来你有什么理由跑我这儿来应聘啊,别告诉我你真的看得上我这个小公司的职位,我们小庙可供不起你这尊大佛。"

"我要说我看得上呢?"

"你别逗我玩了行吗?你不是一心一意要当刑辩律师吗?好不容易实现了,事业正如日中天的时候突然说要辞职?"她嗤笑道,"就算辞职,也有的是最好的律所请你去,你用得着屈尊到我这儿来谋个职位吗?"

她总算想起为什么觉得舒诚这个名字耳熟了,那天在周梧家吃饭的时候他们提过的,向唐劲风抛出橄榄枝邀他去负责诉讼类业务的律所,就是舒诚所在的S&S。

他们在研究生院是师兄弟,惺惺相惜也不足为奇。

"你终于肯问了。"唐劲风说,"我到这里来,就是等你问我这个问题。"

高月反应不及:"什么问题?"

"我为什么辞职。那天在周梧家里你就知道了,你没有问;上回遇见你,我又说了一次,你还是没有问。所以我专程来一趟,就是想看你究竟会不会问。"

他以为她真的不在意也不会问,还好,就算只是作为面试官,她还是提了出来。

高月愣了愣道:"我、我那只是例行公事地问一下。你辞不辞职,关我什么事?"

"不关你的事吗?我这份工作怎么来的,你真不知道吗?"

他走近两步,跟她的距离近到呼吸几乎碰到她的额头,闻到了一丝浅淡的香气和烟的味道。

她还是用以前给他扑粉用的那个牌子,这么多年都没有变过。

"我、我怎么知道?"她有点慌,下意识地后退,"你努力得来的呗!"

"凭我这个杀人犯的儿子吗?"他的语气带了点自嘲,却很坦然,"还开着比合伙人的车都贵几倍的豪车?"

高月一下被激出了脾气,挺直了后背道:"怪我咯?这不就是你最想要的东西吗?留在A大保研、爸爸妈妈都好好的、当上律师……我都帮你实现了啊,你还有什么不满意的?"

"那都是你以为我想要的!你问过我吗?从咱们认识那天起,你问过我想要什么、不想要什么吗?"

其实在他当初通过那家知名律所的笔试,被通知参加面试的时候他就已经想到了。

那时他研究生毕业,父亲刑期已满,释放出狱之后很顺利就找到了糊口的工作,这才让他能全身心投入地去参加校园招聘。那家律所名气太大,竞争异常激烈,每个候选人身上的所有细节都会被放到显微镜下来放大。他的家世太复杂,肩上的负担太重,媒体都曝光过,瞒是瞒不住的。他只是怀揣着不要留有遗憾,姑且一试的想法去应考,根本没想过真的能被录取。

是高家帮了他,他知道。

高月走后,他豁出一切去她家里找过她,希望她哪怕有一句半句话留给他也好。可她妈妈说,她什么都没留下,只留了最后一个愿望,与他有关。

拿到律所的录用信以后,他已经猜到她离开前的那个愿望是什么。

她把他的个人理想当作自己的心愿,甚至放弃了对这段感情的坚持来成全他。

其实她不需要换的。不能实现理想又如何?他更想要的,是她对这段感情的坚持。

这样一想,他忽然就明白了她当初为什么那么希望他挽留她。

其实他没有资格质问她,他曾经不也是无视她最想要的东西,一味地把自己认为最好的东西推到她面前,让她去实现?

始终是他亏欠她太多。他想先还上一点点,至少让她明白,他真正想要的是什么。

高月却呆住了,愣愣地看着他,竟一个字也说不出来。

是啊,她没有问过。在这段感情里,是她,一直是她一厢情愿,肆意妄为,想怎么样就怎么样,的确没有问过他的想法,而更像是在迫使他接受她的处事方式。

所以,反倒是她做错了?

她愣在原地,香烟烧到手了才惊觉回神,烫得下意识地丢开了烟蒂。

"烫到了吗？"唐劲风赶紧去拉她的手，仿佛刚才那一下烫在他的心口上。

高月却用力甩开了他的手。

他只得拉住她的胳膊："高月……"

"你放开我！"这次她用了更大的力气挣开他，转过身来，脸上紧绷的神色跟刚才判若两人，"唐劲风，我上来只是抽根烟，不是来跟你吵架，我也吵不过你。就像我回国，也没想过再招惹你！是，我过去年少无知，做了很多傻事，在没有征得你的同意的情况下就喜欢你，自以为是地把'我以为'你想要的东西都给你，我真的是……"

原谅她那个"贱"字实在说不出口，一双眼睛已经红了，她只得仰头换了口气，才把剩下的话说完："所以能不能请你把这些事都给忘了，就当它们都没发生过，咱俩从没认识过，行吗？别再出现在我面前，也别再来提醒我我有多傻了。"

"我不是这个意思。"

"我是这个意思！"她拔高了声音，用一种从没在他面前展露过的富有攻击性的姿态，几乎是咬着牙在说每一个字。

他看着她被风扬起的头发："我如果说不行呢？"

他忘不了，也没办法做到，明知她已经回来了，两人却再无交集。

他做不到。做不到的事，他不能承诺，从这一点上来说，他还是跟当年一样。

高月看着他，忽然轻轻地点头道："那我帮帮你。"

她从口袋里拿出车钥匙，在他眼前晃了晃："这都是过去留下的东西，是我犯傻的证据，现在用不着了，扔了就行。"

他立刻反应过来她要干什么，一把攥住她的手腕，脸色都变了。

"不准扔。"

"这是我的东西！"

"你送给我了！"

"送给你了也是我的东西！"

她蛮横起来，变得不讲道理，只要一扬手，钥匙就会在空中画出一道弧线飞到对面的一个人工湖里。

可唐劲风扭着她，包住她的拳头不让她张开手，两人像打架似的相互拉扯着，可在身量上她占不着便宜，三两下就被他压在栏杆上，手腕不知磕到了哪里，一酸软就松了手，钥匙落在地上。

他气喘吁吁地瞪着她，她也一样，只是感觉身后空落落的，风从头发间穿过，好像要把他整个人都带走一样，才有了一丝后怕。

万一她失足栽下去就好看了，粉身碎骨不说，唐劲风也脱不了干系。

年轻律师与富家女于楼顶纠缠不休致对方坠楼……她连耸人听闻的八卦标题都给他想好了，那他就不只是杀人犯的儿子，自己也要背上过失杀人的罪名，永世不得翻身。

这种时候她首先想到的居然不是自己掉下去后会摔得多么惨不忍睹，反而先想到他。他的名声、他的前途、他的尊严……高月觉得自己真是没救了。

"别哭了……你为什么老是曲解我的意思？"

他的大拇指在她脸上轻轻一抹，麻麻痒痒的，她才后知后觉——她哭了吗？

可能是气自己太没用了吧？刚刚她还在说让他把过去所有的事都忘了，转眼首先考虑的还是他。

积习难改啊，快七年了，她还没改掉这个糟糕的习惯。

高月吸了吸鼻子，抬手胡乱在脸上擦了一把，推着他说："你起来，别压着我！"

他没动，半晌才松开她，慢慢蹲下去把车钥匙捡起来，放回她西装上衣的口袋里："别一发脾气就乱扔东西，尤其高空抛物，伤到人是要负刑事责任的。"

"你少唬我！"

他眼睛一眨不眨地看着她："我什么时候骗过你？"

"怎么没骗过，你……哎？"

她正想跟他算算旧账，忽然发现天台通往楼梯的门要被风吹得给关上了，连跑几步想去拦，没赶上，铁门就在她面前砰的一声关得严严实实的。

069

她扑在门上使劲儿拉了拉，门却纹丝不动。

"你刚才跟上来的时候没用砖头卡住门啊？"

他怎么知道这门一旦被关上从外面就打不开了呢？

高月真是败给他了，长叹一口气，要拿手机打电话叫人，结果在身上摸了一圈，发现手机没带上来……

她看向唐劲风，他大概明白是怎么回事了，拿出手机递给她，看她伸手又立马缩了回去："把话说清楚，就给你打电话。"

高月有些烦躁地背靠着墙坐下："说什么？"

"你说我骗过你？"

她把头扭到一边道："我现在不想说这个。"

都过去了，她还有什么好说的？又不能改变什么。

他挨着她坐下，其实大致能想到她指的是当初他瞒着她跟她妈妈面谈的事。

有些事他并非不愿意跟她解释，而是既然答应她妈妈不说，那就不能说，这是一个"信"字。就算再来一次，他一样会那么选。

说到就要做到，对很多人来说未免太辛苦，可是他苦惯了，反而觉得这是应当的。

他也承认他过去太骄傲，没给两个人足够的时间和信心。

"以后不会了，你想知道的，我都告诉你。"

高月蹙眉看了他半晌，有点疑惑地问道："现在学法律的人很难找工作吗？"

"我看你是真的很想要这份工作啊！"她有点终于抓住他的把柄的得意，"不过你放心，就算你这么说，我也不会录用你的。手机。"

她伸出手，他低头看了看她白皙光洁的掌心里那些细细的纹路，把自己的手机放到了她手里。

她很快拨出一串电话，对面是沉稳有力的男人声音："高小姐？"

"乌格，我又被锁在顶楼露台上了，麻烦你来帮我开一下门。"

"好，我马上到。"

等她挂了电话，唐劲风才问："你给谁打的电话？"

她有时连自己的手机号码也报错，在陌生手机上拨打这个人的电话却一下都没有犹豫，可见对这串数字是熟记于心的。

听她的意思，她还不止一次被锁在这顶楼上，都是这个人来接她下去的吗？

"说了你也不认识。"

她又拿了一支烟出来，刚点燃就被他从口中夺走了。

"喂，你……"

"这人是谁？好好说，就还给你。"

"乌格，我的助手！蒙古族帅哥！满意了没？"

她气呼呼地仰头跟他对峙，烟还在他的指间捏着，他并没有还给她的意思。

通往楼梯间的铁门开了，乌格推门上来，看到还有其他人在，立刻充满戒备地看了唐劲风一眼，走到高月身边道："没事吧？"

"没事。"高月摇了摇头，烟也不要了，"走吧，我们下楼去。"

唐劲风拦了她一下，乌格立刻挡在他们中间，眼神扫过来，比刚才更锐利几分。

那是男人与男人之间的较量，唐劲风感觉得出来。

他没再勉强，放开手，只说道："吸烟对身体不好，以后少抽。"

高月白了他一眼，走到门边，还是细心地用砖头卡在门和门框之间，避免门再被关上。

"唉，这门太不方便了，要不换一个里外都能开的锁？好、好、好，我知道你们又要说这是为了安全考虑……行了行了，我以后少上来，烟也不抽了，总可以吧？你们怎么都这么啰唆呀……"

她走远了，声音却还是隐隐传上来，有一点似娇似嗔的味道，像他这会儿手里的半支烟，被风扬开了，却又将散未散。

他把烟放在自己嘴上吸了一口，烟嘴上原本淡红的一圈口红印就看不到了。

她的薄荷烟很长也很细，烧得快，他尝到最后一口才扔掉烟蒂，用脚踩灭。

高月打算下楼去吃个饭，走到大厅就看到熟悉的人坐在前台休息区，快步走过去道："舒眉，你怎么来了？"

林舒眉还是一头利落的短发，露出两边耳朵上细碎的钻石耳钉，比学生时代更纤细、更高挑了，也更有女人味了。

"高月。"她站起来道，"出事了。"

"什么事啊？"高月看她一脸焦急严肃，心也跟着提了起来，"不会是想想出什么事了吧？"

"不是，酒庄的事。你这会儿有空吗？我仔细跟你说。"

"可以，你还没吃饭吧？我们边吃边说好了。乌格，你帮我们订个位子吧？"

"好。"

高月挽起林舒眉就要往外走，正好遇见乘电梯出来的唐劲风。

林舒眉上回见他还是在周梧和胡悦的婚礼上，说起来也很多年没见了，有点意外："唐劲风，你怎么会在这里？"

"我来应聘。"他说得很坦然。

林舒眉笑了一声，看了看身旁的高月，已经猜到是怎么回事："原来咱们公司的法务已经招到人了？"

高月咬牙道："他只是来应聘，不是来上班。"

无所谓啊，唐劲风没有金刚钻，会揽那瓷器活儿吗？

林舒眉说："事情紧急，我正好要咨询律师。唐劲风，专利和外观设计方面的问题，你懂吗？"

"不能说是专家，但我想一般的问题可以解答。"

"那请你跟我们一起去吃饭吧，高月请客。"

林舒眉看一眼身边气到黑脸的高月，笑了笑说："别怪我病急乱投医，出的岔子跟你也有关系。"

四个人在最近的茶楼落座，点心是自助的，他们又随手勾了几个热菜和一壶茶。

高月以前每次来都要点一杯鸳鸯奶茶，今天看唐劲风在场，硬是忍着没有点，避免又勾起某些回忆。

谁想到她没点，唐劲风倒点了，还是冰镇的，装在流线好看的玻璃樽里，插在一大碗冰块中端了上来。

她忍不住看了又看，他也不急着喝，就一直放在手边。

乌格起身去拿自助点心，唐劲风才把奶茶往她面前推了推："要不要？"

高月轻哼了一声："不要，谢谢。"

乌格很快回来，高月爱吃的凤爪和奶黄流沙包都放在离她最近的地方。

唐劲风默默看了他一眼，乌格那张棱角分明而又木讷的脸上看不出任何情绪起伏，仿佛对此早已习惯，一直就是这么做的。

"月儿这个助手兼保镖是不是很不错？"林舒眉趁乌格又离席去给茶壶加水，对唐劲风说，"我们以前那个高原酒庄再过去一点点就是内蒙古，他家是蒙古族的，我们暑假去社会实践那次他就见过我们了。后来他退役回来，知道我们在A市要建新的酒庄正缺人手，就跟过来了。他对月儿可忠心了。"

"喂！"高月揉了一团纸巾扔向她。

唐劲风不动声色地吃着东西："你刚才说公司有很紧急的事，是什么事？"

林舒眉这才整肃脸色，筷头朝高月点了点："你问她，她那位未婚夫欧伟祺先生都背着她做了些什么好事。"

一听跟欧伟祺有关，唐劲风也果断停下筷子看向高月。

高月怔了怔道："这家伙又干什么好事了？"

"我们新酒庄出产的霞多丽和去年刚出的冰酒，包装的外观设计都在欧伟祺手里。他现在主张我们侵犯他的专利权，要向法院申请前置程序，要求我们的产品外观立刻停用含有这个外观设计的包装。

"你知道的，我们现在的产品不多，产量也有限，如果这时候外包装被禁用不能按时出货，已有的订单没有其他货可以补上，就得违约了。违约金会是很大一笔费用，再加上欧伟祺还要求侵权赔偿，酒庄的负担就很大了。"

高月愕然道："这是什么时候发生的事？我怎么一点都不知道？"

林舒眉笑道："那要问你之前取消婚约的时候怎么吓到他了。他是朝着你去的啊，但他又不敢跟你正面对上。"

所以他就来阴的吗？

高月刚要发作，唐劲风用一支筷子掀开了一只濑尿虾的壳，放到她碗里，不紧不慢地说："诉前禁令是有严格条件才能批准的，要听证，可能还要提供担保，即使他申请也不一定就能执行。另外，为什么你们酒庄的外观设计会在他手里？你们使用的时候没有明确的授权吗？"

"欧伟祺不是草包。"高月解释道，"我在法国酒庄实习的时候，他就已经成立了自己的公司，专门寻求跟这些中小型企业的合作。当初新酒庄成立的时候，选址方面遇到些麻烦，是他利用自己的资源帮忙解决的。有些需要公司法人出面办的事，那时我们公司登记还没弄好，也是他来做的。这个包装授权的问题就属于那种情形下的历史遗留问题。"

"是历史遗留问题，还是因为你觉得反正将来要结婚，可以不分彼此，所以即使后来公司结构进行了切割，也没有向他拿明确的授权？"

高月也不怕承认，鼓着腮帮子说："都有。"

唐劲风强行按捺下胸口涌动的酸涩感："那好，既然现在他要扯破脸来跟你们闹，那就针锋相对，不留情面，你做得到吗？"

她觉得奇怪："你也看到我上回在酒店的捉奸现场了吧？都闹成那样了，还有什么情面可言吗？"

"那就好，你不心疼就行。"

这人说话怎么阴阳怪气的！

高月气鼓鼓地吃完一顿饭，不知是气唐劲风还是气欧伟祺。

那瓶奶茶直到饭吃完了唐劲风也没喝，叫服务员来打包了。

"你的公司离得近，你拿回去下午慢慢喝，我先走了。"

呃……

想好的要跟他吵的话这下反倒说不出口了，她只得对他说："别以为献殷勤我就会录用你。今儿是赶巧，咨询费我会另付给你，不会让你白干的。"

"我知道，我也没打算收费。你可以当它是另外的考核题，考核结果满意，再考虑其他的事。"

他这么一说她更不好接话了。

"那、那这样会不会影响你的本职工作？"

"不会，我的离职公示已经出了，只等内部交接完手头的工作就可以走。而且我也不收你的费用，这只能算是帮朋友做的免费咨询，不会以律师身份出面做什么。"

"哦，那就好。"

"还有事吗？没事我先走了。"

他一脸冷冰冰的，拎着奶茶的小袋子硬是挂到了她的手指上，才头也不回地离开。

她怎么感觉他生气了？！

他这是生的哪门子气呀！

高月还是去了一趟欧伟祺的公司。

唐劲风有本事从法律上解决问题是一回事，她跟欧伟祺的私人恩怨是另外一回事。

欧伟祺的公司在市中心黄金地段的写字楼里，一开始烧的是他爸妈的钱，他不心疼。回国一年多生意做得还算风生水起，门面就更要做得好看了。

想当初他还大方地提议把他的公司现在的楼面划一半出来给她的公司用，一起办公。幸亏她没答应，否则现在闹这么一出，怕是整个公司都被他给撵出来了。

欧伟祺本来正跟属下说事，一看她来了，连忙摆手让两人先出去，然后默默收起桌上的手机，连桌面上其他的笔筒、便利贴盒子和小摆件也全都划拉进了抽屉里。

他努力扯出一个笑道："月儿……你怎么来了？"

怎么也没个人来通知他一声？前台呢，秘书呢，都是死的吗？

赶明儿他就把她们全开了！

高月拉开他桌子面前的椅子坐下，悠然地看着他道："不是你让我来的吗？"

"我……"

"你不是要告我的公司侵犯你的知识产权,还要申请诉前禁令吗?为的是什么,不就是打算让我来求你?"

说起这个,欧伟祺又有了底气,挺直了背,也拉开椅子跟她面对面坐下,笑道:"这件事其实好商量的,我还以为你不会来找我了。"

"你想怎么商量?"

"这还不简单嘛!只要咱俩结婚,跟以前一样好好的,不管外观设计还是别的什么东西,我的就是你的,还分什么你我呀?"

高月笑了笑道:"这话听着耳熟。你求婚那会儿,也是这么说的。"

"我是真心的啊!"他忽然郑重起来,"我那时候说的话现在也算数。只要咱们结婚,我的公司和赚来的钱也都可以交给你管。"

"然后你好安安心心地吃喝玩乐,和女人鬼混是吗?"

他清了清喉咙道:"我说这事今后能不提吗?让它翻过去吧好不好?我真的就是一时糊涂,男人都管不住自己的下半身,我也就是犯了个所有男人都会犯的错误。月儿你胸襟宽广,女中丈夫,只要你肯原谅我,我保证不再犯了。"

高月看着他,有点好奇自己刚认识他的时候怎么会觉得他跟唐劲风像的。

她记得第一次在法国校园的篮球场上看到他起跳投篮的瞬间,心脏都快要停跳了。

她以为是唐劲风来了——虽然晚了两年,他也不过刚开始读研究生,还是排除万难到异国他乡来找她了。

然而等人转过身来,却是全然陌生的一张脸。

"你好,我叫欧伟祺。"他笑着自我介绍道,"在巴黎第二大学读法律。"

他也学法律。

于是她对他的好感又多了几分。

他便常常来约她吃饭、看电影和逛街,十次有八次她会拒绝,他也不气馁,剩下的两次就挖空心思逗她开心,对她百依百顺。

穆皖南说这是他老朋友家的孩子,家境不错,以前是学艺术设计的,为了家里今后的生意才辗转到法国来学法律。

怪不得他学得那么吃力。

　　高月自己也是文科不好，但欧伟祺是文科、理科都不好，典型的出国混文凭的学渣，跟唐劲风其实一点也不像。

　　戴鹰比他强，知道金融专业不是自己的志向所在，就悄悄联系美国的院校转走了，他则是心安理得地混日子。

　　但做生意是需要一点天赋和小聪明的，欧伟祺学业不精，却有艺术生的审美，还意识到了艺术家们欠缺商业头脑，早早就网罗了一批在法的留学生和自由设计师为他所用，注册了公司，授权和买卖外观设计及专利，也小小地赚了一笔。

　　高月实习的酒庄在外包装上也用了他们的外观设计，欧伟祺就是那时候知道了她有创立酿酒品牌的志向，于是开始给她"画饼"，说将来一定让她酿的酒用上他设计的外包装。

　　这样关乎未来的愿景，哪怕是海市蜃楼，都没人给过她，唐劲风也没有。

　　谁知道这"海市蜃楼"还是个怪兽，到头来转过身咬了她一口。

　　欧伟祺见她不吭声，又有点没底了，试探着问："月儿，你觉得怎么样啊？"

　　高月回神，看着他道："我来跟你谈和解，不是来跟你谈和好的。"

　　"咱和好了，不就和解了嘛！我知道之前是我做错了，你给我点时间，我会重新追求你，向你证明我的诚意。今天你只要答应先给我个机会，我就立马撤回那个诉前禁令的申请。你们酒庄出品的酒可以继续用现有的包装发货，不耽误你们完成订单，至少不会有大的损失。"

　　高月笑了笑，看着被他临时藏得干干净净的桌面，站起来，一条腿挨着桌沿坐上去，手里把玩着没来得及放进抽屉的一小瓶墨水，轻轻地说："你威胁我啊？"

　　欧伟祺看着她又白又长的腿，闻到她靠近时身上馥郁的香气，有点分神，又有点害怕似的往后仰头靠在椅子上："这不是威胁……月儿，我是真的想跟你结婚。"

　　"可是怎么办呢，我不想了。"

　　"没关系，我说了我会证明我的诚意……啊，你干什么啊？"

他还没把话说完,高月已经把那瓶墨水缓缓沿着他金黄色的领带倒了下去。

他急得想起身,却被她按住:"你让我倒完,不然我怕你站起来我会忍不住直接将墨水泼到你脸上。"

他只好坐在那里,任她把墨水全倒在他身上,白色衬衫全被染黑了,也不敢动弹。

"欧伟祺,不管是以前还是现在,我给过你机会了。我不是怕你,只是本来还想给你留点颜面,是你自己非得闹成这样。行,你要告我侵权就告吧,我们法庭上见。只求你别再拿以前那点情分来说事了,不嫌寒碜吗?你爸妈今后还要做人呢,还要跟我们丽嘉集团合作呢,你想想他们的养育之恩吧,别把长辈的老脸都丢尽了。"

"你……"

她不再跟他啰唆,哐当一下把空了的墨水瓶扔进旁边的垃圾桶,扯了张纸巾擦手,从桌子上下来,开门走了出去。

"高月,你这个泼妇!你、你……"欧伟祺气不过,又从办公室追出来指着她的背影骂,"你以为自己是什么了不起的人物?这么大张旗鼓地闹退婚,看看除了我还会有谁要你!"

不知道高月听没听见,反正她都已经走远了。他自己骂得气喘吁吁,满身墨汁,像乌贼似的,又冲周围看热闹的员工发火道:"看什么看!都不想工作了是不是?不想工作趁早滚蛋!"

第九章
不要躲开

唐劲风从办公楼出来，就看到马路对面靠边停着的那辆特斯拉。

他也不觉得意外，走过去轻轻敲了敲车窗，对缓缓露出半张脸的高月道："这里不允许停车，你不怕被贴条？"

"你知道就好，我已经在这附近转了两圈，贴条的交警都下班了。"

"你来找我？"

"不然呢？"她仰起脸瞪着他，"你是不是很得意？我告诉你，要不是舒眉非觉得你帮得上忙，我也不想来找你。"

唐劲风不跟她争辩，绕过车头，坐上副驾，把座椅调节到最舒适的位置，才问道："说吧，什么事？"

高月拿出手机，打开一段音频播放出来，是她跟欧伟祺先前的对话——

"你求婚那会儿，也是这么说的。"

"我那时候说的话，现在也算数。只要咱们结婚，我的公司和赚来的钱也都可以交给你管。"

"…………"

唐劲风耐心地听完道:"你去找过他了?"

"嗯,你们不是说之前的口头授权没法取证嘛,我就想着法子让他再说一遍,不知道能不能当作证据被法官认可。"

"某种程度上说,可以。"

她高兴起来:"真的?"

"在批准诉前禁令的时候,法官也要考虑很多因素,其中一条是不颁布禁令是不是会给申请人,也就是欧伟祺的公司造成难以弥补的损失,比如他的设计费、宣传费,参与其他同类产品竞标的机会成本等。但假如有证据证明他的这个外观设计本来就是打算授权给你使用的,那么这种难以弥补的损失就不存在了。"

"那太好了。"她松了口气,"我就想试一试,没想到歪打正着了。"

"但是这还不够,你们的对话内容也说得不够清楚,只是含糊地说婚后公司的事和钱都归你管,没有具体说是不是包含这项外观设计。何况这只是假设,事实是你们现在并没有结婚,他基于婚姻关系的口头授权仍然可以不成立。"

专业泼冷水哪家强,当然非唐劲风莫属了⋯⋯

高月又萎靡下去:"那怎么办?去年的酒已经灌装好,包装也定了,不能发货就全都作废了,赔上我们这么多人的心血不说,酒庄的信用也会大打折扣,今后还怎么跟人做生意?"

"那你不妨考虑他的提议,结了婚,他的就是你的,你的还是你的。"

高月哼了一声道:"唐劲风,你用不着这样阴阳怪气的。就算输了官司,大不了我为了酒庄赔上我的嫁妆,也不用赔上我的一辈子去嫁给他!"

"所以你连我也不信任了,是吗?"

高月愣了愣道:"我哪儿不信任你了?"

"那你为什么觉得官司会输?又为什么不跟我商量就上门去找他?你知道这样有多危险吗?"

好聚好散的分手难得,大吵大闹过后一方伺机报复的先例太多了,尤其男女力量悬殊,真计较起来,吃亏的往往是女方。

高月撇了撇嘴:"你说欧伟祺?他也就嘴上横,玩点阴的可以,不敢真对我怎么样的。"

她想起妈妈前不久也打电话跟她聊到过这层意思,让她小心对方报复,说是大哥穆皖南专门提醒的,紧接着就出了要打官司这回事。

没想到唐劲风会像她的家人一样为她考虑,照理她该感动的,可就是忍不住跟他犟。

"看来你还真是了解他。"

高月笑了一声:"唐劲风,你怎么回事?我可以当你这又是在吃醋吗?"

"对,我就是在吃醋。"

高月一脚刹车踩下去,车子在红灯线后停住。她一脸惊诧地看着唐劲风,他却波澜不惊,已经打开手里的笔记本电脑:"附近哪里有通Wi-Fi的地方?我给你看一些判例,还有诉前禁令的条件和流程。"

"我?"

"嗯。我还没有正式离职,离职以后也有保密期,暂时不能以律师的身份出庭,你们的法务顾问的职位又空缺,马上就是听证会了,只能你自己上。"他抬头看了她一眼,"好歹你也是A大法学双专业毕业的,别给母校丢脸。"

高月看了看导航道:"前面有家星巴克,要不……"

"星巴克人太多,里面个个是洽谈'几个亿'大生意的人,面对面说话都听不清。我们要谈的事情涉及商业秘密,去人多拥挤的地方不合适。"

"那要不……去丽嘉酒店?"

说完她发现唐劲风看着她,立马意识到问题所在,大声解释:"我不是邀请你啊,你不要想歪了!酒店有Wi-Fi,房间里又安静,想讨论什么商业秘密都没问题。"

"酒店房间里有咖啡?"

"有速溶的……有的房型里有胶囊咖啡机。"

他就不吭声了。

她知道这是拒绝的意思。

天哪，时隔多年，大佬还是大佬，还是这么难伺候！

通Wi-Fi的地方，她平时常去的，除了咖啡店就是酒店了，其他地方她都不熟，大多数地方也太吵，不如在家待着舒服。

对哦，在家待着……

"进来吧。"

高月认命了。她也不知道自己是怎么想的，就带唐劲风去了紫金华府的公寓。

有Wi-Fi，又有好喝的现磨咖啡，饿了还可以下碗面或者叫个外卖，她只能想到自己住的地方了，刚好也就在附近。

她招呼唐劲风进门，拿了双拖鞋出来给他换，看他站着不动，想起他的洁癖，没好气地说："这是新的，没人穿过。"

她这公寓，平时除了家里人和胡悦她们几个，很少有人来，连欧伟祺也没怎么上来过。

空了这么些日子，屋里还是窗明几净的，一看就是她妈妈叫家里的阿姨时不时过来收拾打扫过，连一点积灰都没有。

"你坐吧，电脑可以放那边的餐台上，墙上有电源插孔。你喝什么？咖啡？"

唐劲风的目光从进门时古朴可爱的胡桃木家具和照片墙上，转到落地窗前花样繁复的罗马式窗帘上，再到这家里处处可见的欧罗巴宫廷风装修上……果然是高月的风格。

"好，谢谢。"他不挑剔，在隔断厨房与餐厅的餐台边坐下，给电脑连上了电源。

高月把窗户打开透气，拉开冰箱想拿牛奶冲咖啡，却发现冰箱全空了。想来之前那些放在里面的过期了的东西应该都被阿姨收拾的时候给扔掉了。

她有点尴尬道："那个……我下去买点东西，很快就上来。"

"你要买什么？"

"牛奶。还有……买点吃的吧，万一等会儿饿了。"

"你会做饭？"

"不会！"她义正词严地表示，"一点都不会做！我是怕等会儿用脑过度……会饿。"

"那你晚饭吃什么？"

她从刚才拎着的纸袋里拿出一盒沙拉道："这个，丽嘉酒店的总厨沙拉。"

自从她几个月前飞米兰定制婚纱发现自己胖了一点点之后，晚饭就只吃这个了。

现在她虽然不用穿婚纱了，习惯也养成了，就这样吧，也挺好。

唐劲风不予置评，起身说："我跟你一起下去买。"

好吧，她本意只是想到楼下的便利店买盒牛奶，顶多再买点苏打饼干和布丁之类的零食，最后却演变成两个人一起逛超市。

对面的商场从底楼超市到顶楼游乐场应有尽有。

她推着车，看着唐劲风吃的喝的拿了一大堆，连牛排都有，不禁咋舌道："喂，你买这些东西干什么啊？我又不会做。"

"我会。"

她被噎了一下，不满地说："现在是在我家啊，你怎么就自说自话做起饭来了？"

"你以前不也自说自话地在我家做饭？还差点把我家厨房烧了。"

往事不要再提，人生已多风雨，好吗？

"那不一样啊。"她忍不住辩解道，"那是、那是因为你发着高烧，又没吃东西，我才做的。"

"所以最后导致我发着高烧还得刷碗。"他在推车前头走着，看也不看她，"我现在也没吃东西。"

噢，这倒是她疏忽了，下班直接把他给堵住，忘了他还没吃晚饭……

虽然她的总厨沙拉一个人也吃不完，但就算分一半给唐劲风，作为男人来说，把沙拉当饭吃肯定也是不够的。

"楼上有餐厅啊，比萨、西餐、川菜，你想吃什么，我请客好了。"

就不要在家做了吧？她怕他发现她家里的锅具和碗筷都是崭新的，

油盐酱醋糖要啥啥没有，整个厨房就是个摆设。

日子过得不精致，仿佛天天吃外卖，就要成为网络上危言耸听的那种"被外卖毁掉的年轻一代"了，她怕被他笑话。

在前任面前，她怎么也得表现得"我过得比你好"，绝不能看起来好像"我会死得比你早"！

唐劲风却说："我不想在外面吃，难得下班早，就自己做饭。"他把手里的圆白菜放进车子里，终于大发善心地拿了她最需要的牛奶，"走吧，差不多了。"

结账的时候，她习惯性地拿出手机要扫付款码，被他拦下："我来。"

他早已自力更生，不再是大学校园中手头拮据的穷学生了。

她也不再逞强，默默收好手机，看着他扫码付款，又仔细地把买好的东西一样样放进袋子里，然后回头对她说："走吧。"

那个感觉……很自然，很轻松，很日常。

好像他跟她之间已经有这样的默契，像那种小情侣、小夫妻一样，牵牵手，买买菜，这样的事已做过无数次。

啊，真是的，她这是在想什么呢！

两人回到公寓里后，唐劲风果然拎着东西进了厨房。

高月进也不是，不进也不是，只得靠在餐台边说："哎，我这儿当初做装修设计的时候就没打算怎么开伙，厨房是开放式的，你可别弄出太大的油烟啊，不好收拾。"

唐劲风正在刷她那套崭新的锅具，没应声，反倒指挥她道："袋子里有围裙，拿出来拆开，我要用。"

他连围裙都买了，真是周到。

高月拆开包装，抖开围裙，新奇地往自己身上比画了一下。

"帮我穿上，带子绑在腰后。"

他转过来瞥了她一眼："快点，我没手。"

他手上正翻腾那两块牛排。

高月只得走过去，不情不愿地说："转过来，低一下头。"

他乖乖听话，低头的时候，浅色衬衫领口微敞，锁骨若隐若现。

她咬牙强装镇定,前头整理好了,又绕到身后给他系带子。

"这么麻烦……"她小心嘟囔着,怕他听见,又希望他听见。

"电脑上的文档你先看起来,我很快就弄好了,吃完再告诉你哪些地方需要特别注意。"

高月看向他的电脑屏幕,文档密密麻麻的,打开看了一下,全是关于专利的判例和法条的。

太令人头痛了,文档里几乎全是中文,每个字她都认得,连起来她却完全看不懂是什么意思!

自从大学修完法学双专业之后,她已经好久没有过这种体验了。

"看得懂吗?"

唐劲风站在灶台前,背后像长了眼似的,把她的反应都看在眼里,明知故问道。

"看得懂啊,这有什么看不懂的?"她扬高了声音,不肯在他面前承认自己看不懂。

"那你觉得我们的策略应该从哪些方面入手?"

空气中传来油锅中发出的吱吱声和诱人的肉香,看来牛排已经下锅了,他怎么还能分神提出这么冷僻深奥的问题呢?

高月硬着头皮在文档里找了半天,磕磕巴巴地说:"申请人涉案专利的有效性、被申请人正在实施的行为是否有侵权可能,还有损害的大小、是否涉及公共利益……"

对吧?是这些方面吧?

她简直有种回到毕业论文答辩时的紧张感。

唐劲风始终面向灶台,背对着她,没说对,也没说不对,语焉不详地"嗯"了一声,就拿盘子把煎好的牛排盛了出来,又就着锅炒制酱汁。

"你家里有红酒吗?可以做酱汁那种。"

"哦,有啊!"

她开的毕竟是出产酒品的公司,别的东西不一定有,酒是一定管够的。

她随手拿了一瓶红酒打开给他,他看了一眼瓶子上的酒标,问道:

085

"你用拉菲做红酒酱汁?"

"上次去米兰顺便带回来的酒,不是什么特别好的年份,新酒,是为了跟我们酒庄今年出的新酒做对比的。"

她惊讶的是,他居然看一眼就知道这酒的"贵夫人"身份?

他倒了一点酒在锅里跟黑椒酱炒在一起,剩下的用柜子里的醒酒器倒了一些出来。

"既然打开了,你就顺道把酒也尝了吧。"

她"喊"了一声道:"我又没说要吃你的牛排,配什么酒啊?"

"那诉前禁令的不适用因素有哪些?说说看。"

得、得、得,饶了我吧,我认输还不行吗?民以食为天,先吃饭。

高月对着满满当当一盒子沙拉坐在那里,看着唐劲风面前的盘子里那两块油亮喷香的牛排,淋了一层浓稠鲜香的红酒酱汁,旁边还用圣女果和西蓝花摆了盘,忽然就觉得……

这到底是谁的家?

她为什么要吃草?

婚纱都不穿了,她为了什么要坚持吃草啊?

凭什么他就可以吃肉啊?

唐劲风看她一脸饿狼的表情,大发善心般问:"你要来一块吗?"

哼,不吃嗟来之食,她才不要呢!

她捧着沙拉起身,去厨房里拿了个他刚才洗干净的盘子,把沙拉全堆到了盘子里。

嗯,虽然她没有那么花哨的摆盘,但这样好歹有点仪式感了。

同时她发现锅里还炖了罗宋汤。

大学时代她在食堂里最爱点的罗宋汤啊,出国几年她也没吃腻。

汤和牛排的香味混杂在一起,不时钻到鼻子里来。唐劲风的衬衫袖子卷到了肘部,他端坐在餐台边像外科医生动手术般认真切着盘子里的牛排,胸前的围裙还没摘,也不显得滑稽,反倒是很家常、很暖的样子,自在得仿佛他也住这里。

他吃东西细嚼慢咽的,不是一般男人狼吞虎咽那种,可就是吃得很香,很有幸福感。

高月觉得其实他可以去做吃播，配上这张脸和酥酥的声音，收获百万粉丝指日可待！

她看得直咂嘴，面前那盘草就算再有仪式感也吃不香了。

她味同嚼蜡地硬塞了两口沙拉，看到醒酒器里的酒，快快地说："酒应该醒得差不多了，我去倒一点来，配我沙拉里的羊奶芝士！"

她到底为什么要减肥啊？

什么羊奶芝士，她要吃肉！

出于礼貌，她给唐劲风也倒了一杯葡萄酒，推到他面前："给，尝尝。"

别的她也懒得说，反正吃不尽兴，酒八成也喝不出味道来。

谁知她刚坐回高脚椅上，就看到自己的盘子里多出一整块牛排！

牛排香喷喷的，还浸了酱汁！

她抬眼看向唐劲风。

"不用谢，我吃不完，所以分你一块。我没有浪费的习惯，也不想看别人浪费，所以你最好快吃，冷了味道就不好了。"

"我……"

"减肥"俩字她还没说出口，就被他打断："你又不胖，不要总学其他人乱减肥，小心营养不良，内分泌失调。"

你懂得可真多……

"我知道自己貌美如花，你不用夸我了，我又没说我要减肥。"她继续嘴硬道，"无功不受禄，现在是我请你干活儿，干吗还要你请我吃东西？"

"就当是我发工资请客。"

"你又不是第一次拿工资，有什么好请的……"她又轻声喃喃。

"不是第一份，但是最后一份。"他继续切完盘子里的最后一小块牛排，"这是我在老东家的最后一份工资，就当是补请——谢谢你帮我得到这份工作。"

从今往后，有新的工作、新的开始，他要站到真正与她平行的起点，重新追求真正属于两个人的平等感情。

当然这些他不会跟她说，在她愣神的刹那，他已经端着空盘到厨房去清洗了。

高月小小地切了一块他给的牛排送进嘴里，肉质酥嫩多汁，火候恰到好处。

不愧是唐劲风煎的牛排，跟他做其他事情的风格一样，要么不做，要做就做到最好。

又是牛排又是沙拉，还喝了罗宋汤和一点点红酒，高月感觉晚上有点吃撑了，晚饭好久没吃得这么满足了。

她自告奋勇地收拾了厨房洗了碗，不能再在他那儿落下话柄。

等她收拾完，唐劲风已经整理了好一会儿文档，因为要打印，她之前就打开了书房的门，示意他可以带着电脑进去，里面有打印机，空间也更大。

"要看的东西我都已经发给你了，关键信息已经用高光标记出来，你特别留意一下，有什么不懂的就问我。听证流程和判例分析在这里，你也熟悉一下。"

他把打印好的文件放在她面前，看她一脸受不了的表情，问道："怎么，是不是对你来说太难了？"

她真的很想说不难，可她实在说不出口，又不肯认输，只好说："我又不是真学法律出身的，大学那什么双专业是权宜之计，你又不是不知道。知识产权法这么专业，看不懂有什么好稀奇的？术业有专攻嘛，刚才那瓶红酒，你能说出个所以然来吗？"

"那是法国的拉菲，应该是比较年轻的酒，熟成年份不长，所以没有传说中'贵夫人'般的丝绒感，口感比较锐利，但水果的香气比较足，还有点类似薄荷的味道，跟这些年全球气温变暖，影响葡萄酒熟成口感有关。上回在老周家里喝到的你酒庄那支新酒也有这种味道，恰好跟现在夏天越来越闷热的天气比较搭配。虽然各有千秋，但相比之下，我个人更喜欢你们酿的那支酒。"

这些年她远走他乡学习酿酒，他就把品评红酒当成了一门学问，不仅默默关注，勤于研究，还不声不响地考出了品酒师资格证。

当然这些事他都没告诉她，只是这会儿她既然提起，他就没必要藏着掖着了。

他一口气说完，看着高月合不上嘴的模样，用手指敲了敲桌面上的文件："术业有专攻，现在可以看起来了吗？"

行吧。

高月头痛万分地看着电脑屏幕上和手里那些密密麻麻的资料，仿佛回到大学时期被双专业法理学支配的恐惧，一边拿出应付期末考试的劲头拼命啃资料，一边听唐劲风讲解："听证的流程大概就是这样，听证要决定欧伟祺需要缴纳多少担保金，这个上面也有文章可做。"

她打起了精神："怎么做啊？"

提供担保金她可以理解。诉讼之前的保全措施是为了更好地固定和保护证据，但也有可能给被保全一方造成损失，因此提出要做保全的一方就需要提供一定额度的担保。

可这上面要怎么做文章她就想不出来了。

唐劲风解释道："欧伟祺既然要求颁行诉前禁令，就要提供一定数额的担保金，万一最后他败诉，给你们造成的经济损失就要用这笔担保金来赔偿。我们现在可以做的，就是怎么尽量让这笔担保金数额大一点，他如果提供担保有困难，至少诉前禁令这一条他就不会再坚持，我们就争取到了应诉的时间。"

"没用的。"高月往椅背上一靠，"这个问题我也想过，欧伟祺手头没多少闲钱，全投在公司里头，自己没有结余，他爸妈也不给他钱。不过现在不是有那种专门提供诉讼保全担保的公司吗？出具一份保函给他就行了，他都用不着动用大量现金。"

"但不是所有法院都接受担保公司的保函，比如你们公司注册地的青峡区。"

青峡区原本是A市附近的一个县级市，后来行政区域重新划分，成为A市的新区。因为纬度和气候都十分适合葡萄生长，高月和林舒眉当初考察过不少地方之后，把酒庄和新公司的地址都放在了这里。

诉讼管辖根据原告就被告的原则，欧伟祺要起诉她的公司就由她的公司所在地的法院受理。

高月倒没想到还有这一层："那就是说，他一定要用手头的钱或者不动产来做担保了？"

"嗯，虽然这笔钱他也不至于拿不出来，但我们的目的只是让他撤销诉前禁令。"

"你是说……"

"他家里的人，应该没想过要跟你家彻底闹翻吧？"

他调查了欧伟祺家里的情况，欧家夫妇的生意虽然还不错，但跟她妈妈穆锦云相比还是差了不止一点半点，就算高攀不上，也绝对不会想要和她家撕破脸。

唐劲风据此推测，欧伟祺要起诉高月的公司这件事，他家里应该是不知情的，这完全是他自己咽不下一口气或是硬要吸引高月的注意力搞出来的。

一旦他需要钱，有了挪用资金的动静，让他爸妈知道了，估计他的计划就会泡汤了。

高月也认为这个方向不错，能达到目的，又不用和欧伟祺面对面地打交道，搞得她和林舒眉焦头烂额。

知己知彼，百战不殆。唐劲风果然做足了功课，才能连这样的细节都注意到。

先前她对他参与她的公司事务的抵触情绪，到这一刻已经渐渐抵消了。

在商言商，如果她是个珍视人才的好老板，唐劲风这样用最小的成本为公司争取最大利益的业务骨干绝对应该不惜代价地留为己用。

只可惜……

高月甩了甩头，想抛开脑海中那些乱七八糟的想法，把精力全都集中到眼前的文档上来，毕竟他再怎么厉害，这回的听证会还是需要她自己代表公司出席，其他的，过了这一关再说吧。

高月不是拼命熬夜啃书的那种学生，即使在外留学这些年，在适应了最初的节奏之后，靠的也是天赋和原本在国内积累的那点底子。

这会儿看着那些佶屈聱牙的专有名词和法律用语，她熬了没多久就开始眼皮打架，咖啡都救不了她，撑着脑袋就在电脑前面打起盹来。

书房的书桌是宽大的弧形，唐劲风坐在另一端，眼看着她意识渐渐模糊，东倒西歪地眯了一会儿之后干脆趴在屏幕前睡着了。

他不知该高兴、心疼,还是有别的什么情绪。

他高兴的是,她依然对他不防备。尽管平时面对他时她嘴上不饶人,浑身竖满尖刺,但在这样放松的环境里,她仍然是全身心信赖他的,吃他做的晚餐,跟他一起喝咖啡,让他使用她的书房,甚至大大咧咧地就这么睡着了,一点也不担心他会对她有什么不规矩的行为。

这又让他对自己充满了怀疑——他在她面前是真的这么正人君子吗?

他看了她好一会儿,给她搭上椅背上的空调衫,确定她真的睡着了,才低头做完自己手头的工作,又把给她留的文档精简之后打印出来,放在她的书桌上。

她的睡眠看来不错,一睡就很沉,跟以前在学校图书馆的时候一样,他来了又走,她都不知道。

他轻轻叹了口气,弯下腰看她睡着的样子。

怕惊醒她,他只得屏住呼吸,看着看着忍不住笑,赶紧清了清嗓子直起身来。

他拿出自己的手机,对着她拍了好几张照片,手指在屏幕上流连,最后又把目光挪到她的脸上,重新俯下身,轻轻亲她的眼尾和耳郭。

他现在确定了,他在她面前压根做不了什么正人君子。

高月一觉睡到大天亮,而且居然是在自己的床上醒过来的。

她记得自己昨晚看那些跟诉讼有关的文件就昏睡过去了,并没有爬上床的印象啊!

那会儿唐劲风也在,难不成是他抱她过来的?所以她身上还盖了被子。

他早就走了,她没法问他,也问不出口啊!

噢,她不会又睡得流口水被他给看光了吧?

她扶着额头在床上发了会儿呆,起来后去书房看了一眼,果然看到书桌上放着打印好的文件资料,需要她特别留意的部分都高亮标出还做了注解。

文件最上面有一张便利贴——你做得到的,有问题随时联系我。早上起来，记得吃早餐。

落款是"唐劲风"三个字，后面还有他的手机号码，还是七年前那个，没有变过。

字迹遒劲有力，铁画银钩，她很多年没看到这个笔迹了。

想起以前他随手写个什么，哪怕是宿舍楼下的登记，她都恨不得裱起来珍藏在身边。高月一阵气闷，扯下那张便利贴，在手心揉成一团，刚要扔进一旁的垃圾桶，又停下来，慢慢把那张纸展平，然后贴在了电脑的显示屏上。

她才不是舍不得丢，是因为上面有他的电话号码，万一她真有问题要咨询，也方便联系。

她就这么说服了自己。

诉前禁令的听证会如期进行，一切如唐劲风所说的，欧伟祺果然不愿提供百万元的担保，禁令不予颁行。

虽然这还算不上真正的胜利，之后还有诉讼等着他们，但已经是现阶段最大的利好消息了。

没有诉前禁令，酒庄完成现有的订单不成问题，至于今后的外包装，不使用欧伟祺公司的外观设计就行了。

林舒眉跟顾想想一直陪着高月。高月从法院一出来，就拍着胸口说："紧张死我了，还以为今天要不成了。我心想要是让酒庄亏本，舒眉非杀了我不可！"

"这锅我可不背，公司你也有份。要不怎么说老板是最好的员工呢？你在意公司前途才会这么紧张。"

顾想想长舒一口气道："宣布结果的时候我也好紧张，不过月儿表现得这么好，有理有据的，法官这么判也在意料之中啊！不愧是辅修过法律双专业的人，学以致用了。"

"什么学以致用，明明是背后有高人指点。"林舒眉嗤笑道，朝马路对面抬了抬下巴，"看看那是谁啊，难怪公司一直不肯请法务，这回还亲自上阵，原来是我们A大曾经的法学院王牌又到了你手里。"

就算自己有保密期不方便出庭，唐劲风也倾囊相授，教会高月妥善应对问题不说，还亲临现场，悄悄陪伴。

这要还不值高月的一声感谢，那她这个公司合伙人的脸也挂不住了。

高月看到了远远站在马路对面的唐劲风，正在脑子里天人交战要不要过去打声招呼，说声谢谢，他已经主动朝她这边走了过来。

林舒眉和顾想想都自发地朝后边退让，高月一时发窘，抬头看了看天，又看了看左右马路上来往的行人和车，总之目光不知该往哪儿放。

"表现得不错。"唐劲风走到她面前，"结果也挺好的，这下不用担心了。"

"谁说我担心了？我知道法律会站在我们正义的这一边。"

"法律上没有绝对正义这一说，都是兼顾公平和效率。"

是了是了，知道你法理学得好，说句由衷的恭喜的话是有多难？

"现在说恭喜还早了点，毕竟真正的诉讼还没开始。"他仿佛能听见她心里的声音一样，"不过只要不影响公司现在的正常经营，就算被判定侵权，赔偿数额应该也不大，如果能达成调解那就更好了。"

她想说她才懒得跟欧伟祺那种人调解呢，可她现在也懂得了调解往往是成本最小的解决问题的方式。

就像她家里人提醒的那样，她不是小孩子了，在绝大部分事情上的理性思考已经压过感情因素，有些话到嘴边也不会说出来。

"对了，这次……"

她想谢谢唐劲风，这回他的确帮了很大的忙，然而话还没出口，就被一阵引擎的轰鸣声给打断了。

欧伟祺开着当初送她的那辆保时捷，车子几乎到她跟前了才停下来。

唐劲风下意识地挡到她前面，神色冷峻地盯着车窗里露出的半张脸。

欧伟祺从车上下来，看了看他，又看了看他身后的高月，嗤笑道："这又是谁啊？这么快就找了人接盘，月月你可长行市了啊！"

"你把嘴巴给我放干净点。"唐劲风冷冷地提醒他道，"你的车挡着法院的出口了，最好快点开走，不然很快就会有人来帮你开。"

欧伟祺不屑地笑了笑，对高月道："你特地把我送你的车还给我，我还以为你找到了更懂得你的心思又买得起法拉利的男人,可听说你跟一个年轻律师打得火热,还是大学时候的前男友,看来就是这位了。啧,好马还不吃回头草呢,月月你到底喜欢这种小白脸什么呀?他也就一张脸长得还行,你是这么容易被外表迷惑的人吗?他买得起你喜欢的法拉利?"

"对啊,我就是'颜控'啊!"高月忍不住呵呵道,"不然你指望我说什么?好看的皮囊千篇一律,有趣的灵魂万里挑一?欧伟祺,麻烦你有点自知之明,你既没有像他这么好看的皮囊,还有一个特别容易出轨的灵魂。既然这样,我干吗退而求其次呢?只看外表就够了啊!我自己又不是买不起法拉利,用得着靠别人来满足我?"

欧伟祺羞恼地说:"我都说了那只是逢场作戏,我对你才是认真的!高月,你考虑清楚了,嫁给我,我们就是强强联合,我可以立马撤销这次诉讼,以后也会帮你把公司变得更强更好!"

从他的神情看,大概还有几分真心。

然而不等高月开口,唐劲风就冷淡地说:"不用考虑了,她不会嫁给你。"

欧伟祺更恼了,瞪着他道:"你不过个杀人犯的儿子,有什么资格替她回答,啊?你凭什么?"

他这话一出口,在场的几个人都变了脸色。

他果然不是草包,知己知彼的道理他当然也懂,对唐劲风的情况多少是了解过的。

他肯定是一边震惊着,一边生出大大的优越感,觉得自己无论如何不可能输给这样一个人。

可在他见到唐劲风的那一瞬间,这种感觉就不那么确定了,因为单从身形和侧影来看,他觉得有种异常的熟悉感……那不是跟他自个儿很像吗?

难怪当初高月在国外时对所有追求者都是一副生人勿近的模样,唯独对他有几分特别,原来竟然是从他身上看到了另外一个男人的影子?

现在唐劲风这么笃定地说高月不会嫁给自己,不就是因为觉得他才是她心里那个正主吗?

他也是骄傲有自尊心的人，自然而然就要反击了。

高月听到"杀人犯的儿子"几个字，心里咯噔一下，有种无名怒火直烧上来，烧得她眼睛都红了。

"你从哪儿打听来的？欧伟祺，身为一个男人，没什么别的东西拿得出手跟人比较了，就比家世的好歹、父母的清白？你可真有能耐啊！"

大概是她的表情太可怕了，欧伟祺被她的气势给震慑住，往后退了一步："我、我哪儿说错了？做了就不要怕被人知道！这还只是我一个人知道呢，你说要是大家都知道了……"

"你敢！"高月怒极反笑道，"你要不怕我杀了你，尽管去宣扬试试！"

唐劲风的家世是他们学生时代所有人都小心守护、不敢触碰的秘密，而他的事业前途，是她几乎牺牲了整个青春期的感情换来的，欧伟祺说毁就毁？

鱼死网破她不怕，她真正珍视的东西要是被人糟蹋，她不知道自己会做出什么事来。

她还要再上前理论，却被唐劲风给拉住了。

他眼睛里的冷静，硬是把她的火给压了下去。

"你听到他说了什么吗？"她指着欧伟祺问唐劲风，胸口剧烈起伏着。

"听到了。"唐劲风的语气依然淡淡的，他看向欧伟祺道，"我是杀人犯的儿子不假，不过我替她回答这个问题凭的是我喜欢她，跟其他任何事都没关系。"

什么高门荣宠，什么低入尘埃，什么云泥之别，也比不过分离这么多年排山倒海般的思念与牵挂。

她以为他还是像大学时那样敏感而固执地守着自己的"家丑"，其实这么多年来，他在意的事早就不一样了。

高月愣了一下，他已经拉起她的手，跟林舒眉她们简单作别，越过张口结舌的欧伟祺，朝对面自己的车子走去。

高月直到上车都还没从震惊中回过神来，手心里还留有他手掌的温度,那种恰到好处的力量和温暖,只一次,她就能记一辈子。

"你刚才说的那些话,是什么意思?"

她看着他,唐劲风开车跟他做其他事情一样专注,握着方向盘,目不斜视。

男人认真开车本就很帅,更何况这个人是唐劲风。

可她已经不是十八九岁的高月了,不再像以前那样想要了解却又问不出口,只在心里百转千回,最后折磨的还是自己。

"就是字面上的意思。"

"字面上是什么意思啊?你父亲是杀人犯,还是你喜欢我?"

"两样都是事实。唐劲风是杀人犯的儿子,唐劲风喜欢高月,这已经是我身上去不掉的两个标签了。"他在红灯前停下车子,却并不看她,只说,"高月,从我们认识到现在,已经快十年了。到了这个时候,你还对这有什么怀疑吗?"

不是有怀疑,而是她根本就没有相信的机会。

"你说你喜欢我?"她跟着重复了一句,仿佛也不需要他的回答,只是自问自答。

"需要我加以证明吗?"

他怎么证明?

唐劲风突然急打方向盘,又猛地一脚踩下刹车,将车靠着路边停下。

高月被晃得"啊"了一声,正要质问他搞什么,他却从驾驶座那边靠过来,不偏不倚地吻在她的唇上。

车窗外传来清脆的蝉鸣,车头前的树荫下还人来人往,这个吻仿若蜻蜓点水,几乎在她感觉到的那一刻就结束了。

可是那种轻柔又熟悉的气息让她恍惚了一下,她有点不知今夕是何年的感觉。

唐劲风看她完全愣在那里,像受到惊吓似的看着他,伸出手想要触碰她的脸,却被她向后一仰给躲开了。

"高月。"他的声音低而轻,又极为郑重地说,"不要躲开我,再信我一次。"

他知道这很不容易。

她在这段感情里投入得比他早、比他多，因此受的煎熬也比他痛苦。

不单是欧伟祺，他也察觉到了，欧伟祺跟他在身形、背影和某些侧脸的角度上都有一点相似，这也许是她会接纳这个人走近她，甚至差一点和这个人结婚的原因。

她不是那种会随随便便开始一段新感情的人，在国外一定是太孤独、太难熬了，才会抓住那么一星半点的相似当作慰藉。

他说过世界那么大，想要陪自己喜欢的人去看一看是真心的，因为太遗憾了，她在外面的世界孤独难过的时候，他竟然没办法陪在她身边。

过去的事，他无法再向她解释，但只要她愿意，未来他可以一直陪在她身边。

然而高月表达了她的不愿意。

她不再是天真无邪的小姑娘了，就算是猝不及防的吻，就算这个吻来自她妄想了几乎一辈子的唐劲风，她也很快就从那种悸动中冷静下来。

"你喜欢我？"她问，"从什么时候开始的？"

他迟疑了一下道："很久以前。"

就是这小小的迟疑，让她笑了："不会刚好是在我们睡过那一晚之后吧？"

"高月。"

"我不要你负责，你不需要有什么负担，这是我一早就跟你说过的。那晚你不是心甘情愿的，但我是。"

她目光灼灼，不知是要说服他，还是说服自己："我不想勉强一个人把感情放在我身上，不管是七年前还是七年后。就算你现在真的喜欢我，我也不喜欢你了。"

"我没有勉强。"

不管是七年前还是七年后。

可高月摇了摇头："那也不行啊，感情不应该是双向的吗？光是你对我好，我没有回应那也很没意思啊！我会有负罪感的。我现在只想心安理得地享受男朋友送花、送礼物，我生气了会哄我、上班送我、下班接我这样简单又没有负担的生活。你能做到吗？你根本就不是那样的人啊！"

"我要是说我做得到呢？"

"怎么做啊？你还非要到我的公司来应聘呢！"她说着，露出奇怪的神情看着他，"你不会又是为了得到这份工作才故意这么说的吧？"

她特地强调了"又是"，果然看到他眼睛里有神采暗淡下去。

"你是这么想的吗？"唐劲风问。

"我……"

"所以我这回的入职考核，是通过了还是没通过？"

高月狠了狠心道："当然没通过！我的公司不允许搞办公室恋情，我怎么可能招一个对我有非分之想的人进来做事？"

"那你的助手乌格呢，他算怎么回事？"高月莫名其妙道："这又关乌格什么事啊？"

好好的，他怎么扯到一个不相干的人身上去了？

唐劲风长吁一口气，端坐回驾驶座上，不再看她，只看着前方，冷淡地说："我知道了，你下车。"

高月看了一眼外面："这是哪里呀？送佛送到西，你好歹把我送到我家附近啊！"

"抱歉，这车不到西天。麻烦你自己下去打车，免得被人看到我们在一起，误会你搞办公室恋情，坏了你的原则。"

她快气死了！

高月下车重重地摔上车门，看着那车扬长而去，气得在原地直跺脚。

不乘就不乘，有什么了不起呀，要不是他刚在欧伟祺面前强拉她上车，她才不稀罕让他送呢！

亏她刚才还有点自责，是不是话说重了，不该在工作的事情上故意误解他，谁知他转头就甩脸子给她看，还扯上乌格。

喂，她只说不留有非分之想的人在身边工作，没说连异性都不允许有啊,她又不恐男。

好吧,其实不允许办公室恋情是她胡诌的,她的员工们要是能彼此看对眼,谈一场恋爱,她这个做老板的也会与有荣焉,哪会阻止?

只可惜她周围都是娘子军,除了葡萄园里的工人和工程师,男的工作人员很少,乌格绝对是香饽饽,要是再加上他……

哼,他不来她的公司也好,免得真变成"红颜祸水",把她的地盘搅得乌烟瘴气的。

高月都已经觉得说服自己了,可心里还是堵得慌,一闭上眼就看到唐劲风神采暗淡下去的那幅场景,挥手也挥不开、抹不掉。

唉,她的话是不是还是说重了呀?

跟欧伟祺的官司还没结束,之前有唐劲风在,搞定了诉前禁令这一块,为酒庄争取到了时间,但后面真正诉讼的阶段他现在不方便参与,他们还得找其他的律师来接手。

高月正在考虑要不要再去联系几个律所咨询一下,顺便把公司的法律业务也一并外包了,林舒眉却打电话来说:"用不着那么麻烦,你的老情人给你准备了备选方案。"

"什么备选方案啊?"

"你到我这儿来一趟就知道了,人家到酒庄来做尽职调查呢!我说你也真够可以的,唐劲风满腔赤诚地跑去找你,什么都给你想周全了,这样你还不领情,是真打算一辈子单身吗?"

"呸,爱我的人多了,我才不会在一棵树上吊死!"

高月还真好奇了,唐劲风到底准备了个什么样的备选方案啊?

他早就考虑到她不会录用他,不肯给他这个机会吗?

高月开车前往酒庄,一看到林舒眉笑眯眯的,而一旁的顾想想欲言又止,就有了不祥的预感。

果然,她在酒庄的葡萄园里见到了沈佳瑜。

唐劲风给她预备的备选方案居然是沈佳瑜!

多年不见,沈佳瑜一身干练的职业装,长发绾在脑后,很有职业女性的气质,正经八百地跟她打招呼道:"高总,好久不见了。"

所有大学时代认识的人如今管她叫高总，都让高月有种奇怪的感觉。

可她面上仍保持着良好的风度，微笑着打招呼道："沈律师。"

虚与委蛇谁不会？这年头谁还没几张面具走江湖呢？

沈佳瑜吃掉手里的最后一点葡萄，拍了拍手说："贵公司的案子我已经了解过了，酒庄的经营状况和这个外观设计的使用情况也跟林总交流过，回去都会写在调查报告里，发给你们过目。"

"那诉讼的胜诉概率有多大？"高月对这样的报告没什么兴趣，只想知道结果。

"一半一半吧，最好的解决方式肯定还是达成和解。"

高月抿唇，抬头望了望天。

"高总是有什么问题吗？"

"据说接手这案子的律师是我们目前能找到的最好的知识产权律师？"

沈佳瑜笑道："啊，是吗，劲风是这么说我的？"

高月一听她叫"劲风"就浑身起鸡皮疙瘩，挠了挠手臂说："别想多了，是舒眉跟我说的。我也理解，你们律师要跑业务，自我宣传是必需的。"

"你怎么知道我不是最好的呢？"

"因为你刚才说的那些我都已经知道了，就没有什么新的方案吗？"

"你怎么知道的？不是劲风告诉你的吗？"沈佳瑜笑得很甜蜜似的道，"就业务水平上来说，他也是最好的！"

行了行了，你们这互相吹捧是认真的吗？

高月表示，她不想用沈佳瑜做他们的代理律师，实在是糟心得很。

林舒眉说："可是换人来不及了！我看她还不错，蛮负责任的，撇开你们大学的情敌关系不谈，我觉得她完全能够胜任啊！"

来得及！高月还记得周梧给她推荐的那个学长舒诚，不就是贵一点嘛！好钢使在刀刃上，她可以的，一分价钱一分货，那才是最好的律师！

听说舒律师对案源十分挑剔,并不是什么案子都接,尤其不亲自接,于是高月决定自己走一趟律所去委托舒诚,显示出自己的诚意。

她带着助手肖雨一起去了舒诚的律所S&S拜访。

律所位于市中心的高端写字楼里,因为是新开发的物业,楼层还没有全被占满,其中有不少是律师事务所和会计师事务所。

高月还是有点了解这两个行当的,一方面都要充门面,让客户一来就形成"好专业啊"的良好印象,这样才能放心把业务交给你来做;另一方面呢,又严格控制成本。几年前还没爆发经济危机,生意好做的时候个个不怕烧钱,都往最贵、最富丽堂皇的写字楼里挤,但这几年也不当冤大头了,哪里性价比高就往哪里搬,最常见的就是这种新开发的大楼物业,楼很新,看着高端实则有租金优惠,又能形成聚集效应,挺好。

她里里外外看了一圈,觉得这楼不错,想到自己的公司也正在找合适的办公地点独立出去,于是对肖雨说:"去找这楼的物业经理聊一聊,看看他们的租金情况,还有没有空位可以让我们承租。"

"好的,要我先陪你去律所拜访舒律师吗?"

"不用,你先去,我自己上去跟他们聊就好,两边不耽搁。"

肖雨点头,从另一边的电梯上去找物业办公室了。

S&S律所果然简约又时尚,前台小姐得知高月是来找舒诚的,首先就问她预约了没有。

"我不是自己跟他约的,不过我是他的大学学妹,通过另一位朋友跟他提过我今天会亲自过来拜访。"

前台仔细看了看日程安排,有些为难道:"可是今天舒先生不在公司,可能要下午晚一点才会回来。"

"大概几点?"

"说不准,可能就这一两个小时,不过他来了可能还会出去。他最近刚回国,要处理的事情比较多。"

"那没关系,我在这里等他好了。"

刘备还三顾茅庐呢,要想请到最好的律师,她当然要拿出应有的诚意来。

高月就在前台旁边的来宾休息区等候着，看了会儿手机，忽然留意到他们四周的墙面上都是公司理念和擅理业务的简单介绍，还有一个液晶屏，滚动介绍律所现有的各位律师的履历、成就和业务范围等。

她忍不住放下手机仔细看起来。

这还是唐劲风上回来面试的时候提醒她的，要了解一个公司的情况，有必要查询一下他们的股权结构、法人信用和公司负责人的履历等，信任应该是建立在充分了解的基础上，而不应是盲目的。

看了一会儿，她发觉这个律所的律师素质都还不错，大多毕业于国内的重点院校，还有不少有国外顶尖法学院的留学经历，主要做兼并收购、企业法律咨询等非讼案件，诉讼业务集中在民商事方面，有很大一部分就是舒诚本人在负责。

她想起上回周梧提到舒诚有意招募唐劲风来律所负责诉讼业务，这上面倒没有关于唐劲风的简介，想来这件事没成吧？

她悄悄松了口气，可又仿佛隐隐有些忧虑。

他不会还没找到工作吧？

上回欧伟祺放话说要把唐劲风家里的事捅到尽人皆知，不知道会不会对唐劲风的求职造成什么影响。

分手就分手，好聚好散啊，有些人的嘴脸怎么那么难看呢？

一想到欧伟祺，她就坐立难安，只好装作去翻看架子上的杂志，起来走动走动。

"是的，这个案子现在由唐劲风律师负责，他这会儿正在打电话，您可以晚点再打来我帮您转接……嗯，好的，我让他回电话给您。再见。"

前台接电话的声音清清楚楚地飘进耳朵里，高月怔了一下，立刻凑过去问道："唐劲风是你们这里的律师？"

"啊，是的。"

"他不是在保密期，不能接案子吗？"

"他的确在保密期，暂时不能单独以律师身份接案子，不过我们现在诉讼部门的负责人是他，相当于合伙人待遇。"前台小姐眨了眨眼，"您也认识他吗？舒先生说，他不在的时候，有些业务可以直接转接给唐律师。"

认识啊,他们可不是一般程度的认识。

高月闭了闭眼,深吸了口气说:"他的办公室在哪儿,你不用给我转线了,我直接进去找他,给他个'惊喜'。"

唐劲风正开了座机免提打电话,办公室的门突然咣当一下被推开了。

高月站在门口瞪着他,"生气勃勃"的样子。

"对不起啊,唐律师,这位高小姐听说你在这里就一定要进来……"前台小姐一脸惶恐地跟在高月身后解释道。

"没关系,你去忙吧,这里交给我。"唐劲风温和地示意对方把门关上,又伸手示意高月在墙边的沙发上落座,然后对电话里的人说,"我这儿有点事,先挂了,等会儿再说。"

"别挂呀,我都不介意了,你介意什么?"电话里的人清了清嗓子,一副娇滴滴的声音道,"人家还等着你呢,外面热死了,你有什么要说的赶紧说完下来,不然我先走了。"

"那你先走吧。"

"小哥哥……"

不等对方说完,唐劲风已经毅然决然地挂断了电话。

高月看得冷笑连连,真可以啊,前脚才联络大学时代的倾慕者来给她当代理律师,后脚又公然跟不知哪个小妹妹打情骂俏!

唐劲风,可真看不出来啊,你还有这样的本事!

"你怎么找到这儿来的?"他递了瓶矿泉水给她,"抱歉,我刚过来,现在只有这个招待你。"

高月没接,气鼓鼓地看着他:"你当然不希望我来了,我一来还打扰你勾搭小妹妹呢!"

"你误会了,那个是……"

"什么误会?沈佳瑜也是误会吗?我不让你做我们公司的业务,也不需要你找人来接手,你还特意安排跟你过从甚密的仰慕者来……这算什么,示威吗?"

唐劲风挑眉看着她道:"你对她的业务能力不满意?"

我对她总是亲昵地叫"劲风"不满意!

高月又深吸口气,把到嘴边的话咽了下去,硬拗道:"没错,我就是对她的业务能力不满意。她说的那些方案不就跟你说的一样?不知道的还以为你们串通好了,她只是你的傀儡代你执行呢!"

唐劲风看她坐在那里把脸扭到一边不看他的别扭模样,又好笑又暗自有些高兴,在她身边坐下,耐心解释道:"法律途径的解决方案也是有限的,不论你咨询什么样的律师,告诉你的方案都无非那几种。差别只在于,同样是调解,差的律师谈下来要赔一百万,而好的律师不仅不需要你赔偿,还能让对方给你钱。"

"意思是,你就是那样的好律师呗?"

"我是。"他顿了一下,又道,"沈佳瑜也是。"

"那你们惺惺相惜去吧,反正我说了我不要她来代表我的公司,我又不是找不到其他人了!"

"所以你就来找舒诚?"

结果最后她还是落在他手里?因为连前台也说了,舒诚也许不自己接案子了,最后跟诉讼有关的业务可能都转到唐劲风这里来了。

"对不住啊,那是我上门自取其辱了,还打断了你跟小妹妹的'深入交流',全是我的错!你继续吧,我走了。"

高月刚站起来,就被他一把拉住手,挣了两下没挣开,怒目道:"你干吗呀?"

他也屏住一口气,神色冷峻认真道:"你跟我来。"

唐劲风拉着她一路进了公司的电梯,她跟跄着跟不上他的步伐,还想着要挣脱他的钳制。

电梯门关上后,他抬头看了一眼电梯顶部的监控,努力克制着说:"这里的监控全天有人盯着,我不想在这种情况下亲你,所以你最好别再乱动了。"

高月果然僵住不敢再动,忍不住又想起他当年在游戏里的厉害劲儿,也是往对面一站她就连忙说"不敢动"。

她也不知哪根筋搭错了,没话找话似的问了一句:"你、你现在还玩游戏吗?"

他绷紧的表情终于放松了些，他稍稍动了动嘴角道："偶尔。"

"我们以前玩的那个……还玩吗？"

"账号还留着，一直没有动。"

她"哦"了一声。

其实她也忍耐很久，玩游戏的瘾才慢慢淡了。她一天一天地不登录，怕登录上去就忍不住去找好友列表里他的名字和头像，忍不住要跟他说话。一开始真的很难，像成瘾难以戒掉的人，倒不是对游戏，而是对游戏里的某个人。

时间留下的创口，还是得由时间来抹平，渐渐地她就不玩也不会想了，还以为他也早把游戏账号都注销或者送人了，没想到他还留着。

唐劲风还紧紧拉着她的手腕，有了点别的话题之后掌心的力道放松了一些，往下滑了滑，手指溜进她的指缝间，不知不觉就反手将她的手扣住。

电梯叮的一声到了负一楼，他拉着她一路进了这栋大楼里唯一的一家星巴克。

一个手肘搭在门边桌台上喝咖啡的男人抬头看了他们一眼，把手机放进口袋，声音磁性而优雅地说："来了？比我想象的要快，看来你解决争议的速度又加快了，连女人吃醋都能这么迅速搞定。"

高月一脸不可思议地看着那人——他怎么知道刚才在唐劲风的办公室里发生过什么？

"小哥哥，一起睡觉觉吗？"他秒变声音，笑得一脸诡谲，又瞬间切换回来，"你刚才听到的是不是这个声音？"

高月惊得下巴都要掉到地上了。

这家伙是什么情况？说相声吗，还是口技？

他喝了一口咖啡，瞄着她道："唐劲风刚刚入职，你怎么找来的？"

"我才不是来找他，我是来找舒诚舒律师的！"

一直在旁边静静看表演的唐劲风淡淡地说："他就是舒诚。"

高月的下巴又合不上了。

"你……是舒诚？"

"如假包换。你是来找我的,是不是也该自我介绍一下?"

"我是……"

"她就是高月。"唐劲风把她拉到身边,语气带着嫌弃他明知故问的不耐。

舒诚笑道:"噢,原来就是你啊?听说小唐原本想去你们公司的,你拒绝录用他,他才退而求其次地来了我这儿。"

高月一脸不忿道:"你听谁说的?"

"当然是……"舒诚看了唐劲风一眼,改口道,"当然是听周梧说的,你们之间的事我都是听他讲的。"

很好,这么说她跟唐劲风之间的恩怨舒诚也了解得一清二楚了?

他果然是揣着明白装糊涂好趁机看笑话的腹黑男!

唐劲风去买了两杯咖啡,一杯递给高月,一杯握在手里,问舒诚:"走不走?"

"走啊,开谁的车?"

"当然是你的,不然干吗带你一起去?"

舒诚看着高月说:"你有没有发现他喜欢豪车?听说他刚毕业参加工作的时候就开一辆百万级别的特斯拉。"

"你到底走不走?不走我们先走了。"

"你们到底要去哪儿啊?"高月还没搞清楚状况。

舒诚回答:"去医院看周梧刚出生的大胖儿子。听说他的太太你也认识,你没去探望?"

前两天高月是收到了胡悦群发的消息,说是剖腹生下八斤的儿子,母子平安。她出院就到月子中心去了,于是她们502的姐妹约好等她回家的时候再去她家探望,然后满月酒也干脆摆在她们的酒庄里。

男人们比较简单,趁人还没回家时去探望,产妇孩子都能看到,比到家里方便。

"那开我的车去吧。"高月提议,"我也想顺便去看看。"

她给干儿子买的金锞子放在手包里都没拿出来,正好今天见面给小家伙,回头再跟林舒眉商量一下凑份子买别的礼物的事。

舒诚十分满意这样的安排,上了高月的车,拍拍屁股底下的座椅道："嚯，特斯拉。"

唐劲风似乎早已习惯，坐在副驾上对高月道："你有什么事要找他商量的，现在就可以说了，不收费。"

"我只是想问问他这项业务能不能接，这也要收费？"

"没错，我接受别人的面试，最后也是要算在账单里面的，这点就跟小唐不一样了。他刚入行，还不懂得心狠手辣的必要。"

"他上厕所的时间都包括在账单时间里。"唐劲风"好心"地补充道。

奸商啊奸商，讼棍啊讼棍，高月发现请个好律师真的很不容易，一不小心就从一个坑踏进了另一个坑里。

她很火大，这都要怪唐劲风，谁让他安排沈佳瑜来给她？不然她也不会被逼来找舒诚。

"我的收费很合理，绝对物超所值。高小姐你财大气粗，不用听他这么说就被吓退。一般来讲，我不接企业法律业务，但是像你这样的新兴公司和丽嘉集团这种老牌的大企业，我一向是很欢迎的。"

啊，你是醉翁之意不在酒吧？

"不好意思啊，丽嘉集团的法律业务我可做不了主。"

"没关系，你可以把你妈的名片给我，我自己联络。"

"哎，买卖不成仁义在，你怎么骂人呢？"

唐劲风笑了笑道："你可以不要再抢生意了吗？就算是客户，这也是我的客户。"

"你现在是我名下的律师，客户都挂在我名下，谢谢。"

高月问："什么意思？"

"他现在处于辞职之后的保密期嘛，不能出庭，所以他接洽的案子要挂在其他律师名下，挂谁名下，客户就归谁。说好的相当于合伙人待遇，那是明年的事了。"

唐劲风说："嗯，所以这个案子现在是沈佳瑜的，你要的话，跟她说去吧。"

"什么？"高月猛踩刹车，"沈佳瑜也是你们的人？"

唐劲风道："她毕业后就进了S&S，算是我的前辈，手里客户很多,有知识产权方面的业务,也有企业法律咨询方面的。"

最要紧的是,舒诚总不好意思抢自己律所资深律师的客户。等他保密期满之后,挂在沈佳瑜名下的客户自然会转给他,而不会被黑心的大合伙人给吞了。

这操作真够可以的。高月气道:"怎么没人告诉我沈佳瑜也是S&S的律师?"

"要是她告诉你了,你还会来找我吗?"舒诚悠悠地说。

高月不想玩了,她弃权还不行吗?欧伟祺爱咋的咋的吧,她跟他硬扛也好过跟这帮律师斗智斗勇。

到了月子中心,三个人拎着买好的尿不湿和果篮下车,高月临时又买了一束花。她知道胡悦喜欢哪几种花,特意叫花店老板拼的。

唐劲风一直站在旁边静静地等着。

舒诚问高月:"小唐这样的人,肯定没送过花给女生吧?"

高月想到当年她生日那一晚,他来晚了,送她的那一束杂乱无章却生机盎然的花束。

"是啊,没送过,他只收过女生送给他的花。"

高月把包得素雅别致的一捧花抱在怀里,走上前道:"走吧,上楼。"

舒诚故意落在后面,低声对唐劲风道:"连花都没有送过?看起来不太妙啊。"

"没关系,还有机会。"

唐劲风知道高月什么都记得,她的记忆力其实好得很,正是因为记得太牢固,有些事才恨不能都忘掉。

胡悦刚吃完一份月子营养餐,靠在床上休息,见高月他们来了很高兴,跟周梧一起招呼他们坐。

"宝宝呢?"高月问。

"护士推去做抚触和喂奶了,很快就回来。我手术后打了消炎针,还不能自己喂他吃奶。"

"当妈了感觉怎么样,辛不辛苦?"

"有月嫂帮着带，老周也挺能干的，我觉得还好。"胡悦摸了摸肚子，"就是刚做完手术那两天伤口疼，差点没疼死我。"

周梧一听她说起术后那几天就心疼到不行，连忙过来给她削水果。

"哎，你别管我了，去陪舒师兄和唐劲风他们聊一聊。"

她把老周吆喝走，才低声问高月："你怎么跟他们搅和到一起的？"

"你认识舒诚？"

"大学的时候就认识了，我结婚还邀请他了呢，只不过那会儿他在国外。老周他们跟他熟，唐劲风跟他尤其要好，而且好到差点传出绯闻，谁让他们俩都不找女朋友呢！"

"为什么舒诚也没女朋友？"

"听说他也是本科的时候受过伤，有过一段轰轰烈烈的恋情。要不他怎么跟唐劲风要好呢，两人同病相怜啊！只不过小唐是轰轰烈烈地被追，他是轰轰烈烈地被甩。"胡悦八卦完了还不忘评论一句，"从此以后他就成了个没得感情的狠人。"

唐劲风和舒诚两个大男人都没结婚，更没有带娃的经验，跟周梧聊的还是工作上的事情。

这时候正好月嫂把小宝宝抱回来了，大家的焦点一下子都挪到了孩子身上，宝宝俨然得到了小明星一样的待遇。

周梧果然是"星级奶爸"，从今天的抚触动作问到奶吃了几毫升，事无巨细，还都在手机备忘录里记了下来。

刚出生没几天的小宝贝裹在襁褓里，刚享受了一顿按摩服务，又吃得饱饱的，安心闭着眼睡觉，也不理周围这些聒噪的大人。

高月把金锞子拿给胡悦，说道："听说孩子刚生还不能戴这个，你先替他收着，将来大一点再给他，就说是干妈给他保平安的。"

胡悦也不跟她客套，大大方方地收下，问她："要不要抱抱看？"

高月是很想抱的，那么可爱娇小的一个娃娃，像一团奶油，身上还有甜香，怎么看怎么待人亲。

可她没抱过这么小的孩子，怎么比画那姿势都感觉好像挺粗鲁的，生怕把他给弄痛了。

周梧教不会她，舒诚更是两手一摊，只有唐劲风很顺当地把孩子接了过去,抱在怀里轻拍轻哄,再示意高月像他一样抱孩子。

他虔诚、自然又温柔,仿佛怀抱中的孩子就算不是老友的,是任何一个陌生人,都可以被他这样温柔相待。

高月抿紧了唇,屏住呼吸,出了一身汗,终于小心翼翼地把小宝宝抱在怀里了。

宝宝果然好软好小,让人想把脑袋也埋进那小小的襁褓里,亲亲他的脸蛋,再亲亲他的小手。

唐劲风的手一直帮她托着孩子头部的位置,周身的温柔光芒范围扩大,把高月也给笼罩了进去。

胡悦和老周对视一眼,都有相同的感慨——这两个人要不是当初错过了,如今也早就当爸爸妈妈了。高月抱着干儿子过了把瘾,觉得整个人都被治愈了,一时间什么不开心的事都抛到了九霄云外,心情豁然开朗。

她跟胡悦又确定了一遍,约好满月酒到酒庄来办,一定办得热热闹闹的,就跟唐劲风和舒诚他们先离开了。

下了楼却不见唐劲风的人,高月以为他去洗手间了,也懒得管他,就去停车场取车。

舒诚走在她旁边,递了张名片给她:"如果你确实想要我跟进贵公司的案子,我们还是可以谈的。不过沈佳瑜也是我们所的资深律师,专业素质是很高的,案子交给她你可以放心。"

高月默默翻了个白眼——谁说她对沈佳瑜的专业素质不放心了?她是对两人曾经是情敌身份而感到尴尬。

舒诚像是看出她在想什么,笑了笑道:"要是你担心她对小唐有想法,那大可不必。她刚结婚,新婚宴尔,应该顾不上老公以外的人了。"

啊,她结婚了?

高月猛地停住脚步:"什么时候的事?我怎么不知道?"

"这是个人私事,你没问她自然不会主动说了。"他说,"上个月我回国刚喝的喜酒,最近几年结婚的朋友很多啊!"

那真的是很多,毕竟连她都差点嫁给欧伟祺了。

高月感觉他们不说沈佳瑜跟他们是一个律所的,也不说人家已经结婚了,就是要看看她对跟唐劲风相关的事有多大反应吧?

还真让他们猜中了……

他们这绝对是故意的!

高月气得直咬牙,硬是扯出个皮笑肉不笑的表情道:"舒律师,我想起还要去别的地方,就不送你了,你自己想办法回去吧!"

舒诚似乎也料到了这个结果:"嗯,我有朋友在附近,正好去拜访一下,你不用管我了。不过小唐让你等他一下,他很快就下来。"

谁要等他!

高月独自坐在车子里生了会儿闷气,看舒诚终于走了,才发动车子倒车出去。

唐劲风从停车场出口的弯道走了进来,正好跟她的车子打了个照面。

坐在车里的高月也看到他了,还有他怀里抱着的那一大束……花?

他还会买花?

他是要去探病还是扫墓?

高月盯着他,他也看着高月,两人的眼神对上,她本来以为会火花四溅呢,结果居然是唐劲风先瞥开眼,像是害羞得不能直视她。

他走近敲了敲车窗,示意她开门让他上车。

高月本来不想理她,打算扬长而去。谁知道她分了会儿神,停车的位置没停好,从车窗伸手出去够不着刷卡的机器,怎么试都差了一截。

这真的是很尴尬,她悄悄瞄了唐劲风一眼,虽然面上平静无波,但这家伙肯定在心里使劲儿笑话她呢!

不就是一束花嘛,有什么了不起?管他是送给谁,管他是要探病还是扫墓,居然还能乱了她的心神让她连车都停不好了?

不可能,绝对不可能,她只是不小心,嗯,不小心停偏了一点点。

为了挽回坐在车里够来够去也够不着刷卡器的尴尬,她只能开门走下去刷卡,等她回来,唐劲风已经相当自觉地坐在副驾驶座上了,手里还抱着那束花。

"你……"

"送给你的。"他不等她发作,就把花捧到了她面前,一下子把她要说的话全给堵了回去。

她刚才是要说什么来着?

高月愣愣地看着那一大把红玫瑰,人都有点傻掉了,不知该怎么反应才好。

"你、你刚才就是去买这个?"

"嗯。"

"好端端的,干吗送我花?"

"你不是说我没送过花给女生吗?我的确没送过,除了你以外。那年你生日晚上的那束花实在太仓促,都是东拼西凑的,我也觉得不好,一直想郑重地补上一回。就是不知道你喜欢哪种花,我看玫瑰挺配你今天的衣服的,就买了。"

她今天穿了一件从肩膀到腰间都有荷叶边的红色无袖衬衫,高腰阔腿裤,倒是真的跟娇艳的红玫瑰挺搭配。

玫瑰花瓣上的露水颤动着,她的一颗心也跟着颤得厉害,嘴上却不饶人:"都说了让你忘了那晚的事,别记着了,你还送什么花……"

她的气势挺高,声音却越来越低下去。

"我也说了我忘不了。"他隔着一束花看着她的眼睛,"那你到底喜不喜欢?"

"不喜欢,红玫瑰什么的,俗得要死!我等会儿就把它扔了。"

唐劲风听她说这种怄气的话也不生气:"那你等我走远一点了再扔,别让我看见。"

"你要去哪儿啊?"他不是要搭车回去?

"我还要去一趟市人民医院,不顺路,就不搭你的车了。你回去路上开车小心些。"

她愣了一下,想起他家里还有双亲,当年还都做过肾脏移植手术,尤其是他妈妈,本来身体就不好,她好多年没听过他妈妈的消息了,不由得也有点挂心:"那个……是你妈妈的身体又不好了吗,还是爸爸?"

"我妈,最近在住院,我去看看她。"

他似乎没打算多说,又交代一遍叫她小心开车,就推开车门下去了。

"哎……"

后面有车按喇叭让她开走让道,高月来不及叫住他,他已经从旁边的人行楼梯上去了。她只得把花丢在副驾驶座位上,握着方向盘先把车开出去。

她一口气开回家,捧着一大束玫瑰下车,可碍事了!

路过垃圾桶时,她是真的打算把花扔了的!

哼,谁稀罕他送的花?至少她一点都不稀罕!

可是那么大一捧花,生机勃勃的,露水还在颤啊颤的……

算了,扔了多浪费啊,在家还可以摆几天,装饰一下她那没什么人来,也没什么人气的大房子!

她穿得这么靓丽,又抱着一大束玫瑰走过,路过的人都忍不住多看几眼,多少还是满足了她小女人的虚荣心。

以前她在欧洲留学和实习的时候,也有过这样的经历,并不缺人送花给她,可无论如何她的脚步都不像今天这样轻快。

可能今天心情好吧,她见到了那么可爱的宝宝,还有大把鲜花收,开心也是正常的。

高月回到家,刚打开家门,两个人影就突然蹿出来,把她吓得尖叫出声。

那俩人也被吓到了,跟着一起跺脚尖叫,然后三个人乱作一团。

高月终于反应过来,用手里的花束劈头盖脸就给了他们一人一下:"你们两个熊孩子要人命啊,吓死我了!"

穆嵘和穆津京双双抱头:"姐,别打别打,我们给你带了好吃的!"

"对呀对呀,我们是来看你的,不是故意要吓你。"

高月小腿一勾,重重关上门:"不是说了不让人上我这儿来吗?结婚没戏了,你们不会又是穆皖南找来的说客吧?"

穆嵘狗腿地接过她怀里的花:"哪儿能啊?我们听说你指着鼻子骂了大哥,景仰之情已如滔滔江水延绵不绝,再借我们个胆子也不敢帮他说什么。我们就是关心你,来看看你,真没别的意思。"

"对啊,爷爷奶奶也关心你,还特地说了,你不想结婚就不结,谁都不许勉强你,咱老穆家的孩子不受那个委屈!"穆津京帮腔道。

这还差不多。

高月打开冰箱想给他们拿点冷饮,结果发现这两个家伙已经十分自觉地吃了也喝了。连她昨天刚买回来的一大盒提拉米苏都已经被分得差不多了!

这两个"米虫"到底是什么时候来的?还说给她带了吃的,倒把她家快吃空了?!

穆嵘见她脸色不对,赶紧岔开话题道:"啊,这么大一束花呀,是谁送你的啊?真有眼光,太有眼光了!"

穆津京已经找了个花瓶出来,一边帮忙拆开花的包装纸,往花瓶里插花,一边说:"我就知道月月姐不缺追求者。谁这么好的眼光呀?买的花也好配姐姐今天这身衣服。"

唐劲风这么说还好,听其他人也这么说,高月的脸突然就红了:"小孩子家家的,懂什么?"

"我不小了,过二十岁了,可以谈恋爱了。"

"可不是。"穆嵘还在往嘴里塞巧克力豆,神神秘秘地说,"连穆峥都有对象了,你说稀奇不稀奇?"

"你怎么知道的?"

"反正就是知道呗,谁让我们是双胞胎呢!就当心有灵犀吧,他有点什么动向还能瞒过我?"

高月正想说谁家姑娘这么倒霉呢,就听穆津京说:"咦,这花里头还有张卡片?"

高月探头过去,穆嵘比她快,已经劈手从穆津京手里抢走了卡片,吊儿郎当地照着卡片上念道:"All I ever wanted, is you."

没有落款。

字倒是挺好看。

他把卡片拿在手里翻来覆去地看了两遍,也没找出点蛛丝马迹,卡片就被高月抢走了。

她当然认得出那是唐劲风的字,这句话也有一点熟,好像在哪里听过,可她想不起来了。

穆嵘发现她的耳根都红了,立刻意识到有情况,跟穆津京使了个眼色,示意穆津京问一问。

穆津京:你是哥哥,要问你问。

穆嵘:我不敢。

穆津京:我也不敢……

高月的心思全在手里那张卡片上,她完全没留意到这两个小祖宗已经发现了情况。

最后穆嵘清了清嗓子道:"姐,我们晚上吃什么呀?从下飞机到现在,我们还没吃顿正经的饭菜呢,饿了。"

真有出息,你们可真有出息!

高月长长地叹了口气,认命地重新拿起家门钥匙和车钥匙:"想吃什么?火锅、西餐、大排档,随便挑!"

"就知道世上只有姐姐好!"

"月月姐最好了,我们不挑,好吃就行!"

两个还是孩子心性的家伙一边一个挂住她的胳膊出去吃饭,挑了本地人气最旺的德国餐馆,大盘烤肉、猪肘和肉肠拼盘端上来,加上黑啤和精酿,相当对年轻人的胃口。

可高月提不起胃口,脑海里总想着唐劲风的事。

他妈妈当年对她的友善让她记忆犹新,本来换了肾,这几年的生活应该会好很多,为什么又住院了呢?是不是又有什么不好了?

而且她看唐劲风的样子,眉眼间有极力掩饰也掩饰不掉的忧愁,大概妈妈住院确实不是一件小事吧。

恰好这餐厅每张餐桌上都插了一枝红色玫瑰,一模一样的艳丽颜色在眼前晃动,像在刻意提醒她什么。她实在没忍住,拿出手机发了一条微信给唐劲风:"你妈妈的身体怎么样了?还好吗?医生怎么说?"

她料想唐劲风不会那么快回复,随手就把手机反扣在桌上,用叉子叉起一截烤肠,咯吱咯吱啃了起来。

等人回消息的感觉真不好,尽管手机已经反扣在桌面上了,她还是会忍不住过一会儿就去看一下。

他始终没回复她。

她是不是又多管闲事了？毕竟当年他们就因为她过问他家里的事闹过别扭，虽然最后她也理解和释怀了，但胡思乱想的时候这些不好的回忆又跑了出来，自动自发地往她跟前凑。

她的手机是拿起就唤醒，加上本来就没多少电了，看了好一会儿都没有消息进来，眼看手机要没电关机了。

高月很火大，又发了条消息过去："刚才那条发错了，你不用理我。"然后她索性收起手机不管了，开始大块吃肉。

穆嵘和穆津京都看出她心情不好，但为什么不好他们不知道，也不敢问。

吃好晚饭后回去，穆嵘他们都赖在她这里，一人占据了一个房间。高月有些烦闷，在书房里打开电脑，才想起要给手机充电。

结果她才开机，微信的消息就泉水一样哗啦哗啦地涌进来，全是唐劲风发来的——

"抱歉，刚才一直在跟医生聊，没看手机。"

"妈妈入院情况不太好，我确实有点担心。"

"今天她的精神好一些了，我跟她说起你，她很高兴。"

"怎么不说话了？"

"生气了？"

"怎么还关机了？看来真的很生气。"

"不是故意不回消息的，高总再给个机会吧？"

油嘴滑舌……高月边看边腹诽，心情却像是坐过山车似的，忽高忽低，还跟着他发来的消息内容揪紧又放松。

她想问问他妈妈的病情究竟怎么样了，需不需要她帮忙联系专家会诊，结果打完一段话，又一个字一个字地删了，只写了一句："刚才手机没电关机了。"

"那现在呢？"

对话框显示了半天对方正在输入，结果他就发过来这么几个字。

"现在正在充电！"她有点没好气地说。

"你在家吗？"

"当然在家！"

"那你下楼来吧，我到你家楼下了。"

啊？

高月惊得一下子站起来，都忘了手机还在充电，把电源线都给扯掉了，一阵手忙脚乱，也顾不得再把线插回去，捧着手机在书房里来回转圈。

"什么叫你到我家楼下了，你到哪个楼下了？"

"紫金华府，你不是在家吗？"

高月倒吸一口凉气，扔了手机，原地愣了三秒，先随手把头发扎起来，把刚换的家居服脱了，想换回之前那一套衣服。想了想又将其扔在一边，光脚跑进衣帽间，噼里啪啦一阵乱翻。

不等她决定到底穿什么好，唐劲风的电话已经打进来了。

她只好拿了件手边的连衣裙套上，然后拿过手机，发了一条："我涂个口红才能出门！"

唐劲风："别涂了，冰激凌要化了。"

他还买了冰激凌……

高月踩着高跟鞋下楼，出了大门就看到唐劲风站在屋檐下，一手一个冰激凌，最上头的奶油尖已经有点软塌塌了。

"你、你怎么跑来了？"

唐劲风把冰激凌递给她道："别问这么多了，先吃。"

正好晚饭时吃肉吃腻了，抹茶味的冰激凌看着就很清爽，她啵呜一口下去，很解腻。

唐劲风默默地吃他的那一个，眼神时不时地掠过她，两个人走出去好一段路，高月才反应过来——怎么变成跟他出来散步了？

幸好还有个冰激凌可以掩饰她的不自在，她别别扭扭地问："你到底干吗来了？"

"手机联系不到你，所以过来看看。"

"都说了是没电了！你妈妈她……情况怎么样了？"

唐劲风顿了一下，才道："移植手术之后她一直有点排异反应，近两年越来越严重了，加上身体还有些其他问题……"

117

他没再说下去,但是从他的语气里高月已经能猜到有多严重。

手里的冰激凌吃着不香甜了,她没尝过失去至亲的滋味,但回国之后妈妈不大不小的一场病还是吓到她了,她能明白在病魔面前那种束手无策的无力感,却又舍不得失去亲人,非常焦心和矛盾。

唐劲风看她发愣,忍不住提醒她道:"快吃,都化了。"

冰激凌的奶油已经漫过脆筒流到手上来了,她连忙伸长舌头拼命舔了几口。

唐劲风看得有点热,想瞥开眼,却又不得不拿出干净的纸巾帮她擦掉嘴边蹭到的一点奶油。

"我自己来,我自己来!"

她一边飞快地啃掉剩下的冰激凌,一边问道:"有什么我可以帮忙的吗?对不起啊,之前没想到你家里有事,还让你帮忙管公司诉讼的事。"

"你已经帮我很多了。"唐劲风看着她道,"当初那个慈善基金也是你特意设立的吧?你还有关注吗?"

"有。每年都有账目,我会亲自看一下。"

"嗯,这几年我也一直在关注,基金帮到不少人,挺好。"

现在他们是在说他家里的事情呢,怎么又扯到基金上去了?

她终于吃完手里的冰激凌,擦干净嘴巴,抬头看着他:"那个,你最近就好好照顾你妈妈吧,其他事我也不烦你了。跟欧伟祺的官司,你们既然都觉得沈佳瑜可以胜任,我就交给她来负责。"

"嗯,不过有件事我想跟你说清楚。"

"什么?"

"你们公司的业务是我争取来的,现在暂时交给沈佳瑜,是出于你的意愿,还有就是我不方便出庭。等将来我度过了这段保密期,你作为我争取到的客户还是要回到我名下的,你们公司的法律业务可以外包给S&S,由我负责。"

"你……"

"我知道你又会怀疑我是不是故意接近你,拿你们公司的业务做筹码,好加入S&S。"他顿了一下,接着道,"我确实想拿下每一个潜在的客户,因为这是我的工作需要,但跟想要和你在一起是互不相干的两回事。我想要的东西,我会明明白白地告诉你,不会用任何东西交换。"

高月无法否认,刚才听到他说将来要把公司的业务放到他名下的时候,的确有这样的怀疑在脑海中一闪而过。

她也觉得很奇怪,以前上大学的时候就很清楚他明明不是那样的人,可是偏偏忍不住要去怀疑他。

他们之前的差距也许还是太大了,那种基于差距产生的不信任感仿佛一种先天不足,让他们好不容易搭建起来的感情基石透着岌岌可危的感觉。

可他现在这样坦荡地在她面前说出这些,不怕承认他想要的是什么,她反而觉得豁然开朗,比欧伟祺那种在背后玩阴谋捅刀子的做法让人舒服多了。

果然每个人生命中遇到的人都有意义,有人中途上车陪你走一段,旅程不见得多么令人愉快,却教你成长和看清一些以前看不清的东西。

"我又没说什么……"她低头嘟囔了一句,又不满地辩解道,"还有啊,不让你跟这个官司也不是我的意愿,明明是你,我才说公司不允许办公室恋情,你就扯上了乌格,还觉得不公平,还生气!这跟他有什么关系啊?难道我身边连个男助手都不能有了?"

说到这个,唐劲风更理直气壮了:"他做什么事,我也一样可以帮你做,连带公司的法务也能兼任。从成本角度考虑,你也应该选我。"

"人家比你先进公司。"高月翻了个白眼给他,"他是公司刚成立的时候就加入的元老级人物了,你说不要就不要,那我成什么了?良心不会痛吗?"再说他现在已经在这么好的律所高就,怎么看都比在她的公司做法务要有前途多了。

唐劲风不跟她争,今天这样好的谈话气氛,他不想惹她生气又谈崩了。

两个人在院子里走了一圈,刚好走到他停车的位置附近,高月便表示要回去了。

"我说,你下回别突然就说'你下来',弄得人一点心理准备都没有。"

"要有什么准备？"

"至少化个妆啊，这是女孩子的脸面！"她不满地说，"而且哪有你这样的，叫人下来就下来，以前大学的时候就是这样。"

"大学？"

"你都不记得了吧？周梧表白失败那次，你不是也突然就叫我下去一趟，帮他解围，害我还以为……"

她没说完就猛地住了嘴。唐劲风故意追问道："以为什么？"

以为他要表白呗！

这当然不能跟他讲了，所以高月说："以为你要说，你下来，我给你带了旺仔牛奶！"

什么叫急中生智，她这就叫急中生智。

"所以你才肯下楼的？"

"对啊！"

"那今天呢，今天也是？"

"没错！"

唐劲风笑了笑，打开车的后备厢，拿出一小箱旺仔牛奶给她："嗯，你想得没错，我就是给你送这个来了。"

他把那一小箱牛奶塞到她手里道："拎得动吗？要不要我帮你拎上去？"

他还可以顺便到她住的地方坐一坐、聊一聊。

高月想到这会儿家里的两个"熊孩子"，立马拒绝道："不用！我谢谢你，我自己拎得动！"

现在不是她拎不拎得动的问题吧？

好好的，她怎么就接受他的礼物了？

就像白天的玫瑰花似的，她没打算要收啊！

高月脑子里又有点蒙，唐劲风趁火打劫道："你也该送我点东西吧？"

她立刻警觉道："什么东西？"

"小皮筋什么的。"

小皮筋？

唐劲风指了指她头发上扎的那个皮筋："这个就行。"

高月还没反应过来，他已经握住她那一把长发，轻柔地把橡皮筋给捋了下来。

黑色的皮筋上，有暗金色星球形状的几个小坠饰，就算戴在男生的手腕上也不显得女气和突兀。

他心满意足地开车走了，高月还拎着一箱旺仔牛奶站在原地——

我是谁？我在哪儿？我要干什么？

什么情况啊？

她抱着牛奶回家时，正趴在窗台上边看"真人偶像剧"边共享一包薯片的穆嵘和穆津京，连忙装作没事人一样起身站好，薯片袋子也被穆津京藏到了身后。

穆嵘一看到她手里拎的牛奶就两眼放光，跑过来接手："哎呀，这个好，消暑利器！"

什么呀，不就牛奶吗？

"你还不知道这个怎么玩吧？让我来给你演示一下最新的热门吃法，刚好我昨天也买了两盒。"

穆嵘来劲了，从冰箱冷冻室拿了一小盒冻好的旺仔牛奶，又拿了个玻璃碗，手脚麻利地把牛奶盒子剪开，将整个长方体的牛奶冰倒进碗里，然后拿个大勺，哐哐几下将其压扁捣碎，连勺子往她跟前一递，说道："喏，牛奶冰沙！"

年轻人可真会玩。

高月刚吃了个冰激凌，冻得嘴里都没知觉了，吃不下这个，让穆嵘跟穆津京拿去分了。

她托着腮帮子看两人吃得挺开心，忍了又忍，还是问了："我问你们啊……男生找女生要小皮筋是什么意思？"

他们又不需要拿来扎头发。

"姐，这你就不懂了吧？"穆津京舀了一大勺冰喂进嘴里，"皮筋是女孩子的私人物品，手上戴着喜欢的女生给的小皮筋，就证明这个男生有女朋友啦！"

所以唐劲风找她要了皮筋，就是要戴在手上，让其他人知道他有女

121

朋友了——他女朋友是高月。

在高月跟唐劲风斗智斗勇，同时不断被他占便宜的过程中，时间悄然而过，转眼就到了周梧和胡悦的儿子摆满月酒的日子。

跟欧伟祺的官司也有一段时间了，沈佳瑜带来了好消息——欧伟祺那边愿意让步和解，而且让得还不少。

高月让沈佳瑜尽管去谈，反正最坏的打算他们都已经做过计较，没什么好担心的。

正好这回她到酒庄去见了林舒眉和顾想想，也可以当面跟她们好好沟通一下，争取这件事就到此为止，她也不想再纠缠下去了。

胡悦跟他们说好了满月酒是要到酒庄一起庆祝一下的，也不大操大办，就家人和他们这些要好的朋友聚一聚。

酒庄有大片葡萄园和欧式风格的房屋建筑，夏末葡萄成熟的季节，正好绿荫满窗，蓝影粉墙，照片里拍出的文艺和美好完全可以让人假装在南欧。

周梧爱摄影，正好给宝贝儿子和老婆大人拍一些漂亮的照片做纪念。酒庄又有上好的葡萄酒，厨师有最拿手的樱桃肉和啤酒鸭，足够这些人好好聚一次，来回也不过两小时车程，性价比实在比一般的度假酒店要高得多。

高月本来是邀请穆嵘和穆津京也跟她一块儿去的，反正她大学的室友们也都认得她的家人。

可穆嵘还要带领自己的乐队到其他城市表演，穆津京近年一直在法国读书，一有时间就满世界跑，行程都订好了，回国待不了多久就又得走。

他们都表示不去参加满月酒了，给小朋友买了小衣服、小鞋子聊表心意，请高月转达，然后到姑妈、姑父家吃顿饭就走。

高月的时间也挺紧的，她排来排去只有在满月酒的前一天跟他们一起回自个儿家去吃饭。

穆锦云自从生过那一场病之后，往北京去得少了，这些小辈她一年也见不上一次。所以穆嵘和穆津京他们过来，她还是挺高兴的，亲自盯着阿姨做了几个拿手的菜,招待他们在家里吃饭。

高月从公司出来,开车回去接穆嵘他们,没想到在紫金华府门口看到欧伟祺的那辆保时捷。

他又到这儿来干什么?

"姐,你回来了?"

穆嵘他们在家里,显然等了她一会儿,不等她发问就先开口道:"那个欧伟祺来找过你,刚走没一会儿,你们碰上没?"

"我看见他了,懒得理他。"高月皱眉道,"他到底干什么来了?"

穆津京说:"我们也不知道啊,都说了你不在了,他还非说要等你一会儿。这人脸皮怎么这么厚呢?做不成夫妻就算了,还要跟你打官司,现在怎么还好意思上门找你?"

"官司的事,在谈和解了,不是我亲自去谈的,他大概想来探探我的态度。"

"我看他是一心想要跟你和好吧?"穆嵘插话说,"哪有谈公事跑人家家里来谈的?他还不把自己当外人呢!姐你可别被他迷惑了,我们一致认定他比不上那个'旺仔牛奶'。"

"噗!"高月正倒了杯凉白开喝了一大口,听他这么一说就喷了,"什么……旺仔牛奶……咳咳!"

"我们那天都看见了呀!"穆津京笑眯眯地说,"那个叫你下去的男生,很高很帅的那个,还跟你一起吃冰激凌,感觉很好哦!"

难怪她敢指着大哥的鼻子说出"穆皖南我跟你没完"这种话,要是为了这样的蓝颜,值得的!

高月缓了口气,放下杯子说:"那是我大学同学,你们别瞎说了。尤其等会儿到了我妈面前,你们别提这茬,知道吗?"

穆嵘和穆津京瞧了瞧彼此,"哦"了一声。

晚上一顿饭吃得有点沉默,穆锦云还有点奇怪,问穆嵘:"你们是怎么了?太久没见姑妈,都生分了?话也不讲,光顾着吃了。"

穆嵘啃着鸡腿,声音嗡嗡地说:"那是因为姑妈家的饭菜太好吃了,都顾不上说话呀!"

其实他们是不敢说啊,他跟穆津京两个人嘴不牢靠,动不动就露馅

123

了，会被月儿姐追杀的！"

穆锦云像是感觉到什么，无声地看了看高月。

吃完饭送走两个"小吃货"，穆锦云问高月："听他们说，你明天要到酒庄去？"

"嗯，可能有新酒，要带点回来给你和我爸品鉴吗？"

"你看着办就好，我现在也只能尝一口，不能多喝。"穆锦云在椅子上坐下，"是你的哪个室友有了孩子来着？"

"胡悦，外语学院中途搬来我们寝室的那个，后来做同声传译去了。"

"噢，是她，好像老公也是你们学校的同学？"

"嗯。"高月顿了一下，才道，"法学院的，现在做公务员。"

"那你们寝室的小姐妹明天都会去了？还有谁吗？"

高月终于抬起头来："妈，你要问什么就直接问，甭拐弯抹角的了。"

穆锦云叹了口气道："月儿，我知道你又见到唐劲风了，他还好吗？待你还像原来那样吗？"

"妈，我不想说这个。"

"可逃避不是办法。"

"你觉得这是逃避吗？妈，我现在刚刚退婚，闹得满城风雨，身上还背着官司，可以说是这辈子最狼狈的时候了。遇见故人，人家没冷嘲热讽已经算人品不错了，您还想让我跟他怎么着啊？噢，风华正茂的时候嫌人家配不上咱们，成了落难凤凰就又想起叫人来接盘了，凭什么呀？要您是对方的妈妈，您能愿意吗？您要觉得这是逃避，那就是逃避，我的自尊心不允许我这时候迎上去。"

穆锦云好一会儿没说话，这么多年了，母女之间对当年的事越来越讳莫如深，她是找不到合适的机会谈，高月是压根不想谈。事情摆在心里逐渐就成了母女间的心结，连带着她觉得跟孩子之间的感情都疏远了。

"当年的事，不是他的错，也不是你的错，你就当是我的错吧。"她终于还是开口道，"月儿，妈妈所做的一切都是希望能把最好的给你，包括最好的时间遇见最好的人。你要让我现在来说，我也觉得那时候你们在一起并不是最好的选择,但如果现在你们还能走到一起……我是不会反对的。"

高月摇了摇头,怎么想都觉得妈妈这个时候跟她说这些真的荒唐透顶,不管她接不接受唐劲风再度走进她的生活,她都没法当原来那些伤害没有发生过。

她尚且如此,更何况唐劲风呢?

第二天去酒庄吃满月酒,是个好天气,酒庄外有大片绿地,开饭前有大把时间,大家都聚在一起拍照,唯独不见林舒眉。

高月问胡悦:"舒眉人呢,上哪儿去了?"

"医院,她还能去哪儿?"

"怎么了,陆潜有事?"

"大概是有点,我听想想说舒眉最近往医院跑了好几次,平时用不着这样。"

"难不成……是人要醒了?"

三年前的一场车祸,让陆潜昏迷不醒。前途大好,一向给别人看病断诊的医生,成了名副其实的植物人,只能躺在病床上靠那些仪器续命,令人唏嘘。

他们都以为林舒眉会离婚,可她没有,一个人扛下了一切,默默打理着陆家的生意,跟高月合伙建起新的酒庄,到医院照顾可能永远都不会醒的陆潜。

她的解释很简单——为了陆家的财产啊,我又不爱陆潜,等他醒了我们就离婚。

高月不由得问:"那陆潜要真的醒了,他们会离婚吗?"

胡悦嗤之以鼻:"你以为她对陆潜真的一点感情都没有吗?所以依样画葫芦想着嫁个欧伟祺,也能像她这样相安无事,做自己想做的事?啧,你也太天真了。"

高月愣了一下,这个角度很新颖啊……她还真没想过,自己当初愿意结婚,竟然不知不觉是以好友为样板了?

然而他人的"成功"终究难以复制,失败的经验倒是可以汲取,她自个儿现在就可以给人做个失败的参考。

唐劲风比她来得早，拿个反光板跟着周梧拍照，今天甘愿做配角，反正绝对主角只有刚满月的小宝宝一个人，大家都乐呵呵地跟他合影，新升级的奶爸周梧摁快门摁到手软。

高月眼尖，看到了唐劲风手腕上那根皮筋，他还真戴上了……她同意了吗？这是欺负她在国外待了这么些年已经不了解国内年轻人的文化了吗？

真是尴尬，怎么每次跟他见过一面后再见就总是这么尴尬，她都不知道该不该上前跟他说话，又说点什么比较好。

胡悦把她叫过去合影，金贵得一直躺在摇篮车里的小宝宝看在干妈的分上可以抱出来给她过过瘾。

有了上回跟唐劲风一起抱娃的经验，高月今天竟然得心应手，可以抱抱小宝宝了。

"来，看这边，笑一个！"周梧拿着相机拍得正起劲，身边拿着反光板帮忙打光的人却已经换成了乌格。

高月四下环顾，才发现唐劲风跟沈佳瑜到一边说话去了，言谈间还有说有笑的。

他大概也感受到了她的目光，笑意晏晏地朝她这边看了一眼。

呵，幼稚，实在是太幼稚了。

他以为她还会为他吃醋吗？不知沈佳瑜在她面前有意无意地晒过多少次手上的大钻戒了，今天受邀来酒庄玩，还是她老公开车送她来的，依依不舍了半天，感觉人家新婚夫妻感情好着呢！

胡悦看她一脸虎视眈眈地盯着人家，想看又不敢看的样子，好笑地问："酸不酸？"

"酸个什么，我才不酸！"高月回过神，立刻炸毛，"人家都是有夫之妇了，他不怕死就去勾搭吧！"

"啧啧，这醋味隔着八百米都能闻见了，你还说不酸？不过我今天也给你准备了惊喜，等会儿有的是机会让他看看你酸呢！"

"什么惊喜？"高月警觉道，"今天是我干儿子的满月大喜，你可千万别整什么幺蛾子出来啊！"

"这还是我儿子呢,你怕什么?放心吧,不耽误事,就是……哎呀,不说了,你去吃点东西吧!你们丽嘉酒店出品的西点还是这么好吃,我买来当下午茶招待大家了。"

高月长吁一口气,懒得再管唐劲风,直接到天井去吃东西了。

她一离开那块草坪,乌格很快也跟过来,打光的任务又不知交给了谁。

高月拿了一块柠檬酥挞咬了一口,满嘴都是渣,朝乌格挥了挥手:"你也去玩吧,不用跟着我,我这儿没什么事。"

他却不走,拿杯子给她倒了柠檬水,才远远站到一边去。

高月终于拿水把嘴里吃的东西送下去,有点奇怪地问乌格:"出什么事了吗?为什么感觉你好像全副武装的样子?"

她都说没什么事了,为什么他还要这样近身保护她?

乌格半垂着眼眸,并未真正看她:"穆总交代的,最近你身边是非比较多,要我多注意一些。"

好吧,又是老妈。

说真的,她也不是不能理解这种事,从她要结婚又突然不结开始,最近确实发生了不少事,妈妈会担心也是很正常的。可她还是觉得叮嘱到乌格头上让他留意,太过头了。

问题是,乌格好像并不觉得过头,显然凭直觉和经验,他认可她妈妈的这种担心。

高月看他人高马大地站在那里,莫名想起之前唐劲风说办公室恋情时扯到了乌格头上,就忍不住盯着乌格看。

乌格不动如山,过了一会儿才抬起头来直视她。

高月清了清嗓子,看到外面大家从酒窖搬了酒出来,就说:"你去帮帮他们吧,不用守着我,真的没事。这儿又没外人来。"

乌格迟疑了一下,终究还是听她的,又交代道:"你不要走远,最好都待在我看得见的地方。"

"知道了知道了,快去吧!"

高月摆了摆手,然而话还没说完,突然有人从身后用手肘勾住她的脖子把她往后拽了两步。

刚刚收到提醒说要小心身边的危险,高月脑海里一时警铃大作,吓得大喊了一声。

唐劲风和乌格同时看向她,都快步朝她这里走过来。但唐劲风刚走近一些就停住了,乌格则毫不留情地上前将人放倒在地。

高月感觉脖子上一松,身后是重物落地的声响和哎哟哎哟地叫唤。

她转过身,看着被乌格制服压在地上的年轻男人,瞪圆了眼睛:"戴鹰?"

是不是你啊,二傻子!

"是我是我。"戴鹰趴在地上嗷嗷叫,"快叫你的保镖撒手,我的胳膊都快被扭断啦!"

乌格不认得他,只知道他这么一声不响地接近高月,高大健硕还搁人搂脖子,直接就把他当成了一号危险人物,用了点力道才把人摁在地上。

高月拍了拍乌格,示意他没关系,这人她认得,乌格才放开手。

唐劲风觉得好笑,走到她身边道:"你没事吧?"

他认得戴鹰,所以刚刚看清是戴鹰的时候虽然有点意外,但知道戴鹰一向是这么跟高月开玩笑的,就没再走近。

戴鹰被摔这一下也挺好的,看他以后还敢不敢这么没男女之防地动手动脚去碰高月了。

高月表示她没事,然后跟他一边一个把戴鹰拉起来。

戴鹰哇哇叫道:"你们怎么回事啊?不都在这儿吗?一个两个都不认识我了啊,任人把我摁倒了也不出声制止?"

唐劲风说:"终于有人帮我做了一件我大学时期就想做的事,我为什么要制止?"

戴鹰啧了一声,上下打量他一通:"可以啊唐劲风,不愧是大律师啊,有什么想法都敢大着胆子说了。"

"大学的时候我就想说了,一直没机会而已。"唐劲风淡淡道,"那会儿不是还要一起打球嘛,怕撕破脸你混不下去又非得把队长的位子交给我。"

戴鹰嗤笑,两人各自不肯服输的目光交会,下一秒又笑着肩碰肩地抱了一下，就像当年在球场上一样有默契。

男人真是奇怪，挺多年没见了，一见面还是哥俩好呢。

高月刚才不知道多想顺势揪着戴鹰的头发晃一晃，看他脑子里是不是真有大海的声音。

"哎，我说……"戴鹰转过来道，"咱们也很久没见了，你怎么一见我就满脸杀气啊？"

"你说呢？"高月握拳作势吓唬了他一下，"这么久没见，你还是这么有出息！"

戴鹰躲了一下，看到胡悦抱着孩子过来了，连忙热情地迎上去道："小悦，抱歉啊，我来晚了！大侄子，来，叔叔抱一抱！"

他还没挨着孩子呢，就被周梧给挡住了。

"戴鹰是吧？你好你好，我是周梧，孩子的爸爸。"

他那护食的意思简直明明白白——我才是孩子的亲爹，有事吗你？

戴鹰伸长脖子看了看他身后的小婴儿，一脸羡慕道："好可爱啊！"

"多谢夸奖，犬子……"

"哎呀！你别烦了！"胡悦一巴掌就把自家这个转文还疯狂吃醋的男人给拍开了，仰起脸对戴鹰道，"你可迟到了啊，还吓到高月了吧？等会儿自罚三杯，我就不帮你了，你自己看着办吧！"

"是是是，对不住，你们这儿我还是第一次来，高速下错路口了，耽误了点时间，没想到一来还被人给放倒了！"戴鹰说着还颇为不满，瞪着乌格问高月，"这位真是你的助手啊？至于找这么一位彪形大汉当助手吗，防谁呀？防前男友？"

"防你！"高月没好气地说，"让你长点记性挺好的，看你以后还敢不敢背后偷袭人！"

她已经确定了，原来刚才胡悦说的惊喜就是戴鹰。

这小子真厉害，什么时候回的国，她居然都不知道。要不是胡悦他们今天邀请了他，还不知他要保持神秘到什么时候。

"抱歉，我不知道你是高小姐的朋友，刚才出手重了，希望没伤到你。"

乌格道了歉，戴鹰当然也没什么好说的，他本来就是听说高月近来

129

遇上些麻烦才特别加紧赶回国来的,她身边有人这样竭尽全力地保护她,是好事。

他终究还是抱到了刚出生的小宝宝,又跟大家聊天打趣了一会儿,突然四下看了看,问:"顾想想呢,怎么没看见她?不是说她现在是酒庄的酿酒师吗?"

"刚才还在这儿啊……"胡悦也跟着扭头看了看,"这会儿大概要准备晚饭了,她去帮忙了吧?"

戴鹰短暂陷入回忆道:"她还是那么会做吃的?"

"那当然了,比起上学那会儿有过之而无不及,手艺越来越好。"

只可惜她好多都是为了渣男做的,可渣男还虐待她。

当然这样的"只可惜"她没有说出口,人长大了,就是有很多事需要自己去寻找答案,不能什么都说满。

但高月能理解顾想想为什么在看到戴鹰出现之后就极力避开,大概就跟她跟欧伟祺撕破脸时,不想让唐劲风插手管她的事一样吧。

两人不能在一起,那是缘分不够,但我也不想让你看到我被生活折磨到狼狈的样子。

即使那不过是生活惯有的伎俩——谁还不会遇到点难处呢?

从酒窖里拿来的酒都摆上了桌,酒庄屋外亮起了灯,葡萄园里的枝蔓间没了白天的热闹劲儿,变得格外安静,庆祝欢快的气氛才越发凸显出来。

满月的小宝贝白天睡眠充足,晚上终于有了片刻安静又清醒的时间,由妈妈抱在怀里出来赏了个脸,看着长桌上的烛光和星星灯还笑了,可爱得不得了。

暮色降临时林舒眉才从医院赶回来,顾想想果然是去厨房帮忙了,吃的都做好后,她就帮着把东西都端上来,又负责挑酒,有点拿不定主意给大家尝哪一种,于是来向高月求助。

高月身边就是唐劲风,自告奋勇道:"我帮你?"

"知道你有品酒师资格。"高月白他一眼,"可你不是应该多跟沈律师聊聊天吗?你们有业务上的共同话题,就别硬往我这儿凑了。"

唐劲风笑了笑:"你知不知道她刚才跟我说什么?"

"什么？"

他把戴着小皮筋那只手往她面前凑了凑："她看到了这个，笑我像小学生。"

高月怒目道："你还好意思说？"

他可不就像小学生吗？还戴小皮筋呢！经过她的同意了吗？

唐劲风却低头看着自己的手腕："有些事，做学生的时候没做过，就感觉挺遗憾的。现在补上，不也挺好的吗？我不觉得好笑。"

高月感觉自己的心脏漏跳了几拍，然后很快又一阵乱七八糟地跳。

这家伙……每天净挑好听的话说来蛊惑她！

她才不上当呢，哼！

她帮顾想想挑酒去。

酒庄去年才产出第一批酒，照林舒眉的意思，几种风味的葡萄酒和源自内蒙古的奶酒都给大家尝一尝，怎么搭配，就由高月和顾想想来决定。

顾想想始终背对着席面方向，她觉得不错的酒，倒在杯子里让高月尝。

"其实你不用问我啦，今天的菜不是你盯着操办的嘛，该配什么酒，你心里也该有数了。"

"还是让你尝一下吧，品酒你比我专业，今天来了这么多人，不要搭配得不好扫大家的兴，反倒让大家觉得我们酒庄的酒不够好。"

高月接过酒杯，很认真地品了，给了意见，挑了口味最合适的一种做餐前酒给大家先上。

"你去给大家倒吧。"她把酒递给顾想想，"这是在你的辛苦和努力下酿出来的酒，理应你跟大家分享。"

顾想想连连摆手道："不不不，我不去了，侍酒我都没怎么操作过，做不好的，还是你去吧！"

高月抱着手看着她道："要怎么操作？酒都挑好了，直接给他们的杯子里倒上就行。想想，你不是做不好，是不想做，对吗？"

"我……"

"戴鹰回来了，下午跟大家聊了半天，还是那么贫。你怎么不在呢，跑哪儿去了？你就这么不想见他？"

"不是的，我……我只是不知道该说什么。"

一别经年，有人风生水起，有人精彩纷呈，她有什么呀？

其实最近她都不敢随便跟人聊天，很怕自己变成祥林嫂那样，逢人就抱怨自己的不幸。

尤其在戴鹰面前。她当然也看到他回来了，高大英俊，活泼健谈，跟大学时那个风云队长的形象没有太大差异。

他这些年在国外阅历丰富，由他自己讲来一定生动有趣，理应有更懂得那种有趣的人去跟他分享，她……就不凑上去了吧。

可是高月不让她往后退，硬是把她推上前，让她跟自己一起为大家的酒杯倒上酒。

其他人还好，到戴鹰面前的时候，顾想想拿着酒瓶的手都有些不稳。

她不敢看他，甚至不敢呼吸。

戴鹰一开始还真有些没认出她来。

她怎么会瘦了这么多呢？在他的记忆中，大学时期的顾想想有点婴儿肥，可能是爱吃的缘故，脸蛋肉嘟嘟的，不胖，是充满胶原蛋白的感觉。可现在的她完全像个纸片人，下巴尖尖，脸色苍白。

并不是说不美，可他总觉得她整个人的精气神不一样了，不再是那个捧着零食爱吃爱笑的小姑娘了。

戴鹰是见不得人家吃苦的那种公子哥，不自觉地就把注意力都放到她身上，盯着她仔细瞧。

顾想想本来就紧张得快要喘不过气来，被他这样盯着就更慌了，给他的杯子里倒酒的时候，酒瓶直接压在杯口上，把酒杯给碰翻了。

猩红色的酒液泼到了戴鹰的白色运动衫上，绯红一片，特别显眼。

顾想想连忙放下酒瓶，拿了块餐巾想帮他擦，又不敢靠近，只得一个劲儿说对不起。

"没关系，你们这里有可以换的衣服吗？我去洗手间，随便换一件就行。"

"有的，酒庄印了些广告T恤衫，工人师傅们平时都当工作服穿在里面，还剩下好多新的堆在库房里，我去帮你拿。"

顾想想连忙放下手里的东西去库房翻找广告衫，戴鹰简单处理了一下身上的酒渍，就起身跟着她去了。

高月看在眼里，默默叹了口气，端着酒回到自己的位子上。

唐劲风正在喝她们刚才倒的酒，闻了香气，又品了一下味道："这款酒酸甜度平衡得很好，有蓝莓果实的香气，不错。"

高月"嗯"了一声，有点心不在焉的样子。

他看她这样，宽慰道："每个人有每个人的选择，人生这么长，道路上随便一个岔路口都可能导致不一样的结果。我知道你很关心朋友，但你也别太难为自己了。"

戴鹰和顾想想之间的纠葛他了解得不全面，但顾想想如今的遭遇他是亲眼见过的，高月又太仗义，他很理解她在这种情况下生出的同情心和那种"如果当时怎样怎样就好了"的想法。

没有用的，这条路只能一直向前，无法回头。

未来可期，或许还可以补救，但也只能由做选择的人自己去救，旁观者是左右不了什么的。

"其实我也不是……"

高月起了个话头，最终还是没再说下去，因为她知道唐劲风说得对，道理她也是懂的。

她呷了一口酒，嗯，的确就像他说的，酸甜度刚好，很爽口，推出市场之后应该会合大多数人的口味。

感觉她们姐妹几个这两年的心血没有白费，总算有了回报，她的心情又好了一些。

即使看到唐劲风手腕上的小皮筋在眼前晃，她也不觉得碍眼了。

谁让她大度呢，不计较了，随他去吧！

一顿饭吃到快晚上九点，万人迷小宝贝当然早就睡沉了，新手妈妈和爸爸轮番照顾。

戴鹰换了衣服回来，虽然还是挺帅气的，看着却有点傻乎乎的。顾想想大部分时间低着头，脸上也看不出什么特别的情绪。

高月晚上不打算回去了，就住在酒庄里。胡悦一听也要住下，说

502的几个姐妹好久没这样聚齐了,更别提一块儿睡。

周梧也就顺着她的意思,他带宝宝住在隔壁。反正奶粉、尿布带得可全了,除了夜里要喂一次挤好的母乳,其他几顿喝奶粉就行,他能搞定。

林舒眉笑了笑道:"我说胡悦,你这'二十四孝'老公可真是打着探照灯也难找了。"

"那当然!"胡悦骄傲地一仰下巴道,"我那是什么眼光呀,挖掘宝藏的眼光!"

"是。"林舒眉说,"今天你自己睡小床,免得万一半夜要当奶妈。高月跟我睡,花生、瓜子、茶水管够,咱们卧谈会又可以开起来了。"

高月没意见,但有人有意见。

乌格不肯离开:"我不能让你一个人待在这里。你们休息,我在门口守着。"

就算她很想跟姐妹们重温大学时代的温情,也不会让他直接睡在屋子门口啊!

好,他不肯离开,唐劲风也不走:"我还有公事要跟你们商议,这么晚了开车回去也不方便,就留下来住一晚吧。"

问题是他住下来也不方便啊……而且刚才沈佳瑜在的时候已经跟她们分析利弊讲好了,欧伟祺的和解条款已经谈到了最优方案,酒庄方面是可以接受的,直接签合同就行,哪还有什么公事要商议?

"那你也睡门口吗,跟乌格一起?"高月看了一眼外面,觉得这个主意还挺不错,莫名有点期待。

唐劲风变了变脸色道:"我不要,我要睡床。"

"那你看看房间里这几张床,你睡哪张合适?"

唐劲风不理她的揶揄,问林舒眉:"还有其他房间可以休息吗?跟工人师傅们挤一挤也没关系。"

林舒眉看了顾想想一眼。在这酒庄顾想想差不多像个大总管,有的事她这个主人还不如总管清楚。

"房间还有的,要不你跟乌格一起……住一间?"

"我不要。"

"我不要。"

唐劲风和乌格同时出声否决这个提议。

高月差点一口茶水喷在地上。

这时候你俩怎么突然这么有默契了呢？

"周梧住哪里？我跟他一起住就行。"

"可以是可以……"顾想想说，"不过他晚上还带着宝宝，会不会影响你休息？"

"没关系，一晚上而已，他都不嫌辛苦，我没问题。"

这话怎么听着这么奇怪呢？两个男人带着宝宝睡……

不过既然最挑剔的唐律师都没问题，乌格这边就更加没有问题了。酒庄这么大，房间还是有的，就是床铺需要收拾。

给工人们换洗的铺盖都是统一洗晒消过毒的，顾想想就从库房里将其搬出来一间间给他们收拾床铺。

戴鹰上前帮忙："我帮你吧。"

"啊，不用了，这里不是有推车吗，不重的。"

戴鹰仿佛听不进她的拒绝，从她手中接过推车，闷头往前走去。

刚才跟着她去拿干净的T恤时，他看到了她手臂和脖子上的伤痕。尽管之前已经听高月她们提过顾想想这些年在婚姻里的遭遇，但直到今天亲眼看见，他才真正明白那些遭遇到底是什么样的。

在他眼中，她现在就跟一个需要照顾呵护的病人差不多，怎么还做这么多事情呢？

"到这里就可以了，剩下的我来做。"顾想想抱起推车上放的床单、被褥道，"你回去吧，天黑了，路上小心开车。"

她当他是客人，偶然在这里遇见，做客结束他就要走的。

戴鹰确实没有留下来的理由，只能咬了咬牙，盯着她的背影。

"你是谁？在这儿干什么？"

身后突然有人冷不丁地出声，戴鹰愣了一下，转过头仔细辨认了一下："你是……江浩？"

江浩也认出他来，眯了眯眼睛："噢，戴鹰啊，你回国了，什么时候回来的?"

这听起来像是老朋友之间的寒暄,两人毕竟也算是认识的,只是很多年不见了,彼此都有了很大的变化。

戴鹰这时才意识到江浩是顾想想的老公,于是她身上那些伤痕一下又浮现在眼前,他立马警醒地上前一步道:"你到这儿来干什么?"

"我当然是来接想想回家的。她是我太太,这个月都没在家住,我担心她,就过来看看。"

顾想想已经听到外面的交谈声,从房间里跑出来,一看到江浩,整个身体都绷紧了:"你、你怎么来了?"

"我来接你回去。"江浩绕开戴鹰走到她面前,"不是说好的吗?你们今天有聚会,聚会结束你就回家的。"

"我没说过!我说的是……等这两天忙完了,我就回家一趟,跟你把手续办了。你答应好了的,不要想反悔。"

她抬起眼看着他,眼神几乎带了一丝哀求。

"我没说反悔。但我们今天还没离婚呢,你就迫不及待地跟老情人在这儿私会了,我要不来接你回去,还不知道要发生点什么呢。"

"你说什么呢!"戴鹰火冒三丈,一把揪住江浩的衣襟。

顾想想连忙拉开两人,急切地辩解道:"戴鹰刚回来,我们今天第一次见面,而且还有那么多人在,我们之间能发生什么?你别在这里发疯了,快回去!"

江浩看了她几秒,仿佛平静下来了,重重挥开戴鹰揪住他的手,冷嗤了一声,然后反手就狠狠地一掌掴在顾想想的脸上,打得她一个趔趄摔倒在地上。

"你怎么打人?!"

戴鹰怒不可遏,上前要制止,江浩已经一拳朝他的面门袭来。戴鹰好险躲过,不甘示弱地还击了过去,反正他也早就想这么做了,两人瞬间扭打在一起。

闻讯赶来的其他人一看到江浩就大致明白发生了什么事,乌格不用高月交代就大步上前,一个抱摔把江浩放倒,然后跟戴鹰一起把他的胳膊拧住,用膝盖顶住将人压在了地上。

高月跑到顾想想身边扶她起来,唐劲风拿出干净的纸巾摁住她的鼻子:"你的鼻子流血了,不要仰头,用这个摁住。"

顾想想几不可闻地说了声谢谢,眼泪就下来了。

"别哭,想想,今天有我们在这里,他不敢怎么样!"高月安慰着她,其实气愤得牙都要咬碎了,愤恨地盯着被制住趴在地上的江浩。

林舒眉带着酒庄的保安跑过来,走得太急有些喘:"保安来了!怎么回事,你们有没有受伤?报警了吗?"

"我报警了,等警察来了我跟他们说。"唐劲风收起手中的电话,又看高月一眼道,"先把这家伙带到保卫室去吧,你们陪着想想。"

"嗯。"

几个男人合力把江浩从地上拎起来时,他还咬牙切齿,恶毒地盯着顾想想,嘴里冒出了两个字:"贱人。"

几个女孩子聚在酒庄顾想想的房间里,胡悦用给小宝宝消毒用的奶锅煮了个鸡蛋,热乎乎地拿给顾想想在脸颊上滚动。

"拿这个滚一滚,过一会儿就不疼了。"

高月低头从下头看顾想想的鼻子:"还出血吗?好像好了,堵得不舒服可以把棉花拔了。"

林舒眉从外面进来,几个人都抬头看她。

"怎么样,警察怎么说?"

"警察把人带走了。也不能怎么样啊,可能最多拘留几天他又出来了。"林舒眉把刚泡好的一杯蜂蜜水递给顾想想,"现在最要紧的是跟他离婚,彻底跟他断了联系。要是有必要,想想你到外地或者国外去躲一段时间都可以,尽量避免再跟他起冲突。这男人本来就疯得不轻,现在戴鹰回来了,他又看到你们在一起,已经有点失控了,讲道理是讲不通的。"

顾想想抱着水杯僵硬地坐在那里,身体微微颤抖着。

"别怕,还有我们。"胡悦拍了拍她,"只要我们能做到的,我们都会帮你,说什么也要摆脱那个渣男。"

高月扭头问林舒眉:"戴鹰呢?"

"刚才警察问话的时候他还在。他说今晚也不走了,跟唐劲风他们将就一晚,明天再说。"

本来她们说好有一场卧谈会,可以重温一下学生时代的美好,被这突如其来的变故给搅扰了。

四个姑娘躺下去,却都了无睡意。

高月跟顾想想睡,轻声问她:"今天见到戴鹰,他跟你说什么了吗?"

"没……"顾想想吸了吸鼻子,声音还有些瓮瓮的,也很轻,"就说很久没见了,然后看到了我手臂上的伤。"

高月沉默着。

"他本来想问我过得好不好,我说还行,好像有点欲盖弥彰。"顾想想笑了笑,"感觉他好像挺震惊的,大概没遇到过这种事。"

"谁遇到过啊?"胡悦插了一句,"你这样的情况实在是不正常,都赶上电视剧了,不离婚还等着过年吗?"

"他不肯……"

"现在他不是答应了?除了人,他要什么你都留给他,钱财、房子都是身外之物,没有了可以再赚,你能摆脱他,就是最大的福报了!"

高月握了握顾想想的手:"你要是害怕,离婚的时候我陪你去。"

"嗯。"

大家又是一阵沉默。

林舒眉轻轻咳嗽了两声,高月问道:"你今天去医院好像去了好久,是陆潜要醒了吗?"

"谁知道呢?医生一会儿说可能要醒,一会儿又说不一定,我也搞不清楚。"

林舒眉起来倒水喝,边喝边站在黑暗中回答。

"他要是醒了,你也要离婚吗?"

她们都还记得当初陆潜出事的时候,连陆家人都以为林舒眉会提出离婚,没想到她说:"放心吧,我不会离婚的。结婚的誓词不是说,不管富裕或贫穷、疾病还是健康,都彼此相爱、珍惜,直到死亡才能将我们分开吗?他现在又没死,我这时候离婚,多没义气。"

何况陆家的生意还要她帮忙打理呢,有钱赚,唯利是图的林小姐怎么可能放手?

可那是在陆潜昏迷的情况下,如果他醒了,就算林舒眉不离,他大概也会提出离婚。

那到时怎么办?她会答应吗?

唉,有些事情真是不能多想。

高月心里堵得慌,早晨很早就醒了。今天是个好天气,她想到葡萄园里散个步,刚走出房门,乌格就跟了上来。

"早啊!"她有点讶异,"你怎么也起这么早?我还以为没人比我早呢。"

"早。"乌格仍是一张扑克脸,"我习惯早起。"

"哦,吃早饭了吗?"

"厨房有。你也去吃一点。"

高月张了张嘴,就看到唐劲风迎面走了过来。

"你怎么也来了……"她撇了撇嘴嘟囔了一句。

唐劲风看了看她,又看一眼她身旁的乌格:"我猜你昨晚肯定睡得不好,正好我也是。这里空气挺好的,适合早晨散步。你不介意的话,一起走走?"

高月想说她介意,可是乌格在旁边,目光还落在唐劲风手腕间的小皮筋上。

他观察力惊人,肯定认得那是她的东西。

高月赶紧转身挡住唐劲风的手,对乌格说:"我、我有点饿了,你能不能从厨房给我拿点吃的?包子馒头,什么都行。"

"嗯,帮我也带一个。"唐劲风说。

乌格淡淡地瞥了他一眼,又看着高月道:"好。"

他说完转身走了。

高月连连回头去扒拉唐劲风手上的小皮筋:"你把这东西还给我,谁说给你戴了?"

唐劲风捂住手腕抬高手臂:"这不是交换得来的礼物吗?送出的礼物还有收回的道理吗?"

"那是你自说自话从我这儿拿走的,我又没说要送给你……喷,你

139

还给我呀!"

这么多年过去,他还是那么高,她也没再长个儿,依旧是跳起来也不能从他手上拿东西。

她突然有点后悔刚才让乌格就这么离开了,应该让他帮忙抢小皮筋的,都不用抬高手,直接把人放倒就行。

果园早晨的阳光强烈起来,她跳得有点热,正要偃旗息鼓,却突然被他捉住了手。

"你不是要把皮筋拿回去吗?跟我来。"

旁边就是车库,他拉着她快步走到建筑物的背面,头顶多出一片阴影,她才反应过来这是个狭长的过道。

他突然低下头来,她眼前黑了一下,唇就被他贴上了。

很软很亲切的感觉,即使隔了很多时光,她也一点不陌生。

他有点霸道,舌头带着不容拒绝的力道,可又不带侵犯,缠绵悱恻,是她没想过更没体验过的感觉。

她有片刻窒息的感觉,只觉得他吻得很用力,又很认真,一只手臂撑在墙上,把她困在他怀中那一方小天地里,根本没有空间退,也没有力气推开他。

她的力气都从两人亲吻的地方被他一口一口地吸走了。

直到她身体有些发软,他终于放开她,两人呼吸都起伏不定,他挨得太近了,眼神也太迷蒙,压得她快要喘不上气来了。

"你……"

她刚说了一个字,他又吻上来,把她要说没说的字都吞了。

她的味道真好,像这晨曦朝露里浸过的葡萄,又像是刚酿成的新酒,酸酸甜甜的,好入口,又有令人醺然欲醉的后劲儿。

他觉得自己过去真的浪费了很多时间。

"上次那张卡片收到了吗?"

什么卡片?高月迅速在脑海里检索了一下:"你说玫瑰花里的那张卡片?"

"嗯。"他盯着她绯红如玫瑰花一样的唇瓣,"你不是转手就把花扔了吗?"

高月的脸也烧红了,她嘴硬道:"我先发现卡片再扔的,不行吗?"
"那卡片上的字你看明白了吗?"
All I ever wanted, is you.
这句话她真的很熟,照理早晨是思维最清明的时刻,可这时候提起这句话她依然没有想起来。
唐劲风看她的表情就知道她还没真正明白:"那你把卡片放哪儿了?"
"书架上……"没怎么撒过谎的老实孩子高月说完了才反应过来,恼羞成怒,"本来想放在书架上,后来就跟花一起扔了!"
唐劲风笑了笑道:"那你可太狠心了。"他低头看着手上的皮筋,"那这个就更不能还你了,我还挺喜欢的。不是都说戴上就代表有女朋友了吗?你就当我炫耀,我也想被宣示主权,你不愿意做,我主动点做。"
"谁要你主动了,唐劲风……"
她还没说完,他的手指就按在她的唇上:"再乱说话我又要亲你了。"
她瞪着他,然后毫不客气地张嘴咬了他一口。
她没太用力,只是咬住他的手指。他反而笑道:"再用力点,看看会不会出血。"
一听出血她就怂了,他更有恃无恐,手指在她的嘴里动了动,恼得她又发了狠,结果这回他很聪明地把手给抽走了。
高月被他的热情弄得有点蒙,完全搞不清楚他大清早来这么一出是怎么回事。
乌格拿了早餐回来却不见人,焦急地四下寻找,终于找到车库后面来。
"高小姐!"
他看到了她跟唐劲风之间暧昧的姿势,大致知道了刚才发生过什么。
可他还是大步过来,把手里吃的东西递给她,继而对唐劲风道:"现在是非常时期,请你不要随便带她离开。"
"放心,有我在,我不会让她出事。"

141

两个男人之间的你来我往谈不上有火药味，但也冷冰冰的，一点都不客气。

高月夹在中间有些尴尬，清了清嗓子道："那个，昨天警察来把江浩带走的时候，有什么说法吗？"

"江浩答应签字离婚。"唐劲风回答，"但我总觉得不会这么简单，还是要让顾想想最近多加小心，你也是。"

"嗯，这个人要提防，最近你去哪里都不要一个人行动。"

高月发现这两个男人的行为有时真是惊人的一致……

吃完早饭，大家就各回各家了。

林舒眉叫住高月道："下个月有个晚宴，你跟我一起去吧。"

"行啊，要提前准备什么吗？"

"酒已经挑好了，你不用准备什么，把自己打扮得漂漂亮亮的就行，带上你品酒师的舌头和才能，帮我应付一下我最不擅长应付的场面。"

"没问题。"高月收下她给的邀请函，又看了一眼去葡萄园的顾想想，"想想要签字离婚的时候，我陪她去，胡悦要照顾宝宝，你……顾着陆潜吧，要是他醒了，也告诉我们一声。"

一条生命重新鲜活起来，怎么看都是好事。

林舒眉点头。

临要走了，高月才发现自己的车钥匙找不到了，不知是不是早上被唐劲风拉着跑的时候掉在哪儿了，找了一圈也没看见。

"有备用钥匙吗？"

"你还说，都怪你！"她瞪着唐劲风道，"要不是你早上拉着我乱跑，钥匙就不会掉了。"

"我载你回去。"

"哼，不要。"

"那要不坐我的车回去吧？"戴鹰走过来道，"反正我对路不熟，怕回去的路上又开错。"

"好啊！"

高月欣然同意，她也很久没跟戴鹰好好聊过了，甚至连他什么时候

142

回国的都不知道,正好趁此机会聊一聊。

一个人乘顺风车就好啦,她没想把唐劲风和乌格也带上车呀!

好在戴鹰现在不喜欢小跑了,开一辆卡宴,乌格坐副驾驶座上,高月跟唐劲风坐后排。

乌格是为了保护她,那唐劲风呢?

"你这么跟来,你的车怎么办?"她低声问他。

"找个时间再回来开就行了,等你回去找到备用钥匙,你不也要再回来取车?我陪你。"

这逻辑链条还形成完美闭环了呢!

高月看戴鹰不说话,拍了拍他的座椅:"你什么时候回国的?也太不够意思了,都不吱一声,要不是胡悦邀请你来参加满月酒,我们都不知道你回来了。"

"就是她说要给你们个惊喜,我才特别配合的,我回国都没让太多人知道。"

"为什么啊?"

"低调点呗,不想呼朋引伴的,又引出些麻烦。"

看来当年出国前那一场风波对他的影响蛮大的,他终归还是成熟很多了。

"你现在还打球?"唐劲风问。

"在A城俱乐部做助教,平时手痒也打打球。你呢,还打吗?"

"打,参加了律协和法学会的业余球队。"

"哪天一起打一场啊?"戴鹰笑了笑,"也很久没跟你切磋了。"

聊起跟大学有关的事,他们聊得投机愉快。

戴鹰把他们送到地方,高月下车的时候,特地私下跟他说了几句话。

"想想的事,想必你都已经知道了?"

"嗯,江浩那种人……"戴鹰说起来都愤愤不平的,"她怎么还不离婚?"

"昨天发生的事情你也亲眼看到了,不是她不想离,遇上没法讲道理的人,连坐下来商量的可能性都没有。江浩又老是威胁她,这在精神

143

上也是一种折磨和控制。想想现在什么都不要了，只求离婚，江浩也答应了，我们下周就陪她去离婚。"

"我也跟你们一起去！"

"不用，我会陪她们一起去。"唐劲风走过来，大致听到了他们的对话，"江浩那个人本来就多疑暴躁，又对你们的关系有误会，办离婚手续的时候你在场只会让误会更深，对谁都不好。我懂法律，又是男人，不会让她们吃亏的。"

戴鹰点头。

"这也是我要跟你说的。"高月道，"想想现在什么都没有，甚至连尊严都被人打碎了，要花很多时间重新拼接起来。这种时候，你即使关心她也要给她点空间，知道吗？"

"嗯，我明白。"

他不再是当年那个不谙世事的冲动小子了，懂得分寸的。

送走了戴鹰，唐劲风说："你做得很好。"

高月"喊"了一声："怎么，你以为我会大力撮合他跟想想在一起？又不是小学生，这块棒棒糖不甜，换一块就能有好心情了。"

她是为朋友着想，希望她们个个都能幸福不假，可也要看幸福来的时机，不能硬往上凑啊！

是不是在唐劲风眼里，她是个双商都特别低的女人啊？

"我只是觉得你急公好义，怕你步子迈得太大、太快，才想着要提醒你。现在看来你对分寸把握得挺好，比以前更懂事了。"

我的天哪，这人嘴上抹了蜂蜜吧？

高月盯着他道："你真是唐劲风吗？你是画皮吧？"

"嗯，我要真是鬼，你怕不怕？"

这么好看的鬼，她有什么好怕的啊？

高月说："你有没有听过一句话？"

"什么？"

"牡丹花下死，做鬼也风流。"

他好笑道："你这是在夸我，还是在夸你自己？"

高月哼了一声："我先上去了，你自己打车回去。"

他拉了她一把，四下看了看没人，又快速在她的嘴上啄了一下："找到车钥匙打电话给我，我陪你去把车开回来。"

顶不住，一天亲三回，谁都顶不住！

高月决定找到钥匙就让乌格去把车开回来，她才不要就这样被唐劲风吃定呢！

车子的备用钥匙明明就放在玄关的储物格里，平时是不会有人去动的，可她找来找去，就是没找到。

这就比较麻烦了，她也懒得自己跑，就让助手肖雨帮她去4S店重新配钥匙，再去酒庄帮她把车给开回来。

她没跟唐劲风一起去开车，但顾想想跟江浩离婚那天，他们是一起陪着顾想想去的民政局。

没有他们想象中的争执和不快，顾想想竟然很顺利、很快地就办好手续拿到了离婚证。

大概因为太顺利，高月都觉得太过顺利了，简直不像江浩的风格。

顾想想拿到离婚证，本来应该有种如释重负的感觉，可是因为江浩始终沉默不言，还是有种无形的压迫感笼罩着她。

"没事了。"从民政局里走到外面的阳光下，高月安慰她道，"这回断清楚了，你就自由了。今后还有什么困难，我们都会帮你。"

只要顾想想能甩掉江浩这个包袱，遇到什么困难都不算事了。

江浩从大厅走出来，沉默阴鸷的目光扫过高月和唐劲风，又落在顾想想身上，像藏在暗处黑洞洞的摄像镜头，仿佛要把他们深深地记在脑海里，施以酷刑。

这种如淬了毒的眼神，跟身体疼痛的记忆相关联，所以顾想想避开了。

高月却不怕他，傲然地跟他对视。

唐劲风的手在她肩上虚拢了一下，他把她们拉到身后，完全是一副保护的姿态。

江浩终于收回目光，转身离开。

"谢谢你们。"顾想想百感交集，仿佛做了一场噩梦刚醒，眼眶红红道，"如果没有你们，可能我现在已经死了。"

"别这么说,及时止损,你的后半辈子还有的是幸福的可能!对了,下个月那个品酒晚宴你去不去?舒眉叫我去……"

两个人又聊起酒庄的事情,唐劲风默默地跟在她们身后,眼睛看着高月。

只是一个窈窕的背影,就让他心跳怦怦的。

这是他的好姑娘,仗义、聪明、勇敢,急他人所急,想他人所想。她若生在古代,大概会是一位女侠。

但他又偏偏生出这样的保护欲,希望她是他的,总能让他瞧见。她生出冲动的时候他能提醒她,她不顾危险的时候他能保护她。

就像现在这样。

本来他还有点担心,她跟欧伟祺的婚事没了,好朋友又一个两个都在婚姻里遇到糟心事,她会因此消沉,甚至恐惧、拒绝感情。

但那天早晨在酒庄吻她的时候,他就知道自己的担心是多余的。

她仍然是那个热爱所有,对爱情充满期待的元气少女。

她并不排斥他的靠近,仍然可以向他敞开心扉。

他忽地多出许多信心,应该足够支撑他把她给追回来。

他们一起把顾想想送回她爸妈家里才离开,高月见唐劲风抬手看表,问他:"你有事?"

"嗯,要去一趟医院。"

"噢,那你去吧,不耽误你的事了。"

唐劲风看着她道:"你接下来要去哪儿?"

"我?去逛街买几件衣服,下个月不是有个品酒晚宴嘛,你知道的,女人的衣柜里总是缺一件衣服。"

"那我陪你去。"

"不不不,你去陪你妈妈吧,大白天的在大马路上,我一个人也没事。"

两人在市中心的岔路口分开。

唐劲风走了几步又回头看了看,见她还没走,有点欲言又止的样子,于是又走回去,低头问他:"怎么了?"

"我……"她将手背在身后扭了扭,"我想问能不能跟你一起去看看你妈妈。"

唐劲风怔了一下,问道:"你想去?"

"很久没见过阿姨了,当年她做完手术我也没正式去探望过,怪不好意思的,我、我想去看看。"

"她也时不时会说到你。"唐劲风说话点到为止,"走吧,她今天一定会很高兴的。"

"我先声明啊,我去看阿姨是因为关心她,跟你没关系哦。"

"我知道。"

"你不要误会啊,不是见家长。"

"好。"

"我本来是要去买衣服的,你……"

"你再说话我又要亲你了。"

好吧,她终于适时闭嘴。

高月其实特别紧张,刚才说那么多都是为了安慰自己,然而到了医院,真的见到唐妈妈,她反而放松下来。

"真的是高月来啦?快过来坐。"

唐妈妈挣扎着要下床招呼她,她连忙过去将人扶住:"阿姨,您不要动,好好休息。"

姜冬梅形容枯槁,脸色蜡黄,跟几年前高月见到时虽然疾病缠身但是精神头儿还很足的那种感觉完全不一样。

高月看了唐劲风一眼,似乎也从他的眼神里得到了肯定的回答——他妈妈这回是真的病入膏肓了。

高月的心重重地往下一沉,她安静地坐在床边的椅子上。

寒暄了几句,姜冬梅就对唐劲风说:"天气开始转凉了,你去给高月买点热的饮料来吧,我们说说话,不要紧的。"

唐劲风知道妈妈是有话要跟高月说,他看高月的表情有点紧张却没有抗拒,不忍心忤逆妈妈的意思,便起身说:"那我去楼下买点咖啡。"

高月其实也不紧张,就是有点忐忑,仿佛已经预料到唐妈妈会跟她说些什么。

其实她们不是第一次见面和说话了,她知道唐妈妈一直是特别善良又特别坚强的人,所以看唐妈妈现在撑得这么辛苦,她心里也很难过。

姜冬梅看着她笑了笑道:"你们都是懂事的孩子,挺顺着我的。我现在这样子,也撑不了多少时间啦,有些话就开门见山了啊。"

"阿姨您别这么说,现在医学这么发达,您会没事的。"

姜冬梅摇了摇头道:"医学再发达,也抵挡不了生老病死的自然规律,我自己的身体我心里有数。我挨了这么多年,最辛苦的人是小风,最舍不得的人也是小风。虽然他还有个爸爸,但你也知道他那个脾气……我就怕我走了,他一个人,还错过了最好的姑娘,太孤单了。"

"阿姨……"

"所以啊,我听说他又遇见你的时候,就想你们是不是还有缘分。你没看他当时那个样子,我很多年没见他那么由衷地笑过了。自从你出国以后啊,他就再没跟什么人交过心了,也没有对其他女孩子动过心思。大学带回来的东西,他有个专门的箱子放着,特别珍惜,就是因为那里面有很多跟你一起的回忆。"

"我以为他大学的时候不喜欢我……"

就算后来有点喜欢了,他也是被她追得避无可避了吧?

从心理学上说,人往往会选择跟喜欢自己的人在一起,因为喜欢你的人肯定了你的价值。所以她当年追得久了,唐劲风会接受她也是顺势而为吧?

姜冬梅的嘴唇都没什么血色,声音很轻:"他大学入学的第一周就回来跟我说,有个女生非要买下他退掉的被褥来送给他。我问人家是不是喜欢他,他就不吭声了。其实啊,追他的女生不少,可他真正跟我说过的,就这一个,我的印象特别深。"

说起当年的傻气和骄傲,高月红了脸。

"小风是喜欢你的,这么多年,他就守着那点回忆拼命工作和生活,我再清楚不过那是什么样的滋味了。所以我听他说打算辞掉原来的工作,我就问他是不是又遇到你了……值得的,为了你、为了他自己的将来,这些都是值得的。"

说到最后，姜冬梅落了泪。高月下意识地抹了一下脸，发现自己也是。

探望过唐妈妈之后，高月思绪纷乱，除了安慰唐劲风他妈妈的病情，好像也不知道该跟他说点什么，正好酒店业务进入旺季，她索性借助公事的繁忙做了一回鸵鸟。

她由沈佳瑜陪同，签了跟欧伟祺的和解协议。

她戴上黑超墨镜从他的公司离开时，欧伟祺追了出来："月儿，你……"

"叫我高月，或者跟其他人一样叫我高总。"

"好，高月。"他听话地改口道，"听说周末的品酒晚宴你也参加？"

他不提，她都快忘了有这回事，到时肯定只有肖雨提醒她才能想起来。

感谢脸上的墨镜，很好地帮她掩饰住了情绪，她只不带感情地问了一句："是又怎么样？"

"噢，不怎么样，我也收到了邀请函要去参加，正好缺个女伴。你应该还没约男伴吧，要不我们一起去？"

谁要跟你一起啊？

高月气得把脸上的墨镜都摘了："欧伟祺，你有完没完？你忘了我今儿是干什么来的？我来跟你签和解协议！你的公司上个月还在法院闹腾要起诉我呢，绕了一大圈才谈成这个结果，你得罪我了知道吗？现在你还要我当你的女伴一起参加晚宴，多大的脸哪！"

"我知道，之前是我太咄咄逼人，可要不这样你怎么还能好好地听我说话呢？我现在不是同意和解了嘛，你要觉得不解气，我跟你说对不起。"

"要是对不起有用，要警察干吗"这种话她都不想说啦，就是觉得以前怎么没发现这家伙傻得有点可笑呢？

"你的对不起我收下了，不过晚宴我没打算跟你一起去，我有伴了。"

"谁啊？"他神色一凛，"那个姓唐的吗？他一穷二白，配得上和你一起去参加那样的场合？"

高月一听他拿唐劲风的家世说事就来气，但宁得罪君子莫得罪小人，她不想让他把所有关注点放到唐劲风身上。

"你都有那么多莺莺燕燕了，真以为我只有他一个男伴吗？戴鹰回来了，我跟戴鹰一起去。他总不是一穷二白吧，你要不要跟他比试一下？"

"你、你什么时候又跟戴鹰好上了？以前你不是说他只是兄弟吗？"

高月都懒得理他，戴上墨镜，对身旁的沈佳瑜说："我们走。"

沈佳瑜在车上问她："你们这品酒晚宴是不是还挺讲究的？各界人士都会去吗？"

"会啊，你对葡萄酒有兴趣？"

"我对开拓业务有兴趣。现在是有人的地方就会需要法律服务，既然各界人士都会去，就正是开拓业务的好机会。"

"原来如此……"

"不过看来这个欧伟祺还是对你贼心不死啊，他既然也要参加晚宴，你最好还是有个伴比较好，省得麻烦。"

高月也是这么想的，所以她真就联系了戴鹰。这种场合他其实也不陌生了，陪她应付一下完全没问题。

然而到了晚宴当天，她发现唐劲风也来了，西装革履，高大英俊，一入场就成为女士们关注的焦点，众人纷纷猜测他是哪家酒厂的新贵，身份是年轻的家族二代、酿酒师或是品酒师。

高月心里默默翻了个白眼——你们都猜错了，他是律师，跟这行业没什么交集。

她再怎么装鸵鸟，打了照面也不可能装作视而不见。

"你怎么会来的？"她问。

唐劲风看了一眼她身旁的戴鹰以及她勾在戴鹰臂弯上的手："我觉得你可能需要一个男伴。"

"啊？你怎么知道？"高月问完很快就反应过来，"沈佳瑜告诉你的吧？"

那天她跟欧伟祺的对话都被沈佳瑜听去了吧，然后她转头就告诉了现在的同僚唐劲风。

她身边的人怎么都像他安插在她身边的卧底呢？

他也不否认："嗯，我用一周的免费工作时长才从她那儿换来你的这个消息。"

"谁、谁跟你说这个了！我是问……你怎么弄到邀请函的？这个晚宴又不是谁都能来。"

"你忘了我跟你提过，我也有品酒师资格吗？S&S有大酒厂的客户，要拿到这样一份邀请函并不难。"

高月没话说了，他当初开始了解葡萄酒去考这个品酒师的时候，已经料想到会有参加这种晚宴的场景需要了吧？

感觉他每一步都稳扎稳打，一步都不落空啊！

她本来以为身旁的戴鹰会帮她一把，可他居然眼睛看到别的地方去了，也没听他们具体说了些什么，大概看唐劲风走到面前就知道是什么情况，这时放心把她交给对方，然后说："看来今晚不用我陪你了，我到那边去一下。"

高月回头，果然看到林舒眉和顾想想一起出现。当然两个人都没有男伴，林舒眉特意穿了一身帅气的连体裤，短发干练妥帖，只露出闪耀的钻石耳环和项链，臂弯里搭着小鸟依人的顾想想，倒也很般配。

戴鹰插进去，反而好像有点多余。

高月跟唐劲风肩并肩站着，一时也有点尴尬。

为了保持敏锐的味觉尝酒，她从早饭开始就没敢多吃食物，下午面对自助冷餐会的丰盛美食，也只有看的份。最要紧的是这会儿的正餐要跟选中品鉴的酒相搭配，不能利用吃东西来掩饰她的不自在了！

偏偏唐劲风还问她："你要先吃点什么吗？"

"不用了，我不饿，我等会儿还要尝酒。"

"减肥？"

"会不会聊天？"她白他一眼，顺手理了理身上服帖修身的礼服裙，"你哪只眼睛看见我肥了，我这裙子穿着不正好吗？"

"那是发生什么事了？我觉得自从那天去医院看过我妈妈之后，你就有心躲着我。是我妈妈跟你说什么了吗？"

"没有，没说什么特别的，你别瞎猜啊！更别去问你妈妈，她本来

151

就很不舒服了……"

她说着说着声音就低了下去。

她只有意识到自己又表现出对他的在意和关心的时候才会这样。

唐劲风笑了笑:"你倒比我更懂得体谅她的心情。"

爱屋及乌,高月脑海里闪过这个词的时候自己也吓了一跳,可想一想又觉得好像就是这么回事。

她现在每往前一步,或者唐劲风每往前一步,她就会忍不住想要往回缩,觉得不知道该怎么面对他和两人之间未来关系的走向。

她说不清这是因为她在老妈面前标榜的自尊心,还是一朝被蛇咬十年怕井绳的志忑,害怕当年那些分分合合又来一次,快刀一样剐她一遍,又或者仅仅是不甘心——假如他真的喜欢她,从很早以前就开始喜欢她,那她远走他乡的这些年、他们分开这些年里那种隐疾缠身般的思念又算什么呢?

她以前没发现自己这么喜欢逃避,现在看看,其实当初毅然决然选择出国留学,不也是逃避的一种方式吗?

她没有她自个儿想得那么刀枪不入。

反倒是唐劲风,好像早就预料到两人会有这样那样的磨难,不该争取的时候没有想把一切牢牢握在手中的那种徒劳挣扎,放开手的时候又适时地收藏了那些回忆,像私藏的美酒,没人的时候才浅酌一口,跟其他人无关。

晚宴上的酒开了不少,高月拿杯子浅尝,挑了一杯最喜欢的贵腐酒,配今晚的鹅肝酱,先喝完,再喝其他的。

唐劲风品酒有他自己的顺序,而且他似乎更喜欢白葡萄酒,挑中自己喜欢的那一杯,就着配餐的虾球慢条斯理地吃下去。

正式的晚宴是很大的长桌,高月没能跟林舒眉他们坐在一起,身旁只有唐劲风。

欧伟祺果然也来了。好在参加晚宴的人多,他没什么机会凑到她跟前来,晚宴也坐得离她有点距离,因此没有太大困扰。

长桌晚宴接近尾声的时候,高月意外地发现Mr.Dubois也来了,只是来得比较晚。

她上前打招呼，聊过之后才知道今晚宴会的食物是由他们餐厅的主厨提供的，难怪那个鹅肝的味道似曾相识。

　　唐劲风跟在她身后，Dubois一眼就认出他来，惊喜地上前跟他拥抱贴面，大笑着问他："所以你们俩最后还是在一起了吗？"

　　这回两个人都没有抢着回答，悄悄瞄对方一眼之后的沉默更像是极有默契的默认。

　　不足为外人道也。

　　欧伟祺隔着不远的距离，看他们这样，越看越生气。

　　他不认得Dubois，只知道Dubois是近来法餐圈子里的新贵，背后有法国的家族集团撑腰，财力雄厚，高月跟Dubois有交集是可以想象的。但他没想到唐劲风居然也认识Dubois，而且看样子两人还是老朋友了。

　　欧伟祺心中不忿，眼看唐劲风用流利的英文跟对方探讨今晚的美酒，甚至说到了法餐厅的法律咨询业务，气得重重搁下手中的水晶酒杯，走到露台上去透气。

　　冷静了一会儿，他才给高月发了条消息："你过来一下，我有话跟你说。"

　　高月的手机放在手包里，她忙着跟人聊天，半天没有回复。

　　他气不过，又发了一条："晚宴结束，我在你的车子旁边等你。"

　　手机一直嗡嗡振动，高月不得不拿出来看了一眼，发现是欧伟祺，理都懒得理又放了回去。

　　直到宴会结束，Dubois跟他们都相谈甚欢，唐劲风甚至还给自己开拓了新的业务，两方才依依不舍地作别。

　　"我送你回去。"唐劲风对高月道。

　　"不用，我还有事跟舒眉商量，今天酒庄的酒有什么评价我也想再听一听。你先走吧。"

　　他妈妈的情况不好，身边常需要人照顾，也是最需要他陪伴的时候。

　　可唐劲风说："我不放心你一个人开车回去。"

　　何况今天欧伟祺也在，他怕她会被骚扰。

　　高月也知道他担心什么，伸长脖子四下看了看，没看到欧伟祺的人，想着这么晚了，他大概一个人挺无趣就回去了吧，应该不会再来烦她了。

其实欧伟祺没有回家，他到了停车场里高月停车的地方，倚在车门边点了支烟，等着高月来。

他有点看不上她这辆特斯拉，毕竟好多年前的型号了，现在更新迭代好多款了，她要真喜欢大可以换一辆新的。

今年他的公司业务不错，快到年底了，一核算还是赚了些钱。他打算把那辆保时捷卖了，狠狠心买一辆法拉利送给她。

她不是就喜欢法拉利吗？他这样投其所好，她应该能感觉到他的真心，重新接受他吧？

他这么想着，将手里抽了一半的烟扔在地上踩灭了。他记得高月不喜欢烟味。

他从手里拿出钥匙打开车门，坐进了驾驶座。

这备用钥匙是他上回到她家里去看到时顺手拿的，就是想在她不理他的时候能派上用场。

他一直看这辆车不爽，同时也充满好奇，因为听说是高月读书时开的车，后来送给了唐劲风。

提起那个人他就更不爽了，那样的家庭背景……他到底有什么比不上唐劲风的，高月竟然大学时候就对那人死心塌地，一百万元的车说送就送！

他坐进车子里，关上车门，心满意足地往座椅上一靠，刚想放松一下，突然感觉脖子一紧。

有绳索一类的东西套住了他，不等他反应过来就迅速收紧。

他本能地挣扎，两只手伸到脖子上乱抓，想把那收紧的绳索拉开。

可他抓了半天，除了把脖子抓出了血印子，绳索仍然没半点放松，反而越收越紧，让他连求救的声音都被截断在嗓子眼里，呼吸也越来越急促，空气却有出无进。

在脖子上乱抓的手终于慢慢没了力气垂下去，刚才还奋力挣扎的身体也像脱离池水太久的鱼，僵硬、干涸，直到再也不能动弹。

身后戴着手套收紧绳索的手这才松开，戴着帽子和口罩的江浩从座椅侧边凑过去，确认了一下人确实没气了，才说道："要怪，就怪高月多管闲事。"

他迅速收回套在欧伟祺脖子上的绳子，摸了摸他的口袋，把揣在里头的车子备用钥匙拿出来扔在驾驶台上，然后仔细确认周围没有人经过，才打开车门下车，低着头消失在夜幕中。

高月跟林舒眉和顾想想听完几位特邀品酒师对酒庄出品的两款酒的评价，看戴鹰还在旁边站着，不由得好笑道："你怎么还在啊？不嫌闷？"

"闷啊，我刚才都睡着了。"

"那你怎么还不回去？"

"你们三个女生都还在这儿，我怎么能放心走啊？"

"我们等会儿一块儿走，有你什么事啊？走了走了！"

她赶他，推着他往门外走去，绕到柱子后面，才压低声音说："你忘了我跟你说的话了吗？"

"什么话？"

"就是想想啊，让你给她点时间，不要靠太近，你忘了？"

"我没忘。"戴鹰拧着眉，"我没想做什么，只是前不久跟她聊了一下，让我觉得江浩这人很危险，所以这段时间不放心她一个人进出。"

"这还用你说？我们也觉得江浩危险，所以我们才要跟她一起走啊！我还叫了乌格来接我们，没事的。"

她叫唐劲风先走了，他手头还有工作，妈妈还在医院，她不想让他在这儿耽误太多时间。

她看得出顾想想也有意避开戴鹰，所以他在这里大家都不自在，不如早点回去。

戴鹰一向很听她的话，于是叮嘱她们小心之后就先离开了。

高月跟林舒眉和顾想想从宴会厅出来，刚走到大堂，就接到乌格的电话："你在哪里？"

高月以为他等得着急："噢，我们马上出来了！你在哪儿啊？把我的车开到酒店大堂门口来，我们在那里会合？"

155

乌格似乎顿了一下，沉声说："你们在酒店大堂待着，哪里都不要去，也不要到车库这边来。"

"啊？为什么？"

"出了点事，欧伟祺死了。"

什么？！

高月突然止住脚步，整个人僵在原地。

林舒眉和顾想想也停下来，看她脸色不对，问道："怎么了？出什么事了吗？"

高月看着他们，嘴里机械式地跟着电话里的声音重复了一遍："欧伟祺……死了。"

他不仅死了，而且死在她的车子里。

高月她们赶到停车场的时候，法医刚把尸体抬出来，现场的痕迹勘验还没有结束，她停车的那一片区域全都拉了警戒线被围了起来。

警察来了好多，进进出出的，同时在警戒线外维持秩序和寻找证人。

纵然高月有过觉得自己天不怕地不怕的人生阶段，但完全没想过会有这种事情发生在自己身上。

她看着那个装有尸体的担架从面前过去，恐惧又紧张，还有种说不上来的难受，头皮一阵阵发麻，手心里也捏满了汗。

她往后退了几步，有种遇见危险之后想要逃走的本能，没想到撞到一个高大的身体上，吓得整个人一僵。

"你没事吧？"

身后的人是唐劲风，虽然不知道他为什么会去而复返，但这一刻看到他，她还是奇异地感到安下心来，声音微微发颤："我没事，是欧伟祺……欧伟祺死了。"

唐劲风脸上也有讶异的神情一闪而过，但跟她比起来还是镇定得多。

"别怕，我问一问情况，等会儿万一有人来问你，要录证人的笔录，你照实说就行，我会陪着你。"

现场已经由刑警接手，以前因为业务关系跟他们其中的一些人认识，唐劲风就走过去问情况。

其实他也不知道自己为什么会折回来,就是在回去的路上感到心神不宁。有白色的塑料袋从车子前头的人行道上飘过,出租车司机大概也很疲惫,恍惚间把塑料袋认作小狗,猛地踩了刹车,唐劲风也随之猛地一晃。

他总感觉要发生什么事。

然后他没有多想就让司机转向,又把车给开了回来。

上回在酒庄,他留了乌格的联系方式,就是怕有什么不好的情况需要联系。他折返的路上打电话给乌格,问他是不是去了晚宴现场接高月,然后就得知了欧伟祺出事的消息。

到现场看到那样的阵仗和高月的惊慌失措,他才相信是真的出事了,而且是人命关天的大事。

他有多年参与刑事案件的经验,再残酷的案件也见过。这种在停车场悄悄上演的谋杀,没有血流成河,现场干干净净,不算是多么惊人。

但因为被害人是身边关系很近的人,这种感觉又不一样了,这样的感受他很清楚。

虽然有交情,但案情明了之前,刑警不能向他透露太多细节。目前唐劲风只知道欧伟祺是在高月那辆特斯拉的前排驾驶座上被杀的,车钥匙也在车上。

唐劲风记得Dubois出现以后,欧伟祺都还在晚宴现场,等到自己离开的时候,就已经不见欧伟祺了。

死亡时间大概就是从那之后到案发的这一个小时里面。

他深深吸了口气,回头就发现警察已经在找高月了解情况。

第一个发现现场的乌格已经被问过话,要跟回警局做笔录,而由于车是高月名下的,她自然也是要跟去的。

唐劲风一向相信自己的直觉,不论是感情上还是事业上,他的直觉一向很准。就像今晚他半途折返回来,还有就是看到高月被警察带走时向他投来的眼神。

她是紧张、彷徨和无助的,跟所有普通人遇到这种事情时的反应一样。

同时他也预感到,事情可能会往不太好的方向发展。

157

他立刻大步过去，对她说："不要紧，认真回忆每一个时间点，实话实说就行了，不会有事的，我会去陪你。"

高月点头。此时此刻她真是鼓起了十二万分的勇气，才换来这份冷静。

这勇气当中有相当一部分是唐劲风给她的，他这几句话实实在在地宽慰了她，眼神里也满是鼓励和信任。

所以她也信任他。

他说不会有事，他说会来陪她，她就相信。

唐劲风看着她上了警车，拿出电话拨号，声音里已经带着不加掩饰的焦躁："舒诚，我这边发生点急事，需要你帮忙。"

第十章
表白密码

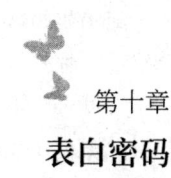

　　高月怎么都没想到配合调查做一份笔录，会耗掉一整晚的时间，而且第二天也没能让她走，警方只让她打电话给近亲属简单讲一下情况。

　　情况？她只是来配合警方调查的，这时候要她跟家里讲什么情况呢？

　　乌格、林舒眉和顾想想他们是作为证人跟她一起来的，可他们已经回去了，只有她一个人被扣了下来。

　　高月毕竟也是辅修过法律的，这个时候怎么也意识到了不对劲儿的地方。

　　欧伟祺跟她有感情瓜葛，还有闹到要打官司的经济纠纷。他是在她的车上被杀的，车上留有她的车钥匙，晚宴结束时她有短暂离开大众视野去洗手间的时间，作案的动机和时间一下子全都具备了。

　　警方现在肯定综合各方的说法有理由怀疑她是凶手，才会做完笔录了也不让她走。

　　他们让她打电话给近亲属，她没有配偶，近亲属就是父母，大清早这样一通电话过去，肯定要把他们都吓坏。

她爸那个血压，怕是经不起这样的刺激。

还有她妈妈，一直惯她惯得厉害，听到发生这么大的事，还不知道要怎么一惊一乍地闹腾。

"我……能不能打给其他人？"她跟警官商量。

"其他什么人？"

"我的律师。""律师？你有委托书吗？还没有到要请律师的时候，你先通知你的家人吧。"

办案的部门有固定的程序，一板一眼，不能通融。

"这么说，我现在是被采取强制措施了吗？"

"你可以这么认为，我们现在怀疑你有重大作案嫌疑，暂时不能让你离开。"

"不是我干的……"

高月喉咙里像堵了东西，咽不下去也吐不出来，说出来的每个字自己听着都觉得无力。

高月拿着电话的手都在微微发抖，最后还是跟妈妈穆锦云打了电话。

没想到欧伟祺出事的消息已经传开，穆锦云当然也知道了，接到她的电话似乎也不意外，安慰她道："好孩子，没事的，警方现在只是怀疑，还没有定性。你爸爸也去打听消息了……"

"不，妈，别让爸爸掺和进来，我不想让人误会他以权谋私。"

"放心，我们有分寸的。"穆锦云说着说着忍不住心疼道，"你还好吗？有没有人为难你？"

"没有，我没事。"昨晚到今天，她只是没睡好有点困，心里还惦记着更重要的事，"妈，我们可能需要委托一个律师，我想……"

"噢，已经有了。小唐……唐劲风和舒诚律师，现在就在我旁边。"

高月惊讶道："怎么会……"

"小唐昨晚就跟我通过电话，今天一大早就跟舒律师一起到我们家里来了，说你可能会打电话跟家里联系。事情的原委他都已经跟我们说过了，我也请了他们做你的代理律师。"

她没说为什么做这样的决定，但高月知道，以唐劲风的本事和诚意，在这种特殊的时候肯定正好打动了她。

难怪刚才接到电话，妈妈没有太过惊慌失措，原来唐劲风都想到了，还早早就去宽慰过她的家里人。

高月突然觉得鼻酸，穆锦云在那头问："要不要我让他跟你讲两句？"

这回高月没有倔强，没有怄气，只轻轻说了一个字："好。"

穆锦云把电话交给了唐劲风，他的声音清朗而有磁性，隔着电话传过来，仿佛就在她耳边叫她的名字："高月。"

啊，她以前怎么不知道他的声音这么有催泪效果呀？

不行不行，她不能哭！

高月转头抹掉脸上的眼泪，逼自己冷静下来道："那个，谢谢你啊，去我家里安慰我爸妈。"

"不客气，送到眼皮子底下的业务没道理不把握。"

她的声音还带着哽咽，嗔怪道："都到这个时候了，你还有心思说笑……"

"苦中作乐。"唐劲风说，"不管他们怎么怀疑，不管你将遭遇什么，把这当作打仗，要有信心才能赢，知道吗？"

"你跟你的每一个委托人都这么说吗？"

"不知道，这么亲近的命案委托人，你是第一个。"

高月又想哭了："我一点都不想当这个第一。"

"别怕，有我陪着你。"

"我要什么时候才能出去？"

唐劲风顿了一下道："三十天之内，看公安的侦破进展，最晚三十天一定要提请检察院批捕，七天之内给答复。"

"那我岂不是要在这儿待一个月？！"

"我说的是最长的情况，假如中途案件有新的进展，比如有其他嫌疑人，你解除嫌疑就可以出来了。"

那也太久了啊，一个月！

她是看欧伟祺牛皮糖一样缠着她不舒服，可从没想过要他死，更没想过要为此来一场牢狱之灾啊！

要让她知道这到底是谁干的,她一定……现在不是喊打喊杀的时候,但她也一定要打爆那人的狗头!

"那我现在要怎么做?"

"什么都不用做,相信你自己,相信我就可以了。我跟舒诚晚点会去看你,其他具体的事情可以当面再说。"

"好……那个,你帮我跟爸妈说,让他们不要太担心,身体要紧。"

"我知道,我会跟他们说。"

挂了电话,唐劲风把手机还给穆锦云,又宽慰她几句,就跟舒诚说:"委托书收好了吗?我们走吧,去见见她。"

高忠民这时正好打完电话从书房出来,看唐劲风他们要走,叫住他们说:"你们去哪里?"

"去看高月。"

"我跟你们一块儿去。"

他套上大衣,穆锦云站起来道:"那我也去。"

舒诚看向唐劲风,问他的意思。

唐劲风态度恭谨:"伯父伯母,你们是高月的家人,我理解你们做父母的心情。但目前阶段,只有律师能探视,你们即使去了也只能在外面等,或者从外围了解情况。高月知道你们的社会关系有很大能量,但现在是网络时代,事情一旦发酵起来,你们这样的家庭,介入得越多,舆论反而对她越不利。她也不想你们太担心把身体熬垮了,希望你们能理解。"

高忠民拍桌子道:"你这话是什么意思?我们还能连累她吗?我参加工作三十多年了,这些程序和政治觉悟难道还没有你们这些小年轻高吗?"

"有话好好说,你嚷嚷什么!"穆锦云及时打住他的话,"小唐是专做刑辩的律师,这回是专门为了月儿的事来的,怎么做对她最好,他会不知道吗?"

说完她又转头看唐劲风:"这件事既然全权委托给你,我们就是信任你的。你们该怎么做就怎么做,我们会尽量配合。"

"不行。"高忠民神色凝重道,"我要跟你们一起去,有什么情况，我会跟人打招呼。"

唐劲风没吭声，穆锦云发火了："现在不是你发威的时候！月月只是有嫌疑，不是凶手，你这时候大张旗鼓地跑去，万一被有心人揪着不放，她不是凶手可能也洗不清白了！"

高忠民还犟着不肯下这个台阶，穆锦云气喘吁吁地抚着胸口滑坐在了沙发上。

"锦云！"

"伯母！"

几个人连忙过去搀扶，家里的阿姨拿了药过来，穆锦云连忙吞了下去。

"要不要去医院？"舒诚问。

穆锦云点头，抬手指了指老高："你，陪我去医院，让小唐和舒律师他们去见月儿。"

高忠民没办法，一辈子夫妻，别看他在外头威风，家里大事小事习惯了听她的。去年她住院那一次把全家人都吓坏了，至今还心有余悸，他可不敢冒险。

他抬头看了一眼唐劲风，似乎还是带了些怀疑："你们自己去真的没问题吗？"

"您放心。"唐劲风知道他们这辈人更相信人情和权力，"我也做了这么多年律师，跟各个环节的人打交道积累了不少经验，不会有人为难我们的。我跟舒诚会把该带的信息带到，案情方面如果可以的话，请你们再多了解一些情况，有什么问题，我们及时联系。"

高忠民点头，目前也只有这样了。

唐劲风协助高家的司机带二老上车去了医院，才跟舒诚开一辆车，离开高家前往看守所。

舒诚一边开车，一边时不时地看他："你还好吗？顶不顶得住？要不我找个人替你？好的刑事律师我还是认识几个的。"

"不用。"唐劲风拨弄着手腕上的皮筋，"别的委托人也许有人能替代我，但那个人是高月，我就一定要去见她。"

这是一场硬仗，很可能是她人生之中最大的挫折，他要陪在她身边。

森森高墙，让他想起当初探视爸爸时的情形。那时陪在他身边的人，给了他继续坚持走下去的勇气和信心。

现在到了那个人需要他的时候。

冥冥之中，或许这就是他当初选择学法律，选择做律师的真正意义所在。

他现在还不能以律师的身份单独办案，必须由舒诚跟他一起进去，当然下次再来会面的时候就不会那么严格了。

看守所跟监狱还是有些不同的，律师会见委托人要在专门的会见室进行，警察讯问又有另外的审讯室。

唐劲风在看守所会见过无数的委托人，对这里的情况比较熟悉，知道会见室只有两间轮不过来，于是恳请将空置的审讯室腾出来做机动使用。

他人缘很好，要求也合理，他提出来后工作人员立刻就去安排了。

只是这借用的审讯室在会见双方之间隔的是铁栅栏而不是玻璃，也没有电话似的对讲机，面对面坐在各自的椅子上，说什么都听得见。

高月看起来精神还可以，看到唐劲风他们的第一句话是："他们说我得剪头发……"

"规定是这样的，而且现在天冷了，头发太长在里面梳洗也不方便。"唐劲风特别平静，也很自然，"再说你本来就短发更好看。"

"你又知道……我就没剪过短发！"

"我修过照片。"他把手机打开给她看屏幕，"虽然只是无聊的时候修着玩的，但你自己看，是不是短发更清爽？"

高月倾身，看到屏幕上果然是她的脸被加上了短发，也不算太短，到脖子那里，烫了一点漂亮的卷度，看起来很洋气。

不知道他什么时候偷拍的照片，更不知道他什么时候也玩这种无聊的修图，不过想想他大学时代还在游戏里领着整个公会的会员们冲锋陷阵，她也就不觉得意外了。

"如果你实在不想剪，我也会跟看守所的领导争取，毕竟你现在还没到要批捕的阶段。"

高月怔了一下道:"你可以?"

"嗯,所以别太担心。"

她终于稍微平复了情绪,没有那么抵触了,才问:"我爸妈他们,同意委托你们来做我的代理律师?"

"这可就是小唐的本事了。"一旁的舒诚开口道,"我想拜访穆锦云女士拿下丽嘉酒店集团这个客户很久了,这回他凭诚意就做到了。"

虽然还没拿下集团业务,不过眼看"丈母娘路线"都这么顺溜,今后就是自己人了,成为客户还会远吗?

高月撇了撇嘴道:"这里有好多潜在客户,你们愿意的话,我给你们介绍。"

她记着唐劲风说的,这是一场硬仗,所以即使在这样陌生又不堪的环境里,她也尽力保持着乐观和一种体验生活的心态,还跟看守所里其他的女性聊起来了。

舒诚笑了笑,这里面的大部分人可请不起S&S律所的律师。

"还是说说你的情况吧。"唐劲风摊开笔记本,对高月道,"询问的时候都问了什么样的问题以及你都是怎么回答的。"

高月的记性真的不错,即使遇到这么大的意外,紧张、彷徨,她也没有被击垮,问的那些问题翻来覆去地在她的脑海里过了好多遍。

她能想明白办案的刑警为什么这么问,就能大致还原出欧伟祺出事的经过。

"他在品酒晚宴上给我发消息,说有话要跟我谈一谈。其实我知道他要说什么,在晚宴前几天他也找过我,以为侵权官司的事和解了就可以跟我复合,我拒绝了。当时沈佳瑜也在,可以做证。"

"那你回他的消息了吗?"

"没有,他发了几条,我都没理,后来晚宴快结束的时候我就没看到他了。我以为他走了,也没太在意,然后跟舒眉和Dubois他们一起聊了会儿天,中途去了趟洗手间,后来就准备回去了,走到大堂接到乌格的电话,听说人死了。"

"那他为什么会在你的车子里?你们本来就约好在车里见面吗?"

高月回忆了一下道:"他在消息里好像是说在我的车子那儿见面

的。那个停车场不大，他估计看到我的车停在哪儿了。"

"那你答应了吗？"

"当然没有。"

"车钥匙也没给过他吗？"

高月忍不住生气道："唐劲风，你把我当成什么人了？我能随随便便把车钥匙给别的男人吗？"

舒诚在旁边听得很想吐槽，不是啊，你之前不就把钥匙给了唐劲风……

唐劲风仿佛听到他的腹诽，冷飕飕地看了他一眼，才继续说："欧伟祺是坐在你车子的驾驶室被害的，他应该也不会用外力破坏车子闯进去，那他是怎么进去的？"

高月想了想道："那天去酒庄吃满月酒回来的时候，我的车钥匙不是丢了吗？照说我家里还有备用钥匙，就放在玄关的储物格里，可我回去怎么都没找到。"

欧伟祺前些日子到过她的公寓，只有穆嵘和穆津京他们在，估计他有恃无恐，顺手拿走了她的车钥匙，可能只是想要在她不肯理会他的时候给她来个"惊喜"，没想到把命都搭上了。

果然思路是需要有人这样帮她捋顺的。她这两天不是没想过有人拿了她的车钥匙，但她想的都是凶手，而没想到会是欧伟祺拿的。

这么说，凶手原本的目标并不是他吧？备用钥匙被拿走只是个意外，凶手肯定也不可能知道啊！

唐劲风跟她想到一块儿去了，合上笔记本说："月儿，你听我说，好好在这里待着，在真凶落网之前，你在这里反而比在外面要安全。"

高月点头，又叫住他，朝他伸了伸手："你、你也要小心。现在还不知道凶手的动机是什么，但欧伟祺的背影、身形都跟你有点像，我怕真正的目标……"

她不敢想这个可能性。假如她在看守所里还算安全，那么唐劲风在外面为她奔波，岂不是完全暴露在真凶的眼皮子底下？

我在明，敌在暗……她突然不想让他做她的代理律师了。

"别担心我，我应付得来。"

唐劲风顾及舒诚还在旁边，他们今天又是第一次来会见，不好有太多更亲昵的表现，只是安慰她道："你好好的，我很快会再来看你。"

"你相信不是我做的，对不对？"

唐劲风看着她脸上露出不那么自信的表情，仿佛又看到她当年在他面前仰起头问——你就没有一点点喜欢我吗？

好在如今他终于可以给她一个肯定的答复了："相信。"

我喜欢你，爱你，所以相信你。

从看守所出来，舒诚问他："你可太有心计了，什么短发更漂亮，那张短发的图片是你今天来的路上现修的吧？"

"在她爸妈家等她来电话的时候就已经修好了。"唐劲风没否认，"我知道女性进看守所要剪头发，她那么在乎自己的外表，肯定受不了。"

中国好男友。

舒诚沉默片刻又道："你就没想过，如果真是她干的怎么办？"

"不会，我就算相信是自己干的，也不相信是她。"他顿了一下才道，"她不会在那辆车子里杀人。"

"我应该担心吗？当局者迷，委托人是高月，会不会影响你对整件事情的判断？"

"你这种担心是多余的。"唐劲风打开车门，"你忘了我爸爸的事？别人也许会受影响，我不会。"

大学模拟法庭上选了父母的案子做案例，无形中也是一种磨炼，大概就是教会他怎么做一个局中人，同时还能保持清醒冷静的头脑。

"那接下来你打算怎么办？"

"从证据入手，看怎么洗清她的嫌疑，早点把人捞出来。"唐劲风翻看着膝上的笔记，"现在她是作为嫌疑人被采取强制措施，警方一定是掌握了一些对她不利的证据。一个是这个备用车钥匙，警方怀疑是她有预谋地给欧伟祺的；另一个就是她晚宴中间去洗手间的这段空白时间，没有不在场证明。只要能说明这两个证据的问题，找出跟真凶的关联，就可以排除她的嫌疑，人就可以出来了。"

167

还有凶器。他们去了解过，欧伟祺是被绳索类的东西勒死的，可是高月直接就从现场被带回警局扣留，身上并没有找到任何可以作案的绳索。

思路是有的，但真的做起来并没有那么容易。

唐劲风先去了一趟高月的住处。

这公寓他之前也上来过，给两个人煎了牛排，又陪她一起研究案件的资料到很晚，对空间格局谈不上很熟悉，但也不陌生。

他把自己想象成欧伟祺，从进门开始，走过玄关，在高月不在而只有她弟弟妹妹在的家中会做些什么？是仅仅在沙发上乖乖地坐着等，还是会不拿自个儿当外人地转来转去？

他也跟穆嵘通过电话，对方一听表姐出这么大的事就着急："要不要我飞过去一趟啊？"

"不用，你把当时的情形讲给我听就行。"

穆嵘一五一十全都回忆了起来。看来欧伟祺还是挺怕高月的，即使她不在也不敢在她家里乱翻乱走。

他拿走车子的备用钥匙，大概完全是临时起意，离开时从玄关经过顺手一拿就够得着，没人会注意。

警方也来过这公寓，翻得底朝天，并没有什么新鲜的发现，没有预谋的证据，当然更不可能发现凶器。

他又回到当天举办晚宴的会场，问过很多人，包括管理监控的管理员，洗手间没有直通车库的途径，要离开就一定要通过外面连接宴会厅的走廊，监控都能原原本本地记录下来。

这份监控警方已经提取了，想来肯定算不上可以定案的关键证据。

他靠过去积累下的人脉关系时刻关注着这个案件的进展——有没有提请逮捕，什么时候答复等。

当然，他更在意的是什么时候能抓到真凶。

跟高月会面厘清思路之后，他们应该是都想到了一个可疑的人物——江浩。

如果说唐劲风做刑辩律师的这几年可能会因为办过的案子树敌的话，高月在国外生活多年，去年刚刚回来，最大的仇家除了欧伟祺，大概就要算江浩了。

他记得那天从民政局出来时,江浩那种淬了毒一样的眼神,江浩盯着顾想想,也盯着他和高月。

本来夫妻闹离婚,有朋友从中说和或者劝分,都不算稀罕,哪有记仇到要打要杀的地步的?

可江浩不一样,唐劲风第一次见到这个人时就感觉到他偏执、敏感,而且异常冷静,很可能是反社会人格。

欧伟祺的事情发生之后,江浩如果突然消失了,那他可能就有重大的作案嫌疑。可他偏偏哪里都没去,在他自己开的夜店和酒吧出没,反倒比平常更频繁,更有规律。

而且A市的治安一向不错,突然发生这样的命案,死者又是个"富二代",怀疑情杀,一下子戳中了网民的兴奋点,一时间引发了不少关注。

穆锦云说:"幸亏当时拉住你,没让你去给人添话柄,不然现在假的也变成真的了。"

唐劲风宽慰道:"伯父是关心则乱,也是想让月儿早点回来。"

穆锦云一早发现他对高月的称呼改了,即使在她跟老高面前也不避忌。

她对这个男孩子少年时就积累下的好感在一点点高涨,叫他坐下后问他:"小唐啊,我问你,假如……我是说假如,我们月月真的因为这件事被判罪,怎么办?"

"不会的,伯母,她没有做过,不会被判罪。"

"我是说假如。"她哽着声音道,"你知道的,任何司法体制下都可能会有冤案、错案,我怕最后抓不到真凶,她会被当成真凶……"

"我明白您的心情。"唐劲风也眉头深锁,郑重地说,"如果真的发生这种情况,我帮她上诉、申诉,一审不行二审,二审不行重审。如果她的案子在我手里不能了结,不能还她清白,那五年、十年、二十年,我都陪她走下去。"

不管结局怎样,往后余生,他来负责。

穆锦云这几天夜不能寐,眼睛里布满血丝,却掩饰不了对他的激赏:"你爸爸经历这种事情的时候,你是不是就想过要为他讨回公道?"

她终于第一次真正意识到,这孩子有多不容易。

唐劲风却说:"不一样,我爸爸的确做错了,而且我也知道他做错了。可月儿没错,她什么都没做,不应该受到任何惩罚。"

穆锦云点头道:"有任何需要我们配合的地方,你尽管提。还有,多去看看月儿,有你陪着她,她能支撑下去。"

"嗯,我明白。"

舆论沸沸扬扬,变更强制措施暂时是不可能的了。

唐劲风又去了一趟看守所,高月一看到他就问:"现在情况怎么样了?外面的人都怎么说?"

高墙里的日子,有时是连日夜都分辨不清,很多人在里面期盼着自由,却又过得浑浑噩噩。

可高月还在关注着案件的进展,而且敏感又准确地预知,到这个时候应该已经有了各种各样的传言,不管是针对被害人欧伟祺,还是她和她的家人。

这些传言里面包含恶意、祸心,当然也可能包含某些隐藏的线索。

唐劲风把大致的情况告诉她,然后宽慰她道:"不用担心,现在一切都按照程序来,没有任何瑕疵,即使有流言,也不会伤害到你爸爸妈妈。"

"那欧伟祺的家人呢?他们没有去闹吗?"

唐劲风缄口不言。闹当然是闹了的,丽嘉集团、高家的别墅,欧伟祺的家人都去闹过,被人劝回去了,终究还是顾忌高忠民的身份,不敢闹得太过,但背地里又编派了些什么,就没法控制了。

甚至舆论流言也有相当一部分是欧家人恶意放出去的,就是认定了高月是杀害他们儿子的凶手。

这样的案例他见过很多,有时恰恰是被害人家属这种先入为主的思维和非理性的施压,造成在证据不足的情况下匆匆定案,形成冤假错案,而真正的凶手逍遥法外。

高月这个案子,他不允许有这样的事情发生。

他索性不谈这个了，盯着她的头发看："你还是把头发剪了？"

"剪了啊，去晦气！"她反倒潇洒，"其他被羁押的女人都剪了，就我是长发，这么突出反而不好。"

唐劲风感到欣慰，她这么快就已经适应环境，开始理解另一个世界的生存之道。

"你之前怎么没告诉我，你对这儿很熟？工作人员跟我说起你，还夸你呢，说你像本行走的法条，问什么都知道，待人和善，处理事情又很人性化。"

"都是过去式了，还提它干什么？"

她不还是照样剪掉了头发，不得不忍受羁押？

有时候想一想，真正能帮到你的，其实只有你自己。

高月还是有足够强大的内心，才能在他一句苦中作乐的激励下，开始适应这么特殊的环境。

换了别的女生可能早就沮丧得一塌糊涂，巴不得每时每刻都能享有特权。

他能听出她在听到对他的那些夸赞时有多骄傲，但他才是那个真正以她为傲的人。

所以他还是决定夸一夸她："头发剪得不错，果然天生丽质，短发也好看。"

高月摸了摸发尾："还说呢，我给剪头发的大婶说了一箩筐好话，她才给我仔细地剪的。"

她一向很擅长搞定阿姨、大婶，大学时代那些人就没少给她行方便。

"出来以后还可以再修一修。"

"我要去烫，再染个颜色。"

"我陪你去。"

他们俩就这么聊上美容美发了。

"警方那边怎么样了，有什么进展吗？有其他的怀疑对象了吗？"

终于说到有点沮丧的话题了。

"警方的调查还在继续，证明他们对现在的证据和你这个嫌疑人也有很大的疑问。"

"如果对方是冲着你和我来的，肯定就是那个江浩了，还能有谁？"高月愤慨道，"其他人还有谁跟我们有仇啊？你们跟警察说了吗？去查他啊，肯定就是他！"

"空口无凭，所有的结论都要靠证据来推演。警察会继续调查，我们也会继续找突破口，你不要担心。"

"我怎么能不担心……"高月的肩膀垮了下去，"没有自由的时候你才会明白自由有多可贵，我也怕啊，怕被关在这种地方再也出不去了……头发再也不能留长了，奶茶喝不上了，见不到爸妈，喜欢的男人也要跟别的女人结婚了……"

"我不会跟别的女人结婚。"

"谁说我喜欢的人是你了！"她抢白道，"我就这么一说……要真的坐牢，出去也没人要我了。"

唐劲风看着她，视线从她的脸上挪到她的手上，对她说："你的右手，抬起来。"

她不明所以："干什么？"

"举起来就行。"

于是她乖乖举起右手。

"贴到玻璃上。"

他们今天用了真正的会见室，会见双方不再隔着铁栅栏，而是用玻璃隔开的。

高月不知道他要干什么，但还是听他的，把手心贴在了玻璃上。唐劲风把自己的左手也贴上去，两人掌心相对，只是中间隔着一层玻璃。

他静静地看了她半晌才开口："高月，你听我说。今年翻过去，我虚岁就要三十岁了，还没有谈过一场真正的恋爱。我喜欢的女生是我在最好的年纪遇到的最好的人，可惜频道总是错开，差一点就永远错过了。这回只是一个考验，是上天要看看我们究竟能不能心意相通的考验。我是有信心的，等通过这个考验之后，我还有很多过去来不及跟你说的话要说，很多过去来不及跟你一起做的事要做。你呢，你没有信心吗？"

高月抚在玻璃上的手微微蜷了一下："你想说的话和你想做的事都

有什么……能不能现在告诉我？"

"不能。"他斩钉截铁地回绝道，"想知道，就打起精神走出去，我就在外面等你。"

到时候不管她想听他说什么，或者想他做什么，他都陪着她、满足她，从此以后再也不和她分开了。

唐劲风到A城的篮球俱乐部去见了戴鹰，因为最近有联赛，戴鹰脱不开身走太远，他们才约在这里见面。

戴鹰从场边过来，手里还拿着记录运动员训练数据的本子，急切地问他："怎么样？高小月还好吗？你这两天又去看过她没？"

"看过，放心，她顶得住。"唐劲风忍不住打量他手里的东西，"你说有东西要给我看，是什么？"

"噢，不在这里，你稍微等我一下，拿给你看。"

他跑回场地，结束了上午的训练，换了身衣服，背起包说："你还没吃饭吧？走，我请你吃饭。"

唐劲风想说不用，他中午随便应付一下就好，可是戴鹰说："我还约了顾想想，是你们说的，要我这段时间跟她保持适当的距离，而且今天约她来，也是跟高月这个案子有关系，我觉得你有必要在场。"

一听跟案子有关联，唐劲风当然不会放过。吃饭的地方就在他们俱乐部的食堂，说是食堂，也有小炒，伙食挺好，宽敞明亮又没有太多人，挺适合谈事情的。

顾想想不是一个人来的，林舒眉陪着她，还有乌格。自从高月被关押，而他们怀疑这件事的真凶是江浩之后，乌格就按照高月的意思守在酒庄，保护顾想想和林舒眉。

其实当时高月托唐劲风带出来的意思，是让乌格在唐劲风取证的时候也跟着保护他，可唐劲风转达的时候自动把这一条抹掉了。

他可以保护自己，顾想想她们毕竟是女孩子，比他更需要这种力量。

大家凑到一起，都没有什么胃口，戴鹰拿出一张印在纸上的图片递给唐劲风道："你看看这个。"

173

纸上的图片是一条绳索。

唐劲风的职业敏感让他很快反应过来："这是凶器？"

戴鹰点头道："直接的凶器还没找到，那个太难找，随手往哪个垃圾桶一扔，再要翻出来就是大海捞针了。"

"那这是让我们看什么？"林舒眉问。

"打小跟我一块儿打球的哥们儿，现在已经是刑侦方面的专家了，这是我请他们根据欧伟祺颈部的勒痕和残留的纤维逆推还原出来的凶器图片。粗细、质地，大致就是这种样子的绳子。"戴鹰喝了一大口汤，"你们看看对这有没有印象，会不会在哪里见过？"

图片上是那种面条粗细，有点厚度的麂皮质地的绳子。

"他可能把两股绳子拧在一起了，这样比较牢固，勒住颈部的时候不容易绷断。"戴鹰补充说。

顾想想把图片拿过去，蹙眉看了一会儿道："我家里有这样的绳子，虽然颜色有点不一样，但应该就是这种质地。"

"在哪里？"

她盯着图片努力地回想着，唐劲风道："你不要着急，慢慢想。"

"江浩以前用这种绳子来捆一些不要的文件和账本，他搬出去的时候还用过，大概是捆了一些杂物。"

"那他的住处应该会有这种绳子啊，警方没有搜出来吗？"林舒眉问。

"他现在还不算是嫌疑人，没有任何证据能指向他，所以警方还没有搜索过他的店和住处。"

现在再想搜，案发这么长时间了，即使有绳子，只怕也早就被他处理掉了。

想到这一点，大家的情绪又都低落下去，顾想想却说："如果真是这种绳子，不用去他那里搜，我住的地方应该也有，都是他同一批买来的。"

这话无疑像一剂强心针，一下子又把大家的希望给托了起来。

顾想想婚前有套自己买的小房子，一直空置着。决意离婚之后她从跟江浩共同的家里搬出来，住到了父母那里，东西却搬到了那个小房子里。

于是唐劲风他们跟她一起到那儿去，果然从捆扎东西的绳子里找到了这种麂皮质地的绳子，只是颜色比图片上还原的要深一些，基本可以肯定就是同一种绳子。

唐劲风心脏狂跳，面上却还保持着冷静，将其中一部分绳子交给戴鹰："麻烦你让你的朋友他们检测一下，看看是不是这种绳子，警方应该会有判断。剩下的我要拿走，是时候去跟江浩谈谈了。"

顾想想一听这个名字就紧张起来："你要找他干什么？千万别冲动啊，他那个人被惹急了什么都做得出来！"

所以当她听说欧伟祺死了，而凶手的真正目的可能是报复高月的时候，也是首先就想到了江浩，觉得他那种偏执的个性做出这种事情来一点也不奇怪。

不只是后怕，她简直感到恐怖——她居然跟这样的人同床共枕多年，还害了最亲近的好朋友！

唐劲风却安慰她道："放心吧，我有分寸。"

他收好绳索，跟众人分开，乌格却跟了上来："你要去找那个江浩的话，我跟你一起去。"

唐劲风看了他一眼："我以为你把我当作对手，要是我出什么事，对你来说不是正好？"

"没错，我不喜欢你，因为你跟欧伟祺一样，只会让高月伤心。但我也不希望你出事，尤其是现在，她还等着你帮她洗清嫌疑。"

"有件事你没说对。"唐劲风接话道，"我跟欧伟祺不一样，我从没想过要做让高月伤心的事，现在不会，以后也不会。从这一点上来说，我跟你的出发点倒是完全一致的。"

可惜乌格来晚了，他们之间已经容不下任何人了，就算是给其他人选择的机会，都嫌奢侈。

唐劲风去了江浩开的酒吧。

下午四点半才正式营业，天色还早，酒吧里没有什么人，江浩在吧台里面摆酒，看到唐劲风，面色如常："我们的特价时段五点开始，酒精饮料买一送一，你要不要晚点再来？"

唐劲风在吧台边坐下："你对顾想想做了什么？"

原本背身对着他的江浩身体一顿，转了过来："什么意思？"

"你勒死了欧伟祺，用的是什么绳子我已经知道了。我把图片发给顾想想看，她说你们以前的家里有这种绳子，约我今天下午见面，但人没有出现，然后我就再也联系不上她了。是不是你对她说了什么？你还要害多少人才满意？"

江浩眯了眯眼道："想想是我老婆，我怎么会对她做什么？至于欧伟祺，那不是你那个高月杀的吗？网络上都传开了，沸沸扬扬的，剧情可比一般的连续剧还精彩。"

"那你告诉我，去哪里可以找到顾想想？"

"这是个人隐私，她不想被你们找到，自然有她的道理，说不定就是为了维护我，我怎么可能告诉你？"江浩已经完全恢复镇定自若，继续整理酒架上的酒，"我打开门是做生意的，如果你只是来跟我说这些事的，我可以报警说你寻衅滋事。"

"我也不想来，多行不义必自毙，我一定会找出证据证明你才是真正的凶手。"

唐劲风起身离开，仿佛带着无可奈何的不甘和愤怒。

江浩望着他的背影，不自觉地握紧了一个酒瓶。

夜深人静，江浩抬头看了看眼前的多层公寓，第四层没有亮灯，看来顾想想还是住在父母那里，没有独自搬到这里来住。

幸好他早就留了一把她这公寓的钥匙，跟在酒庄偶然捡到高月掉落的车钥匙不同，这把钥匙是他有意留的，只想着万一顾想想离家出走跑到这儿来，他想来找她也随时可以来。

他镇定地上楼，特意戴了帽子，而且走楼梯避开电梯里的高清摄像头，径直走到了顾想想的那套小公寓门口。

这个地方虽然婚后他们没来住过，但私下他也来过很多次，每次顾想想离家想躲他，他都知道，她只有那么几个可能去的地方，他全都摸得门清。

今天唐劲风来提醒了他,那种绳子可能顾想想那里也有,她的东西搬家的时候都搬这儿来了,不在她父母那里,倒省了他的事。

他料想她不敢跟唐劲风多嘴说什么,八成是自己躲起来了,正好让他到这儿来把绳子都拿走。

他拿钥匙开了门,里面黑乎乎一片,尽管不可能有人在,但他还是很谨慎地没有开灯,只用手机的电筒功能照明。

顾想想搬来的东西都没怎么收拾,全堆放在客厅里,他正好就着光线翻一翻。

东西都在箱子里整整齐齐地放着,但因为数量有点多,他一时翻不到,挪了两个箱子,终于在一摞捆好的书本里发现了这种绳子,连忙将其解开来,塞进外套口袋里。他正要打开下一个整理箱,头顶的灯啪的一声打开了。

乌格和戴鹰从房间里走出来,乌格手中抖开一条绳子,看着江浩说:"你是在找这个吗?不用翻了,所有从你家里带过来的绳子都已经被我们找出来了,就剩你刚才收起来的那一条,是用来引你上钩的。"

江浩知道自己终究败在了"做贼心虚"这四个字上,着了唐劲风的道。

但他面上仍然是异于常人的那种冷静,眼角微微抽动了一下,才反映出一点点他的情绪变化,不等乌格他们反应,他已经以迅雷不及掩耳之势转身往门外冲去。

"不要动!"

"按住了!按住!手铐呢?"

门外早已有事先埋伏好的刑警等着他,楼道上下都已被堵死,刑警三两下就将他制服压倒在地上。

他死命挣扎了一番,被拎起来时眼睛里仍然满是仇恨的火焰,但这回他是真的再翻不起什么浪花了。

唐劲风知道他跟警方势必还有一番周旋,但从顾想想的住处拿到的绳子经过检测,跟欧伟祺尸体上留下的纤维是完全一致的,也就是说来自同一捆绳索。

顾想想那晚是跟林舒眉和高月在一起的,甚至没有单独离开会场的

177

时间,没有作案的可能性,那么唯一有机会拿到这种绳子,又具备作案动机的人就只有江浩一个人了。

再结合从他家到晚宴现场沿途的监控,警方总能找出疑点拼接起他那晚的行踪,之前没这么干不过是因为他没有被当作真正的嫌疑人罢了。

只要有完整的证据链条,哪怕他一个字都不说,这案子也能办成铁案。

唐劲风担心的是其他方面,比如舆论的风波。

当初高月跟欧伟祺的死扯上关系的时候,网上就传着各种不负责任的揣测和流言,连高月的家世都莫名地成了她的负担。

如今她的嫌疑被洗脱了,舆论又会说是特权的效应,而不会理会真相到底是什么。

唐劲风联系了若干新媒体和视频网站,就这个案件的情况做了一些说明,又跟熟悉的记者反复参详公关的通稿应该怎么措辞才能严谨又不引发误解。

类似的事情,很多律师做过,唐劲风则是在大学的时候已经亲身做过主角。

为了能让他爸爸给妈妈做移植肾脏的手术,他也用了这样的方式。

他还记得当时坐到镜头前的时候,高月吻他的那一下,还有执意往他脸上扑粉打光的情形。

是的,他全都记得,清晰得仿佛还是昨天发生的事情一样。

等舆论彻底转了方向,网友们纷纷谴责真正的凶手是个家暴男,恶性难消,反而对高月为朋友两肋插刀的仗义叫好的时候,关于特权的想象也就不一样了。

大家都夸她是这么好的"白富美",连她在看守所里被剪掉的头发都成了众人惋惜的对象。

唐劲风知道是时候去接她了。

看守所有层楼的大门上写着"检察官告诉你:超期羁押就是违法",龙飞凤舞、铁画银钩的字迹,仿佛也透着一股正气,让高月又想起唐劲风。

他做律师要会见委托人，常到这个地方来工作，这成为她最初在这里坚持下去的最强动力。

她没有超期，十天，案子就有了突破性的进展。

听看守所的工作人员说，破案讲究"金七银十"，也就是在案发七天和十天之内破案概率是最高的，她这个案子刚好就在这个范围内。

当然她很清楚，案件进展之所以能够这么顺利，得亏唐劲风的努力。

一想到他这些天冒着冬季的寒潮在外头为她四处奔走，他妈妈还因重病住院，他自己也有人身危险，她就觉得心里又疼痛又甜蜜。

这段日子里，她见不到任何一个熟悉亲近的人，甚至包括最疼爱她的父母，能倚仗的就只有唐劲风一个人。

她没有试过这种全心全意，几乎把命都交到对方手里的信任，而且同时也被对方这样信任着。

哪怕全世界的人都怀疑她、诋毁她，那个人也坚定地说相信她，相信她没有杀过人。

高月又回头看了看那几个字。

她当然不会留恋这个没有自由的地方，她只是……很想念唐劲风了。

很想，很想。

那天他隔着一层玻璃传递给她的手心的温度，如今她握紧拳头，仿佛还在手中。

她理了下头发，让自己看起来尽量干净整齐一点，换回了之前进来时穿的衣服走出去。

她知道外面的舆论狂欢，说些什么都可以想象出来。她爸妈如果理智有分寸，或者说有唐劲风和舒诚他们在身边善意提醒，今天应该不会出现。

天空飘起了雪，她身上的衣服有点单薄，不知道有没有车来接她回去。

她现在对坐车都有点心理阴影了，更别说开车。

雪越下越大,她走到看守所门口那个巷弄口的时候,旁边的墙头已经堆起了一层白雪。

然后她看到巷口有个人,高大,英俊,穿黑色的大衣,伞也没撑,就站在雪中等着她。

巷口正对着一条小街,商铺都在老旧的平房里,卖什么的都有,不知是哪家的音箱里正循环播放——

> 想带你去看晴空万里
> 想大声告诉你我为你着迷
> 往事匆匆
> 你总会被感动
> 往后的余生
> 我只要你
> …………

那么破的音质,加上萧瑟的小街,其实感觉挺土的,可是高月鼻头发酸,突然就有点迈不开步子了。

有好多莫名其妙的情绪和记忆涌上来,在看守所这么多天都没掉过眼泪的人,这时候垂下头开始无声低泣,继而慢慢蹲下来,双臂抱住自己,渐渐大哭起来。

唐劲风从巷口大步朝她走过来,到她面前站了一会儿,然后也蹲下来,伸出手指抹了一下她脸上的泪水,看她终于抬头,才揽住她的肩膀把她抱进怀里。

两个人就这样面对面,膝头跪在地上,紧紧拥抱着,即使漫天飞雪也不觉得冷。

高月把脸埋在他肩上,泪水和呜咽全都被他的体温融化。

唐劲风仿佛抱着失而复得的珍宝,只是这宝贝太能哭了,哭得他眼眶都微微发热。

幸亏这条巷子没什么人来,她哭成这样也没人围观。

高月大概也意识到两人这样实在太像在拍偶像剧了,终于收敛哭声,窝在他的肩膀上抽抽搭搭地说:"我……好像有点冷。"

唐劲风解开自己的衣服,被她拉住:"不用,你别脱给我,等会儿自己感冒就不好了。"

"谁说我要脱下来给你了?我只是把怀抱借你用一下,抱你过去,车上有我给你带的衣服,是你妈妈拿给我的。她跟你爸爸在家里等你,给你准备了好多好吃的。我们得快点回去,晚了他们又要担心了。"

她在看守所的这段时间,为人父母的有多牵挂,那简直都不用说了,她完全可以想象。

妈妈八成没睡一个安稳觉吧。

两个人互相搀扶着站起来,唐劲风细心地拍了拍她腿上的泥,才展开大衣裹着她往自己的车子走去。

高月还是冷,但跟他紧紧挨在一起,终于不再瑟瑟发抖了。

走到他的车子旁边的时候,她停了下来。

"你的车……"

"不敢坐?"他看出她在怕什么,"我开车,你坐我旁边,怕什么?"

"那辆特斯拉呢?"

"检方还要留作证据,之后……可能会司法拍卖吧。"

"卖了也好……"她嘟囔道。

"上车吧,你爸妈还在家等你。"

他从车上把给她带的衣服拿出来,为她披好,才拉开副驾的门让她坐进去。

车上的空调一时暖不起来,她系好安全带后搓了搓冻得冰凉的手。

"手给我。"唐劲风说。

他的手掌大而暖,包住她的手焐了一会儿,他才问:"好点了吗?"

"嗯。"

"那我们回家。"

一路上他的手都握着她的,轻轻抚着她手背上这些天冻裂的那些小口子,源源不断地把自己身体里的温暖都传递给她。

她好像还是在大学追他追得最如火如荼的时候才想象过两个人在车

里这样十指紧扣的情形。

现在隔着看守所里的十天，这情景就更加像梦一样不真实了。

家里所有人都等着她，大门都敞开着，她爸妈迎出来抱住她，本来都说好了要克制住，不问孩子受了什么委屈，可一看到她剪短了头发，就都忍不住红了眼眶。

穆锦云摸摸她的头发，又摸摸她的脸蛋："我给你约了沙龙，你休息好了就去做头发，啊？做完了，包管跟原来一样漂亮！"

"我没事，妈，别担心，不是说吃饭吗？我好饿了。"

"好，开饭开饭！"高忠民连忙招呼家中的阿姨，"外面冷，先进去喝点热茶。"

唐劲风站在车边没动。穆锦云回过头道："小唐啊，过来一起吃饭。以前听月月提起你爱吃海螺，今天我就特地叫阿姨买了新鲜的花螺回来炒，你来尝尝，看味道喜不喜欢。"

"不了，伯母，我就不进去了。月儿这么多天不在家，你们一家人肯定有很多话要说。"

"没关系，这么大的事都出了，还有什么话不能让人听的？这回高月能没事，多亏了你，怎么也该来家里吃顿饭哪。"

"伯母您不用客气，本来就是我分内的事。你们信任我，月儿愿意把案子委托给我，我就不能辜负这份信任。"唐劲风看了她身后的高月一眼，尽力克制着眉目之间的情意流转，仍坚持推辞道，"今天你们一家人先好好吃顿饭，我还得去一趟医院，将来有时间再过来拜访。"

"你妈妈的身体最近怎么样了？"穆锦云露出真切的关心，"还是住在市人民医院吗？我跟院长很熟，有什么需要尽管跟我说。"

提到母亲，他的眼神微微一黯，但还是很快说道："谢谢您，暂时都还好，我应付得来。"

穆锦云点点头，再三确认他真不愿意留下来吃饭，才目送他上车，然后搂着高月的肩膀进家门。

高月在他临上车的刹那跟他的眼神对上了，那点不舍的小心思都被对方给看光了。

果然，她刚进门，就看到手机上他发来的消息："还没出你们小区的大门,已经开始想你了,怎么办?"

高月脸红心跳,手指滑过屏幕,字打了又删,删了又打,感觉过了这些与世隔绝的日子,连用手机发消息都不利索了。

"那你现在折回来还来得及,吃了饭再回去。"

"饭是真不吃了,我妈还在医院里等我,你吃了饭好好休息,我回头再联系你。"

高月回复了"好",想了想,又发了一条:"我也想你。"

很想,很想,她在高墙里面就开始想,不知该怎么才能让他知道。

饭桌上没有往常的热闹气氛,但也不显得沉闷。

穆锦云和高忠民不停地给高月碗里夹菜,阿姨都看不过去了,又多拿一个碗来给她盛菜,加上本来喝汤的汤碗,光她面前就三个碗,像小时候似的。

"妈,我够吃了,别给我夹了,你们自己也多吃点。我在看守所里每顿都要求吃光光,一点也没瘦,反倒是看你们都瘦了,这段时间你们都没怎么好好吃饭吧?"

"我看这磨炼一趟也不错,还真是长大了。"高忠民欣慰地说,"我跟你妈妈最近茶饭不思,中途还陪她去了一次医院。你要再不回来,我看我也得进医院了。"

穆锦云说:"你少吃点好,瘦了血压也下来了,还省了去医院的事呢!"

高月把一大块鱼肉夹给高忠民:"老爸也辛苦了,红烧肉太油腻不能吃,鱼还是可以吃点的。"

穆锦云停了筷子,看着面前那一盘炒花螺:"要说辛苦,这回最辛苦的是人家唐劲风。都没机会好好请他吃顿饭感谢一下,一点不贪功、不显摆,这孩子家教真好。"

高月听她夸唐劲风心里就高兴,但只是默默扒饭,都不愿意附和。

她现在也学聪明了,凡事不能太显山露水,总把情绪写在脸上,容易被戳中软肋,最后疼的还不是自己?

"什么时候再叫人家到家里来一趟,这顿饭是一定要请他吃的。"

穆锦云交代道，"还有他妈妈那边，是不是情况不太好？你也多去看看，有什么需要关照的，跟我说一声。"

高月含混地回答一声"知道了"，就放下碗筷说："我吃饱了，爸妈你们慢慢吃，我先上去休息了。"

"去吧去吧，好好睡一觉，这几天也辛苦了。"

高月噔噔噔上了楼，高忠民看穆锦云叹了口气，蹙眉问道："你这是想通了？真要撮合她跟姓唐的那小子？"

"我撮合有什么用？最后还是得月儿自己能不能看上眼。我们之前倒是撮合她跟欧伟祺了，结果呢，闹出多大的笑话和祸事来？结不成婚就算了，这回搭进去一条人命，还差点把闺女的一辈子都折进去！那晚上车的人要不是欧伟祺，被那个江浩勒死的人就是月儿了，她现在就躺在太平间了，还能坐在这儿有说有笑地陪我们吃饭？"

她也为欧伟祺的死亡惋惜，但知道真相后更多的是后怕。

她缓了口气，继续道："我这些天只要想到这种可能性，晚上一入睡就惊醒，怎么都睡不踏实。我会想，当年如果不是我们干预太多，她跟唐劲风那孩子在一起了，两个人的日子应该也过得好好的，哪有这么多事！"

"当时也是想着那孩子家里太复杂……"

"能有多复杂？不就是爸爸坐牢、妈妈生病嘛，一眼看到底！关键是他本人的学识和人品，正直、上进，不管遇到什么情况都不卑不亢。最重要的是，他跟月儿互相喜欢。"

"现在都隔了这么多年，还互相喜欢？"

穆锦云白了他一眼："你连这都看不出来，就更别想着插手他们的事了。儿孙自有儿孙福，月儿长大了，我们也该学着相信她的选择。"

其他的事，顺其自然吧。

林舒眉她们知道高月从看守所出来了，都挺高兴的，约她见面吃饭庆祝，看到她的第一件事都是调侃她的短发。

"哟，看不出来啊，我们月儿还有剪短发的一天。"

"我来看看……啊，这发尾跟狗啃的似的，看守所的理发师不太行啊！"

高月拍开她们的手："能剪成这样不错了，我还特意让人家多留了点，方便出来了修剪。你们今天谁有空陪我去沙龙烫头发，还有全身水疗，我请。"

"我可去不了，还得回家喂奶呢！"胡悦扬了扬手，"你让舒眉陪你去吧。"

"好啊，我正打算做个全套的香薰精油水疗，有人请，我就不客气了。"

"想想呢？"高月问，"她今天怎么没来？"

"别提了。"胡悦说，"自从出了欧伟祺的事情，各路媒体的采访就没断过，就想从我们这儿打听点你的事情，好还原你的'心路历程'。唐劲风嘱咐我们什么都不要说，不要回应。但从嫌疑人确定是江浩之后，媒体就全冲着想想去了，还有她爸妈，也是不堪其扰。她这几天都陪着她爸妈呢，可能没什么时间出来。"

高月特别能理解这种感受。

因为前段时间她和她的家人也深陷这样的舆论旋涡，甚至直至今天，她已经基本洗脱了嫌疑，也没能完全从那旋涡中抽身出来。

"她应付得来吗？"

"还好。"林舒眉道，"这回你出事，她也很受触动，加上江浩成了真凶，我想她多少会比过去成熟一点。人嘛，总是要学着自己长大的。"

高月点了点头。

她跟林舒眉先去做了头发，发尾烫了很蓬松的卷，重新做了刘海和造型，一下仿佛又回到了都市潮流里边来。

林舒眉问她："你之前的头发剪成那样，唐劲风看到过吗？"

"看过啊，怎么了？他还能嫌我丑啊？"

林舒眉"啊"了一声："这话说得怎么像老夫老妻似的呢，是不是一出来就干柴烈火了？还是说要先做个头发，美容和水疗一下，再去找他，呈现美丽的你？"

高月红着脸瞪她："林舒眉同学，你今天还要不要我买单了？"

呀，金主生气了，好可怕好可怕。

高月趴在水疗床上，柑橘和薄荷的香气像空气里浮着的一层层细密的泡沫，推挤着她，令她感觉像漂在海面上一样自在和放松，神思随着香薰烛的点点火光摇摆，竟然渐渐有了睡意。

她很久没有这样放松过了，简直像过了一个世纪那么久。她也实在是困，很快就放弃挣扎，闭上眼睡了过去。

中途她迷迷瞪瞪听到林舒眉接了个电话，然后在她耳边说要先走，就不见人影了。

做水疗的技师跟她和她妈妈都很熟，看她睡得这么沉就没叫她，等她醒过来的时候，香薰烛的烛光仍然影影绰绰地在房间角落闪耀着，窗外却已经是夜幕降临了。

她还趴睡着，看了一眼墙上的钟，哗啦一下坐起来，身上盖着的粉色浴巾都滑了下去，她这才反应过来自己是在哪里。

完了完了，她今天还想约唐劲风一起吃饭的，结果都还没来得及跟他约，转眼已经这么晚了。

妈妈给她约的沙龙和水疗，早在她还没做完水疗的时候就让酒店送了一套干净的新衣服过来给她换，像是知道她今天会有约会似的。

她穿好衣服，又捋了捋头发，虽然还有点不适应新造型，可不管怎么说也比昨天那样狼狈的模样好得多了。她又快速化了点淡妆，镜子里人影明丽娇俏，还是那个熟悉的高月。

她拿了自己的东西刚推门出去，就看到唐劲风坐在休息区，笔记本电脑搁在腿上，微蹙着眉不知在看什么，极为认真投入。

大概是闻到她走近时身上的香味，他转过头来看向她，合上笔记本站起来说："做完了？"

她还挺意外的："你知道我来做什么的？"

他又抬头看了一眼水疗会所的招牌："不是来做水疗按摩吗？"

他的声音充满磁性和年轻感，极为悦耳，却带了一点疲累的沙哑。

高月穿了高跟鞋，仍然要仰起头才能跟他说话："你怎么知道我在这儿的？"

"林舒眉打电话给我的，她说本来跟你在一起，有事要先走，怕你一个人不安全，就让我过来。"

其实江浩已经被拘捕，以前纠缠她的欧伟祺也死了，身边还有乌格不动声色地保护着她，照理她是没什么危险的。

高月挑了挑眉："就只是这样？"

"不然呢？"

她抿紧唇，似乎下定了某种决心，拉起他说："你跟我来。"

红外感应的玻璃门向两边敞开，唐劲风又被她拉回那个连招牌都环绕着温暖光线的水疗会所里，不得不问："你要干什么？"

"来这里能干什么？当然是做水疗喽！"她学着他的语气，把他手里的包和电脑放到一边，伸手脱他的外套，"把衣服脱了。"

这真是猝不及防。唐劲风摁住她解他扣子的手："别闹了。"

"我没闹。"她已经解开他的大衣，"快去更衣室换衣服，不然我就亲自帮你脱了。"

他知道他自己拼得有多累吗？不管是眼睛还是声音，都透露着疲惫。

他看了一眼四周极为柔软舒适的环境，那些漂在水面上的花瓣和蜡烛，还有始终微笑的接待人员……整个人似乎还不是很能适应这样的环境。

高月看他不动，把自己的手腕送他鼻子下面："我刚做的香薰水疗，好不好闻？"

"嗯。"

香甜又很有女人味，是他喜欢的味道。

她突然踮起脚来，凑到他耳边，嘴唇几乎贴在他耳郭上说："我都洗得这么香了，你呢？"

声声入耳，连带着她说话时的气息，像一片羽毛突然在他心头挠了一下。

他全身战栗，身体微微紧绷，看到她耳后到颈部最白皙娇软的一段弧度，联想着最近发生的事情，那是多么脆弱的部分啊，她就这样毫无保留，却又风情万种地呈现在他眼前。

"这段时间总是你在找我、等我，辛苦了，今天我陪你做水疗，也等你一次,好不好?"

她这样请求他说好不好的时候,总让他有种仿佛回到大学时代的错觉。

所以他怎么拒绝?

他只能脱下外套:"好。不过我可能不习惯别人碰我的身体……"

"没关系没关系,我会找这里技术顶尖的男技师为你服务!"

他以为她会让别的女人碰他吗?想都不要想!

就算他不强调,她也早就合计好啦!

唐劲风瞥了她一眼,交代一句看好他的电脑,就转头往里面走去。

水疗之前要先泡澡,男士有专门的男汤区域。高月给他选了藏汤,也就是说他要泡的水里有藏药,据说生肌松骨、消除疲劳最好使。

泡澡用的是一个一个的木桶,虽然惠顾的男性顾客不如女性多,为了避免尴尬,即使是高月也不能进男汤区,只能在外面等。

大概一刻钟后,唐劲风裹了干净的浴袍出来,身上有药草的香气,似乎出了一身汗,脸色绯红,额前的头发有点湿,一缕一缕,黑而亮,性感得不行。

高月看得心脏又怦怦乱跳起来,装作问他的感受来掩饰:"怎么样,还可以吧?舒服吗?"

唐劲风看着她,那眼神仿佛是在说"还有什么幺蛾子不如干脆点一起上吧,我承受得住"的意思。

她长吁一口气,赶紧招手叫技师过来,带他去水疗床上躺好。

这回她可以陪在他身边了,在人家给他推精油放松的时候陪他说说话。

当然了,她肯定不会承认她就是很喜欢看他裸着肩膀和后背,犹抱琵琶半遮面的样子。

他却不怎么搭理她,脑袋埋在水疗床放头的位置,脸朝下,她也看不清他脸上的表情。

"你男朋友皮肤很好。"正推精油的技师反倒跟她聊上了,"除了这手,是不是在家里经常做事?粗糙一些。其他的你看这背和腿,都保养得很好。身体也不错,这经络一摸就是经常运动的人,像十七八岁的年轻人。继续坚持,也时不时到我们这里来放松一下,压力不要太大……你看这些地方的肌肉群还是有些紧的。"

你推个背能看出这么多信息?高月不知道该说什么,只想推开技师自己上阵。

"哎,舒不舒服啊?力道怎么样?我让他们加了茶树和薰衣草的精油,这香味你喜欢吗?"她问。

唐劲风将脑袋闷在那个洞里面,含混地"嗯"了一声就当是回答了,似乎隐忍着什么。

他这是不高兴了吗?嫌她麻烦,打搅了他加班?

技师帮他推完了油,放松完两条手臂,就盖上浴巾让他休息一会儿等精油吸收。

高月嗾了嗾嘴,他垂在床边的手却突然朝她伸了过来。

那意思很明白——握住。

高月下意识地把手放到他的手心里,他终于抬头转过来看着她:"我忍得快死了,好痒。"

噗……

高月没忍住,笑场了。

唐劲风反扣住她的手:"很好笑吗?我都跟你说了,我不喜欢别人碰我。"

"因为怕痒吗?"

"不是,这因果关系应该是我不喜欢别人碰我,所以一碰就会觉得特别痒。"

高月用另一只手在他肩上戳了戳:"那这样呢?"

"你碰没关系。"

啊,手感真好啊!

她万分不舍地收回手:"你再坚持一下吧,我让师傅给你按一按背就结束,很快就好。你平时工作也太辛苦了,要注意放松休养。"

"嗯。"

她起身要去叫人,手却被唐劲风拉住不肯放。

她挣了一下,他似乎还有点不满。

"干什么呀,我马上就回来。"

他还是拉着她不放,仰了仰下巴,眼睛里似乎充满了某种暗示。

他是让她亲他吗?

不,这太有挑战性了!

高月环视周围,虽然没有人,可他这会儿还赤条条地躺着呢,这样偷偷摸摸的,太羞耻了。

他手上用力,又把她往下拽了拽,两个人挨得很近,他也主动凑过来一些,高月终于下定了决心要亲上去。

"放松得差不多了吧?我们继续啊,继续!"

按摩师傅突然开门闯进来,呼啦一下就把两人之间一点旖旎的气氛给冲得分毫不剩。

唐劲风只得松开高月的手,她也红着脸退到旁边的沙发上坐好。

按摩又进行了好一会儿,对唐劲风来说,生理上的不适应换成了另外一种忍耐。

好不容易结束了,唐劲风穿回自己的衣服,服务员又端来一盅汤给他,说是养生药膳,让他趁现在按摩打通了经脉喝下去,吸收能达到最佳效果。

这听起来实在太玄乎了,像武侠小说的情节,唐劲风自然是不以为意。

但看高月一脸期待,他又不忍心扫她的兴,况且那碗养生汤应该是鸡汤做底,放了点黄芪、天麻之类的药物,闻起来清苦,喝下去倒不至于有什么。

服务员给高月也端了一碗来,说是适合女孩子的"女汤",她刚才中途睡着了没来得及喝,现在正好补上。

高月尝了一口,大概是炖的鸽子之类的药膳。

两个人就面对面坐着,各自捧着碗,一勺一勺地喝着汤。

A城已经连着下了两天雪,外面的世界银装素裹,寒冷非常。他们在这样暖意融融的室内做了一回水疗,又喝了热腾腾的药膳汤,倒真是每个毛孔都舒展开了。

手牵手走出去时,雪停了,两人站在车子面前一时不知该去哪里。

"你……"

"你……"

两人同时开口，高月大方道："你先说。"

"我是想问，你想去哪里，今天这样的天气……好像不适合开车兜风。"

可是送她回家这样的话，他莫名又不想说出口。

"那……你饿不饿？"

唐劲风摇头，刚才一整盅药膳汤下去，料挺足的，胃被撑满，他一点也不想吃东西了。

"我也不饿。"高月嘟囔了一句，"去哪儿呢？我也不知道。你住的地方离这儿远吗？"

"不远，为了上班方便，我在新区这边租了一套房子，刚把东西收拾好搬进去，你要不要去看看？"

咦，他这算是邀请吗？

意识到这一点，两个人同时别开脸，都不想让对方看到自己脸上的羞赧和期待。

可是两人上了车，手还是握在一起的。

他摸到她手背上那些小小的裂口，都已经有了最好的精油和护肤品的滋润呵护，粗糙的感觉被抹平，不由得感到欣慰。

他租的是酒店式公寓，简洁干净的大楼，车库有电梯直达，可高月还是在下车后跑到外面去买了束花。

因为下雪，鲜花卖得很贵，唐劲风问："买这个做什么？"

"乔迁之喜，哪有空着手上门的道理？别的礼物来不及准备了，花还是可以买一点的，装饰一下房子会比较有生气。"

漂亮姑娘，抱着满满一束花的模样总是特别让人无法抗拒。

唐劲风虚揽了她一把："走吧，只是我住的地方很小，你不要介意。"

"一个人住，要那么大干什么？正正好好就行了。"

她在门口脱了鞋，他拦住她道："不用，直接进来就行。"

"不要，外面踩了好多雪水泥水，等会儿把你的地板弄脏了。"

191

屋里的布置果然是唐劲风的风格,简单现代的装修是现成的,黑白灰的搭配,虽说是刚搬进来,东西却已经收拾得很干净,地上也是一尘不染。

因为有地暖,她踩在地上也并不感觉冷。

高月在沙发上坐下,脱了外套,唐劲风已经倒了一杯温水给她暖手,问:"冷不冷?"

她摇头,环顾四周:"这房子不错呀,设计挺好的,视觉空间上一点也不小。租金贵吗?"

"我要是说贵的话,你打算帮我买下来吗,高总?"

她咯咯笑道:"对啊,金屋藏娇,你愿不愿意?"

唐劲风深深地看了她一眼,又把她看得有点没底了,才站起身:"我再去烧点热水。"

高月有点莫名其妙,干坐着又有点尴尬,就站起来到处走走看看。

公寓是小错层,上面半层才是睡觉的地方,干干净净的一张大床,一半黑一半白的床单,有种太极八卦图的感觉。

她踩在台阶上又退了回来,没好意思上去。

水烧好了,她听到热水倒进保温瓶的声音,感觉没什么事做,看到那束花还在那里,就问他:"有花瓶吗?我帮你把花分一分插起来。"

"就这么放着好了,我看下面有水养,应该不会谢。"

毕竟是男人,即使家里收拾得干净整洁,也没有预备这么多可供插花的花瓶。

高月只好把整捧花放在茶几上,更加有种手足无措的感觉了,看他把热水倒好,公寓也参观过了……是不是就该打声招呼告辞了?

窗外北风呼啸,好像又有风雪降临,她咬了咬牙道:"要不,我先走了?"

"不再坐一会儿?"

"不了,看着又要下雪了,太晚回去路滑不安全。"

"我送你。"

她没开车,这么晚了,他不可能放心让她一个人打车回去。

"不用了,我让乌格开车来接我就好。"

唐劲风心绪翻腾,面上却还是平静无波,坚持道:"我带你来的,当然我送你回去。"

高月也就不坚持了,可是总有些不舍和不甘,慢慢挪到门口,要换鞋了,又转过来。

茶几上那束花开得正热闹,其中不知配了哪一种花,香气很浓,好像牵引着她似的,三魂七魄里总感觉有那么一两个在身体里若即若离。

"怎么了?"唐劲风问她。

他重新披上了大衣,一副要送她出门的样子,偏偏两人又离得那么近,不知是地热还是体温的关系,总之有种热力把她身体里的一些渴望给瞬间催发了出来。

不知是不是刚才那碗补汤给燥的,她这会儿身体里像有把小火苗在烧似的,他每靠近一些就像添了把柴,直烧得她口干舌燥,理智糊成一片。

他低下头来,似乎想要把她看得更清楚:"怎么不说话?"

她要说什么?

他俩现在还有什么话没有说,什么衷情没有诉?

其实男女之间最亲昵的举动当年他们都做完了,又经历了许多纷扰之后,他们为什么还要彼此隐忍着,在这里互相试探?

高月忽然就豁出去了,只觉得去他的矜持,去他的天晚了要回家,抬手一把就搂住他的脖子把他拉下来,嘴唇贴在了他的唇上。

他大概也就呆了那么一秒的时间,很快就疯狂回应,舌头抵开她的唇齿,在她口中翻搅。

他把她摁在门边的墙上,顺势关上了刚打开的门,还反手上了锁,更加肆无忌惮而又凶猛万分地在她唇上厮磨。

高月双手拉扯着他的大衣,觉得这样黑沉又厚重的东西碍眼极了,两下就给他扯下来,露出里面的西装,也还是觉得碍事,又是一顿拉扯。

他自然不甘示弱,两个人仿佛打仗一样在玄关处"搏杀"了一番,又转移阵地,却始终拥抱在一起,像双人的舞蹈,有极好的默契。

鼓点最后落在沙发的位置,她坐在他身上,主动权却仍由他掌握。

193

两个人早就意乱情迷,他好像还有一丝清醒,从激烈的亲吻中退开,捧着她的脸:"让我好好看看你。"

"看谁呀?没名没姓的!"

"高月……月儿。"

现在他念她的名字,真是一唱三叹似的婉转。

她这才满意,撩了一下头发,又有点在意起来:"是不是不好看啊?"

他轻笑一声,拉开她的手:"为什么总觉得短发不好看?"

她张了张嘴,想说大概是不习惯吧,他已经又吻上来,动作比刚才更缠绵,过了很久,他才轻轻喘息着说:"我觉得都好看。"

嘴这么甜,她决定给他点奖励,吻他的下巴、喉结,还有耳朵。

他的声音就在耳边,还有他身体的反应,都那么真实而让人满足。

可他最终还是反客为主,把她抱起来往错层的床上走去。

他知道她刚才就充满好奇地想上来看看,这会儿陷在这黑白分明的床铺里头,他压着她问:"喜欢这里吗?"

高月抓了抓身下的床单:"你睡黑的那边,我睡白的。"

"随你喜欢。"

"专为我准备的是不是?"

他又俯下身去:"嗯,全都是为了你。"

他身上沁出了汗水,可她只闻到那种药草的香气,跟她身上的柑橘薄荷味混在一起,催动着身体里陌生又熟悉的情愫。

有疼痛的记忆被翻动,她忍不住瑟缩,却被他拉住。

"这回不会疼了,我保证。"

她被他诱哄着,之前所有的试探和缠绵都成了这一刻的见证,她还是豁出去的心态,却终于重新大胆地接纳他。

两个人做了很久才结束。

一支事后烟,快活似神仙。

高月拉着被子坐起来,居然看到他的床头柜上有一盒她抽的那种烟,看起来是刚拆没多久的,里面只动过一两支。

"你怎么也抽这个?"

"我不抽烟。尝一下味道而已，总要习惯的。"

她有点美滋滋的，点了一支，一口烟圈刚吐出来，烟就被他拿过去给摁灭了。

"喂，你……"

话没说完，他已经俯身过来把她要说的话和呼吸一起吞进去，又是一阵绵密亲昵的吻。

"别抽了，我们这样……你得学着慢慢把烟戒了。"

"为什么呀？"她不解地问。

"我怕有宝宝，抽烟对宝宝不好。"

你想得可真远啊！

高月闹了个大红脸，却也有些担心起来，小声嘀咕："不会这么容易有宝宝的吧？"

"今后的措施我会好好做，但什么措施都不是百分之百的，出于优生优育的考虑，你是不是也不该冒这样的风险？"

她心里甜蜜羞涩，手却拍开他的手："我心里有数，你少教训我！"

"有数就好。"他轻轻捏了捏她的下巴，"不要再稀里糊涂的了。"

谁稀里糊涂了？这次她可清醒得很，自始至终都把他的神情和表现看在眼里。

他好卖力呀！

嗯，还很有小心讨好的意思。

最重要的是，她还挺受用的。

她还在回味，唐劲风摸着她汗湿的额头问："头发都湿了，要不要洗个澡？"

"啊，不想动。"

她懒懒地翻了个身，手指在他的胸口画圈："喂，你看起来很有经验的样子，到底从哪里学来的技巧？"

"你觉得好？"

"我先问的，你先回答我的问题。坦白从宽啊，别想蒙我！"

他抓住她的手指，放到唇边轻轻一吮道："坦白从宽，牢底坐穿。"

这是唐律师该说的话吗？

她拧了他一把:"说吧说吧,我不嫌弃你。"

唐劲风轻描淡写地说:"男人自然都有理论学习的途径,其他的靠自己领会摸索。"

"真的没有在其他人身上实践过?"

"那你告诉我刚才的感觉。"他撑起身,"舒不舒服,还疼吗?"

看来就算自信优秀如唐劲风,在这方面也不能免俗地需要从另一半那里得到肯定啊!

她含混地"嗯"了一声,敷衍地回答道:"也就勉勉强强吧!"

他把她的身体掰正:"是吗?那你出这么多汗是怎么回事?还有……床单都被你弄湿了。"

她打了他一下:"你还说!"

"其实我一直记得那一晚。"他用手指缠绕着她刚烫卷的头发,"你很怕疼,也很累,后来几乎都没什么意识了,还不能安安稳稳地入睡。我就想今后一定不能再让你受那么大罪,可能要花点功夫,两个人慢慢适应和摸索,需要一点时间……可没想到居然等了七年这么久。"

"是你先放弃我的。"她靠在他的胸口气闷地噘了噘嘴。

他低头看着她:"我什么时候放弃过你?"

连她面临牢狱之灾,自己都有点失去信心的时候,他都不曾想过要放弃。

"那你为什么接我妈妈的电话?"她索性把话说开,"那天大清早的你接电话时我听出来了,是我妈打来的,我就想你最后是不是还是答应了她的条件,满足我的愿望,想办法让我出国,然后她帮你家里……其实我不怪你,就算我不想相信你会这么选,但你真这么选了我也不怪你。血缘亲情是割舍不了的,父母都可以为我们牺牲一切,为人子女的为什么不可以为他们去交换点什么?可我的骄傲又受不了自己被当作筹码,一边理解,一边难受,都不知道该怪谁,这种感觉太糟糕了。"

所以她才出国,一走那么多年,都不敢轻易回来。

唐劲风在她的唇上咬了一口:"你觉得我是那样的人吗?"

"我觉得不是啊,可我没法解释……"想了想,她又摇头道,"算了,都过去了。我在看守所里就想过了,只要还能恢复自由,最重要的就是跟身边的人享受眼下的日子。"

他翻身压住她："谁说都过去了？你都不信我，这事就不能叫过去。"

她无所畏惧，在床上摆了个大字："那你惩罚我吧！"

唐劲风看了她半晌说："真的吗？那我去找条领带来。"

"来呀来呀！"

"嗯，绑起来挠痒。"

啊，她赶紧把伸出去的手腕收回来："那不行，我会死的，我最怕痒了！"

"我也怕痒，你今天不是还找了按摩师来对我上下其手？"

"那不一样啊，放松一下多舒服，身上也香香的。"她凑近他深吸口气。

他忍不住抱着她去亲她的后颈，把弯弯曲曲的头发都拨到一边，露出一片白皙的肌肤，吻着吻着又有些把持不住，她却泥鳅似的溜出他的怀抱："时间不早了啊，我得走了。"

他把她拖了回去："今晚住我这里，白色一半给你睡。"

她犹豫了一下道："我爸妈最近还是如惊弓之鸟，要我在家住一段日子，突然这样不回家，他们肯定又要担心的。过几天吧，等这事彻底过去了，我搬回自己的地方住，就没关系了。"

唐劲风不勉强她，下床去把两人扔掉的衣服都捡回来，自己披上之后又给她穿好，又情不自禁地凑过去吻她。

两人之间已经像有了磁场引力，嘴唇一碰到一起就难舍难分。

"不行……"他喘息着，用最后一点理智拉开两人的距离，"我打电话给你爸妈，说今晚你住在我这里。"

"你疯啦？"高月笑骂道，"你也不怕我爸妈揍你？他们刚对你有了好感，你可别自己给败光了。"

最后她还是起身，拉着他的手摇了摇："我还是先回去吧，你想我就给我打电话。"

"嗯，我送你。"

他开车送她回去，到她家别墅门口的时候小心熄掉了车灯，不让光

197

亮打扰长辈们休息。

"到了。"他倾身过来,帮她解了安全带,手指又插进她的头发里揉了揉,"我看着你进去。"

她说"好",偏过头跟他吻在一起,缠绵悱恻,又不得不关注着车外会不会有人看到,有点偷偷摸摸的感觉。

"快上去吧,外面冷。"

高月朝他挥了挥手,跺了跺脚才踩着石阶跑回自家别墅。

家里只留了小灯,爸妈这个时间应该都睡了。

她蹑手蹑脚地上了楼梯,到二楼转角的地方,穆锦云下来了,披着厚重的狐狸毛披肩:"这么晚啊?"

"嗯。"高月有种早恋被捉现行的感觉,不自觉地尴尬起来,"您怎么还没睡啊?"

"给你留门,你不回来,我睡不着。"

"我现在不是回来了嘛,您睡吧。"

穆女士要是这么好打发那就不是她妈了。

小炖盅里永远炖着她喜欢的甜汤和点心,今天是镇江来的汤包,蒸熟之后肉冻化成的汤汁在包子皮底下隐隐晃动,插个小吸管,先喝汤吃肉再吃皮,是很适合冬夜暖身暖胃的美味。

高月晚上没吃饭,在水疗会所喝的那碗养生汤也早就消耗得差不多了。这会儿她还真是饿了,抗拒不了这样的点心,可又疑神疑鬼总觉得自己身上会不会有什么味道……

她想说要不要先洗个澡,可惜来不及了,老妈又抢占了先机:"你今天跟唐劲风在一起?"

"啊?嗯……"

"他现在工作怎么样了?住在什么地方?"

高月一听她问这些问题就绷紧所有的神经:"妈,你又想说什么呀?"

"你放心,我肯定不会说你不想听的话。月儿,妈妈或许有过一些偏见,但不是瞎子。"穆锦云始终平静地说道,"我看得出来,小唐对你是真心的。其实很多年前我就知道了,他是个很好的孩子,不管是对家里人还是对你,甚至对我这样一个对他提出苛刻要求和条件的人,都是一片赤诚。有些事,当初是我不希望他告诉你的,后来看你的反应,我就知道他始终遵守承诺,宁可自己承担,也不想让你和我的关系恶化。这不仅是善,还是信,是很难得的。"

更难得的是,时隔多年,他仍保有那份初心。

高月听着妈妈一五一十把当年的事情告诉了她。原来从一开始就是妈妈去找唐劲风,在他最困难、最绝望的时候递上了拉他出绝境的绳索,什么样的条件都开过,他却只是淡淡地说不。

他愿意体谅他们为人父母的心意,却不愿意用她的感情来交换。

他甚至不避讳地承认过,他是喜欢她的,喜欢到什么程度呢?

此生不换。

面前的汤包已经渐渐凉了,高月却一口都吃不进去了,眼底潮湿一片,哽声对穆锦云说:"妈,太晚了,您去睡吧。我想一个人……待一会儿。"

高月躺在床上,辗转反侧,却怎么都睡不着。

她看着手机上唐劲风的名字,想了又想,给他发消息:"睡了吗?"

他回得很快:"还没有,有个上诉的材料今天要看完。你还没睡?"

"那能不能给你打电话?"

安静了一会儿没有收到回复,她以为他埋头工作去了,不好打扰他,在手机上滑来滑去也不知道该干吗,就点开了一个游戏。

结果她刚开始玩,唐劲风的视频请求就来了,振得她的手机都差点掉床下面去。

她接起来,视频那头的唐劲风穿了身白色的家居服坐在书桌前,看起来很精神的样子。

"你在加班吗?"

"就一份材料,我说怎么半天集中不了精力呢,看来就是因为你没跟我说话。你一发消息来,我立马就加速看完了。"

他本来以为她听了会笑会撒娇,可没想到她只是勉强地扯了下嘴角,一脸心事重重的样子。

他的声音低沉好听:"刚回家一会儿,就这么想我了吗,嗯?"

"谁、谁想你了?"高月习惯性地嘴硬,说完又哼唧了一声,"嗯,其实我就是挺想你的。"

"那你考虑一下,搬来跟我住。"

"要住也是你搬来跟我住!"

"是你说要金屋藏娇,不能这么快就连屋子都给我没收了。何况我这里离上班的地方近,你不是也打算搬到S&S这栋楼来办公吗?这样正好,我们还可以一起上下班。"

有些过去的憧憬会慢慢变成现实吧——每天早晨一起醒来,互相亲吻磨叽一会儿,一起刷牙,一起吃早饭,然后手牵着手开车去上班……

要不是中间蹉跎这么多年,这样的憧憬早就实现了吧,说不定他们家里已经添了新成员,早晨要先送小朋友去幼儿园了。

想到这种遗憾高月就忍不住沮丧,唐劲风看她像是要哭的样子,问道:"到底怎么了?是你回家后,你爸妈说什么了吗?"

高月吸了吸鼻子道:"不是你想的那样。我都知道了……上大学那会儿,我妈去找过你的事,她都跟我说了。"

唐劲风沉默了一下道:"她都告诉你了?"

"是啊,你说过喜欢我的那些话、不愿意用感情做交换的骨气……我都知道了。所以你现在可以说了吗?"

"你想听什么?"

是啊,她想听什么呢?当年的真相,他小心守护的承诺和秘密终于开启,像树下挖出的陈年佳酿,扒开泥封,醇香如故,而当年埋藏这好酒的那棵树,已亭亭如盖矣。

"我不管,我都没听过你说喜欢我,说什么不肯交换,你现在再说一遍给我听。"

他在那边站起来,似乎是去找什么东西了:"一定要说吗?"

"当然。"

就当是她女孩子的虚荣心和骄傲在作祟吧!

唐劲风很快回来,两头光线都很暗,她看不清他手里拿的东西,就问:"你拿的是什么呀?"

"当年我送给你的那本《傲慢与偏见》,还在吗?"

"还在啊!"她答得很快,又傲娇地解释,"我不是特别珍藏,一般人家送给我的礼物,我都会小心珍惜地保管的。"

"书现在在你手边吗?"

"稍等一下啊!"

她放下手机,跑到书架前,抬手从架子上取下那本早已被她通读过一遍的原版《傲慢与偏见》。

隔了好几年,书页边上翻过的地方都已经变得颜色不均,可书本还是保存得好好的,封面、封底都整齐干净。

她拿着书回到床边,对着镜头扬了扬手:"书在这儿呢,怎么了?"

"你打开看过吗?"

"当然啊,你当我是不学无术连书都不会翻开的'傻白甜'吗?"

"傻白甜"啊,是有一点,至少在他眼里她是这样,再甜一点也没关系。

"里面写了什么你都没发现,是吗?"

"写了什么呀,情书吗?"

不可能,虽然她不是逐字逐句地看完的,但整本书她都翻遍了,假如他留过只言片语,她不可能会错过。

他给她的时候,那根本就是本新书啊!

唐劲风也不意外,一脸"我就知道"的神情,示意她再去拿一支笔:"我说哪里,你就翻到哪里,把看到的记下来,明白了吗?"

他开始念字正腔圆的英文:"第7页,第10行;第20页,第8行;第35页,第4行……"

按图索骥,高月这才发现,原来他念到的每个位置都用铅笔画出了一个字母,她把这些字母按照他念的顺序记录在他之前送花给她时附带的那张卡片的空白处。

写完前半句的时候,卡片上呈现出了一模一样的句子,只不过上面是他遒劲的字体,而下面是她纤细的笔迹。

她知道他要说的是什么了。

可他还在念:"第70页,第3行;第78页,第5行……"

"不用念了……"

她哽在喉咙里的嘀咕他仿佛没有听到,仍在继续:"第90页,第11行……"

他就是要念完最后一个字母、最后一个标点,让她清清楚楚地看见,并且记住——

All I ever wanted, is you.

从今往后,只要听到这句话,她就会知道它是由他说给她听的,再也不会想不起,也永远无法忘记。

原来,他想说的话早在七年前就说给她听了。

"你手里拿的是什么卡片?"她逼他把那张写有"表白密码"的卡片拿到镜头前给她看,"为什么送书给我的时候你不连着这个一起给我?"

唐劲风举起卡片给她看,那卡片上还有个大大的红色桃心,一看就能明白心意的那种。

要是当时的她看到这张卡片,肯定感动到哭得稀里哗啦了,就算家里用铁钉耙来打,也不能把她跟他打散。

他为什么不给她?为什么不连着书一起给她?

唐劲风说:"现在给你不也一样吗?其实就是我刚才念给你听的那句话,没别的了。"

这还叫没别的?假如这一切最终都被时光掩埋,她和他错过的就是一辈子了!

她注意到那张卡片上有落款,最下面有日期。

她记得这个日子,就是他请她吃饭的那天,也就是他送她这本书的那天。

因为印象太深刻,这么多年她即使不用刻意去想也对此记忆犹新。

那天她的两位表哥也出现在火锅店里,调虎离山,穆皖南趁她不在的那一会儿工夫跟唐劲风单独聊了几句。

那会儿他还没把书给她吧?既然卡片都写好了,要玩这样的小浪漫,他必定是打算把卡片夹在书里一起给她的,最后为什么没给……答案不是呼之欲出了吗?

肯定是穆皖南跟他说了些什么。

啊,下次见面,她一定要把穆皖南给狠揍一顿!

唐劲风看她气得够呛,大致也猜到她明白过来了,安慰她说:"已经过去的事,就不要怨天尤人了。缘分差一步或者差一天,那就是还没有到,强求也是徒劳。你累了,不要想太多,早点睡吧,乖。"

他只差再伸手过来摸摸她的头了。

过去的意难平,高月以为会有一番天翻地覆,竟然就被他这样轻描淡写地给翻过去了。

没有恨,也没有怨,甚至高月在饱饱地睡了几个好觉之后也不再纠结那些遗憾了,跟父母坐在一起吃饭,陪他们种花看电视,好像还是跟平常一样,没有想象中的对立局面出现。

大概这也是唐劲风想要的结果吧。

他从一开始就不希望因为他们两个人的感情而挑拨得他们家不成家。

妈妈说得对,他这是信,也是善。

只有这个邀请他到家里来吃饭的任务,她还迟迟没有完成。

高月被老妈念得头疼,想回自己的公寓去住,穆锦云趁机提出交换条件:"那先叫人上门来吃饭,我们认可了,地位转正了,才能让你搬出去。"

"妈……"高月面红耳赤,"我又不是要搬去跟他住,我是搬到自己的房子去住,这跟你们认不认可他有什么关系呀?"

穆锦云瞥了她一眼,那意思很明白——老娘吃的盐比你吃的饭还多,你们小年轻有点什么心思还瞒得过我吗?

反正人先带来盖个戳,穆锦云才能放心地把从小养大的娇花交给他。

高月酝酿了一下要怎么跟唐劲风说,他最近工作挺忙的,S&S虽然给了他相当于合伙人待遇这样好的工作,但相应也给了他特别大的业绩压力。

舒诚一看就不是吃素的人啊!

高月也特别理解唐劲风，他这样努力自然也是为了他们将来能更好地生活。力求上进当然是好的，他这么努力，她也要加油，要配得上他的努力才行。

第十一章
幸福之门

　　酒庄的事情已经有相当长一段时间是林舒眉在独立支撑，也很辛苦。高月要回来帮她分担一部分事务性的工作，发现没车实在挺不方便的。

　　她打算重新好好挑辆自己的车，想找个人参谋参谋，就叫上了戴鹰。这家伙试驾过的各种车可以让他好好吹个三天三夜，还是有点发言权的。

　　好在戴鹰的训练任务排得不是很满，早上训完之后，教练组跟赞助商等各方人物有时会吃个饭，或者自己内部聚餐，下午有很多可供支配的时间。

　　他吃完饭就溜了出来，仍旧是一身运动服，外面裹了长而宽大的羽绒服，开着他自己的车，从车窗倾身探头招呼她："上车吧。"

　　高月却叫他下来："我还没想好买什么车，先试试你这辆卡宴的手感。"

　　戴鹰也很干脆，从车上下来，换到副驾驶座上。

　　高月觉得他今天太乖了，以前他可不轻易让别人碰他的车，还把车称为自己的"爱妾"。

这下可好,他的"爱妾"都在她手里了,他也不吭声。除了一开始问了她几句在看守所的"感想",一路上他都没什么话,也不摆出老司机的架势指挥她。

她扭头看了看他道:"哎,我到底买什么车比较好,你倒是给点建议啊!"

"你觉得这卡宴怎么样?要是觉得可以,买这个也行。"

"我可不要跟你开情侣车!"

她跟他的绯闻从穿开裆裤就开始了,好不容易撇清,她可不想重蹈覆辙,又引来些什么误会。

"那你看看沃尔沃,舒适性、安全性都比较好。要不你以前买过的宝马也行,你不会还想着法拉利吧?"

现在她这个情况,还是低调一点比较好。

"我对跑车其实没什么兴趣,就看哪个顺眼。我开过的车也不少了,心里还是有点数的。"她抱着无所谓的态度,问他,"你最近忙啥呢?我听唐劲风说了,这次多亏有你才能给江浩下套然后换我出来。这回是我欠你人情,想吃什么,想要什么,你尽管提,别客气。"

戴鹰似乎叹了口气道:"真的想要什么都行吗?"

"嗯,你说吧。"

"我想要一个回到七年前的机会。"

红灯亮起,高月把车稳稳地停在白线后面,转头看着他:"因为想想的事吗?"

"她的事,我都是从你们这里听说的。她什么都不肯跟我说,甚至连见面好好聊一聊的机会都没有。"

"那你回到七年前能改变什么?要是可以的话,谁不想拿着自己的剧本回到从前重来一回啊?"

她想起过去跟唐劲风错过的那些年,不也遗憾吗?

可重来一回,他们也未必会有更好的选择。

"江浩的事还没最终定案呢,你让想想消停会儿吧,她想聊的时候自然会聊。我知道,你看她经历的这些心里不好受,但你要知道她从没怪过你，我们也没人觉得你做错了什么。她嫁给江浩的时候是心甘情愿的，也有过开心的日子，虽然好景不长，可做错事的人一直就是姓江的，你们都别背着十字架过日子了，多累啊！"

戴鹰点头，知道她说得对，而且他从小就听她的话，每次有了冲动的决定，她好好地说他一回，比他爸打他一顿管用。

提起江浩那案子，他问道："欧伟祺的葬礼，你要去参加吗？"

还有这茬？

不过想想也是，真凶已经缉拿归案，开庭审判还有一段日子，但定案所需的证据已经齐了，欧伟祺作为被害人也可以瞑目了。

可闹了这么一出，欧家跟他们姓高的肯定是生出了嫌隙，就算举行葬礼也不可能通知他们去参加。

但高月还是决定去看看。

她刚刚才劝戴鹰不要背负着十字架生活，转眼自己却没法战胜心头那种明明不关她的事但又无可奈何的愧疚感。

所以呀，很多事真做起来可比说要难得多。

跟汽车销售磨了大半天，看来看去，她挑了一辆保时捷Panamera，喜欢的颜色和配置没有现货，还得预订，提车的日子刚好就在欧伟祺葬礼的前一天。

戴鹰和家人收到了欧家的邀请，是要参加葬礼的，她正好跟他一起去，点个卯，心意到了就走。

唐劲风知道她去买车了，打电话说来接她，于是她叫戴鹰先走不用管她。

戴鹰还不乐意："你这是过河拆桥啊，这么快就翻脸无情。"

"我哪里无情了？"她故作轻佻地用食指在他的下巴上一挑，"我就是太多情，怕你这样的美男子被我耽误了良辰美景，才让你不要浪费时间啊！"

"哼，难道你不是怕被那谁谁看到了吃飞醋？"

"你俩互相吃的飞醋还少吗？要不是吃醋，你们能一起上场打球吗？你是不是还嫌我挺碍事的？那要不我走，你留下等他，让他接上你回去算了？"

戴鹰不屑地"喊"了一声，陪着她在一个甜品店里一直等到唐劲风出现，才起身说："我走了啊，不用谢。"

唐劲风跟他打招呼，他只摇了摇头："好好看住你的女人。"

欧伟祺帮她挡了一劫，唐劲风救她免于牢狱之灾，虽然挺辛苦，可不知为什么，戴鹰竟然还挺羡慕他们的。

他太散漫不羁，喜欢一个人的时候也总是慢一步，想为对方做点什么都做不了，更别提分开多年以后再做什么了。

高月让唐劲风坐下，然后高声叫服务员加一份黑芝麻糊小圆子。

"这么晚了，我不吃了，你吃吧。"

"我这不是刚吃好一碗吗？"她指了指空掉的碗，"你整天工作到这么晚，吃点东西补充一下能量是必需的，不要怕胖！黑芝麻是粗粮，而且对头发好啊，你还不到三十岁，千万不要像那些街头广告里的律师一样年纪轻轻就谢顶啦！不然将来拍结婚照都挂不出去！"

唐劲风看着她道："我跟谁拍结婚照？"

热气腾腾的黑芝麻糊正好端上来，高月拿了把干净的勺子放进去然后把碗推到他面前："反正我的新郎官要是谢顶，我肯定不跟他拍结婚照。"

"噢，那我是要注意一点。"他舀了舀面前黑乎乎的甜食，"虽然我现在毛发还挺茂盛的。"

"哪儿茂盛啊？别盲目自信了。"高月瞥了一眼他挽起一截袖口的手腕，微卷的汗毛带着一点男性特有的性感，"茂盛也得长在头上不是吗？"

"哪儿都挺茂盛的，你不是都检验过了吗？要不要今天再检验一次？"

我的天哪，他这是在邀请她的意思？

可她答应爸妈在邀请他正式跟她回家吃饭之前还是住家里，那还是只能去他那套小公寓，然后又要走……

唐劲风感觉好久都没在她脸上看到这么生动的表情了。还是在大学的时候，她心里总是有各种乱七八糟的念头在一起碰撞，脸上才常常表现出这种天人交战的神情。

最初他真是一边好奇一边觉得她不可理喻，怎么会有这么奇特的女孩子？数不清的特质全都集中在她一个人身上，她脑海里永远有跟其他女生不一样的回路。

可是后来他又渐渐被她吸引，直到很多年没再看到她，甚至重逢后也再难从她脸上看到这种可爱又带了点憨态的神情，他心里竟然一直空落落的。

现在他懂了，原来这样的心思、这样的神情，都是因为他。

他在她眼里看到自己，才觉得踏实，才知道自己真正追求的是什么。

她教给他幸福的能力，又带来了幸福本身。

"怎么不吃了？不好吃吗？"

她看他尝了两口就停下来盯着她看，以为是东西不好吃。

"尝一口不就知道了？"

他大方地把碗推到中间，她拿了把勺子舀了一勺，刚要喂进嘴里，他却把勺子接过去："张嘴。"

她乖乖听话，任他喂了一小勺黑芝麻糊，又甜又香，味道其实蛮好的。

嘴唇上沾到一点黑乎乎的东西，他示意她擦掉，她咻咻笑道："我刚才还想提醒你，你这里也有。"

啊，这个甜品真不适合刚开始恋情的小情侣吃啊！糊得到处都黑黑的，有碍观瞻。

不过他们不一样，他们是大学就抢过同一杯珍珠奶茶的革命情谊啊，怕什么尴尬！

这种时候，向来行动没什么默契的两个人居然同时向对方倾身，在中间狭路相逢，唇就碰到了一起，尝到了甜甜的滋味。

高月原本以为唐劲风这么高冷的人在外面公然这样亲昵肯定会不好意思，没想到先害羞的人居然是她，感觉到他有种缠绕着不想放过她的意思就赶紧退开了，清了清嗓子说："快吃呀，吃完了你还要送我回去呢！"

唐劲风说："今天一整天跟戴鹰在一起，刚见到我，就这么迫不及待地要回去了？"

"啊，我还以为你不会吃醋呢！"

"谁说我是吃醋了？我犯得着吃他的醋？"他慢条斯理地吃完碗里剩下的甜品，"其实你要用车也不用这么着急，周末我不加班的时候可以陪你去挑。这几天你要觉得不方便，可以暂时开我的车，反正我现在住得离公司近，可以不用车。"

"不要，我再也不开别人的车了，其他人也不要开我的车。"高月连连摇手，"我真的有心理阴影了。"

就算是最亲密的人也不行。人各有命，各有劫数，她宁可自己上，也不要人来帮她挡了。

想到这个，她就顺嘴跟唐劲风提了一句："欧伟祺的葬礼就在后天，你能跟我一块儿去吗？"

唐劲风愣了一下问道："他的葬礼？"

"嗯，我也是刚刚听戴鹰说才知道的。"

"他们家给你们家发邀请了吗？"

高月摇头。

唐劲风略微斟酌了一下，说："我建议你不要去。我知道你心里有愧疚感——假如他不上车，那天死的人很可能就是你。但他家里人之前闹得很凶，可能直到现在还没冷静下来，葬礼算是一种正式告别，只会把亲人的情绪无限放大，我怕你去了会受委屈。"

"可是……"

"这件事不用说了，我不会同意你去的，也不会作为律师陪你一同出席。"

"我没想让你作为律师出席啊……"

她的声音低了下去，其实她是想让他作为男朋友陪她一起去的呀！

"什么都不行，总之你也不要去。"他停了停，像是想到了什么，突然对她说，"你最近有没有时间？我有一位朋友刚好要到A城来进修一段时间，我们可以跟她见面聊一聊。"

高月有些反应不过来："聊什么？"

"聊欧伟祺的这个案子。我这位朋友对创伤后应激障碍很有研究，她有很多患者比你遇到的情况还要严重或者隐蔽,但都得到了很好的改善,我们可以试一试。"

这回她听明白了:"你这位朋友是心理医生?"

"嗯,对,纽约大学心理学博士,打算自己经营心理咨询诊所,虽然年纪不大,但也是非常有经验的医生了。"

"那你应该先跟她聊一聊啊,看看你是不是有不气死我就不甘心综合征。"

"月儿。"他脸色严肃道,"我是认真在跟你说的。"

创伤后应激障碍是极为常见也很容易被忽视的一种心理问题,出了这么大的事情之后,亲历身边人的死亡和幸存下来的侥幸,令自己内心怀有愧疚、自责、抑郁和暴躁等情绪也是完全有可能的,只是她自己未必能察觉。

高月腾地一下站起来,按捺住想要掀桌的冲动,对唐劲风道:"我现在只是要去参加一个故人的葬礼,你不想去就不去吧,还扯什么让我去看心理医生?我这想法有这么变态、这么不合情理吗?如果今天这事发生在你身上,是喜欢你的人……比如沈佳瑜,在你车上被人杀了,你连她的葬礼都不参加吗?"

唐劲风看着她,知道这时候说什么她都听不进去,安抚她说:"你冷静一点,我明白你的心情……"

"不,你不明白。"高月深吸了口气,"你就当我变态好了,也不用委屈自己陪我去葬礼,我会让乌格陪我去,有他保护,我不会出什么事。就算有事……你也用不着愧疚。"

毕竟他是这么理性的人呀,就算她出什么状况,他也一定可以说服自己不要有内疚之类的负面情绪。

说什么感同身受,事情没发生在自己身上,哪有真正的感同身受呢?

高月怒气冲冲地拎起包就离开了,唐劲风也没有追上去。

她跑到外面,被冷风一吹,眼睛有点发热,想哭的冲动又来了。

他总是这样,不管她走得多急、多远,他好像永远也不会来追她。

葬礼她还是要去的。

她特意挑了一身低调的黑裙和大衣，刚剪短的头发也盘了起来，显得低调而庄重。

她甚至没有开自己的车，搭戴鹰的车去的葬礼现场，然后让乌格和肖雨在附近跟她会合。

花只有一枝白菊，吊唁的花篮、横幅她都没敢送，甚至为了不连累戴鹰和家人，到了门口她就让戴鹰跟她分开走。

"你真的没问题吗？"戴鹰问。

"没事，放心吧，等会儿我躲在人群后头，他们应该不会注意到我。"

好吧，戴鹰点了点头，她都来了，肯定是打定了主意的，九头牛也拉不回去，让她侥幸一回吧。

其实不只是唐劲风，戴鹰也怕她会出什么岔子，毕竟她在今天这种场合怎么说也算不上一个受欢迎的人物。

假如欧家人大人大量，那可能还会觉得她能来葬礼是种礼数。

可很明显他们不是啊！

尤其欧伟祺的妈妈李荷蔚，之前就因为高月坚持退婚的事对她颇有微词，明面上没敢多说什么，背后却没少编派高月，圈子里的话传得可难听了。

现在儿子死了，心头的疙瘩怕是要长成毒瘤，谁知道李荷蔚会不会做出什么偏激的事情。

姑且祈祷李荷蔚今天悲伤过度，没力气出什么幺蛾子，高月致礼结束就速度离开吧，应该也还好，不会有什么天翻地覆的事。

高月直到进了门才摘下脸上的墨镜，把在门口取的白菊放在棺椁前，然后三鞠躬。看到戴鹰在另一侧的楼梯上冲她比画手势，她赶紧跟在前面一位装束跟她差不多的中年阿姨身后，装作跟人家一起来的，上了楼梯，躲到了人群后面。

欧伟祺很小就被送到国外做留学生，所以这回的葬礼也很西式，安魂曲响起的时候，来宾都已经差不多到齐且致礼完毕。高月站在楼梯角落处，有那么多人遮挡，其实不太显眼。

不过因为欧家夫妇都在楼梯正下方背对人群站着，她也没法直接走下去,只能等曲子奏完,大家陆续散去的时候跟着人潮混出去。

乌格和肖雨在门边的角落里等着她。

外面似乎下雨了,后来的宾客手里都拿着伞,人潮要散的时候雨下得更大了。

肖雨大概怕高月跟着人潮走出去会淋到雨,急于上来给她送伞,正好被李荷蔚注意到。

目光再随着肖雨的行动轨迹一转,李荷蔚立刻就在人群中发现了高月的身影。

"你怎么还敢到这里来?!"

中年女人突然爆发出一阵沙哑的嘶吼,完全不顾仪态,拨开身边的人就朝高月冲过来,指着她骂道:"你这个扫把星!我们伟祺说要跟你结婚,你不肯,到头来害死我们伟祺了,你还敢跑到这儿来?"

高月退后半步,避免被她的手指戳到脸,尽可能保持冷静地说道:"害死欧伟祺的人不是我,是江浩。"

"谁知道是不是你?!你家里那样的背景,又找了最好的律师把你捞出来,里面那个一句话不肯交代,还不知是不是你们找来的替罪羊呢!"

"东西可以乱吃,话不可以乱说。我没做过,警方已经证实了!"

"那人不也是死在你的车里吗?我可怜的儿子啊……"李荷蔚悲从中来,"他是替你死的啊!你把他还给我……"

她还在哭号中拉扯高月,被身边的人拉开了。

高月气得发抖,肖雨和乌格已经一边一个护住她。这地方不宜久留,他们得赶紧离开。

李荷蔚这一闹让仪式中断了一下,外面的队伍停在了雨中,将散未散的人潮也堵在大门口。

高月他们一时挤不出去,只能跟在人群后面慢慢往外挪。

院子里有之前冷餐会的桌台还没有收拾,李荷蔚不知从哪里拎来一壶热水,冲到高月面前就朝她泼了过去。

"小心!"

乌格下意识地侧身将高月护住,热水泼溅了一些在他的手背上,但

213

大部分没有泼到他身上。

原来肖雨跟他一样反应迅速，但他只想着护住高月，而肖雨挡在他们身前，刚烧开的热水泼了她一身。

随着一声惊呼，在场的宾客全都看向他们，作为主人家的欧家人不淡定了，欧伟祺的父亲快步走过来道："人呢？来几个人把她给我拉到屋子里面去，别在这儿添乱！"

李荷蔚有一瞬间也被吓到，但很快又回过神来大哭大喊道："你还我儿子！"

声音渐渐消失在雨幕中，身边的人总算把她拉走了，高月和周围的人已经扶住肖雨，要送她去医院。

"你没事吧？手别动！"高月关切地朝她喊了一句。

好在是冬天，大家都穿了比较厚的衣服，热水没有大面积地浇在皮肤上，但还是在她的手上和小腿上烫起了泡。

"高总，我没事……嘶！"

乌格拿了干净的冷水来，淋在她受伤的地方，防止更深层的伤害，激得她倒吸一口气。

"还好吗？能不能走？"乌格看着肖雨，很快背过身去，"上来，我背你上车。"

肖雨红了脸，但现在不是害羞的时候，高月已经帮忙将她托到乌格背上："乌格，你先送她去医院处理一下，拜托了。"

"那你呢？"

"我没事。"高月看了一眼已经走到面前的欧父，"我很快就到医院去跟你们会合。"

戴鹰这时候也终于摆脱家里人，在人群中找到了高月。

"你没事吧？刚才就听见动静了，他们没拿你怎么样吧？"

人是他带到现场来的，要真出点什么事，他也是万死难辞其咎。

高月摇了摇头。

欧伟祺的父亲冷着一张脸说："抱歉，我们不知道你今天会来，他妈妈情绪有点失控，我代她向你道歉。"

"没事，我理解她的心情。"

214

话是这么说，可她也很清楚这世上没有真正的感同身受，经历丧子之痛的人不是她，她就永远无法真正体会对方的心情。

她只是能够谅解李荷蔚往她身上泼热水的举动——不认可，但是能谅解。

欧父点了点头，沉重地说："你的心意伟祺收到了，请你还是先回去吧。穆总那边，我们之前也有些误解和得罪，看在我们伟祺已经不在了的分上，希望他们不要计较。"

听到这番话，高月才真正意识到，她今天来这一趟，虽然良心上得到了安慰，但同时承受了来自他人的迁怒和委曲求全。

无论哪一种，其实都令人很不好受。

戴鹰跟她一起离开的，皱着眉回头看了一眼道："也不知道这家人怎么回事，幸亏没闹出什么大事来。你还好吧？"

高月有些出神，听到他的声音才说："我没事。我们去医院吧，肖雨他们应该还在急诊。"

戴鹰半路悄悄跟唐劲风联络，告诉他今天在葬礼上发生的事，让他到医院跟他们会合。

以他的直觉来说，高月此时此刻应该挺需要安慰的。

唐劲风今天在下面一个县级市的看守所会见委托人，下午才赶回来，直奔医院，赶到的时候，戴鹰和高月他们也才到不久。

肖雨已经被处理好了那些烫伤，披着乌格的衣服坐在诊室的床上，听医生交代她这些天怎么护理。

先前被热水淋透的外套，被脱下来有些潦草地扔在一边。

高月急匆匆地上前问道："怎么样？还好吗？医生怎么说啊？"

肖雨咧嘴笑道："都说了没什么大事啊，我小时候也被热水烫到过，心里有数的。就腿上的丝袜黏住的部分有点麻烦，费了些工夫，其他没什么，医生说我可以回去了。"

高月终于松了口气："乌格呢，怎么没见他的人？"

"医生给我开了烫伤膏，他帮我去拿药了。"肖雨又拉着她的手左看右看，"热水没泼到你吧？"

高月摇了摇头，却莫名觉得有点累，坐下来就不想多说话了。

215

"哎，唐律师来了。"肖雨朝她身后挥了挥手，"你是来接高总的吗？她没事，你不用担心。"

唐劲风似乎是跑楼梯上来的，喘得厉害，外套也搭在臂弯上，身上只穿着西装，看到她们，刚到嘴边的话又咽了回去。

高月看到他也不惊奇，戴鹰把她送到医院门口就不见人了，八成是给唐劲风打电话通风报信去了。

唐劲风瞥见肖雨小腿上留下的触目惊心的烫伤痕迹后，欲言又止地看了高月一眼。

"你先休息一会儿。"高月对肖雨道，"等会儿叫乌格送你回去，这两天你就在家休息，不用去公司，也不用跟着我了。"

"没关系的高总，现在是非常时期，单是乌格跟着你，我觉得挺过意不去的。"

她一提起乌格，脸上就有浅淡的红晕，高月佯装看不出来道："放心吧，我这几天不会去哪儿，我们大家都休息两天。"

然后她起身对唐劲风道："我们到外边去说。"

他们一前一后走到急诊科门外，正好遇上拿药回来的乌格。

冤家路窄，乌格将手里的药袋都握紧了，上前挡在高月身前，话却是对唐劲风说的："出事的时候你不在，这时候来找她干什么？"

"这是我们俩之间的事，跟你无关。"

"她有可能受伤，就跟我有关。"

唐劲风抿紧了唇不再说话，两个高大的男人就这么对峙着，谁都不肯后退一步。

高月拍了拍乌格的肩："哎——"

"你提过让他陪你一起去参加葬礼吧？"

"没错，但是……"

"那就对了。"乌格又看向唐劲风，"所以为什么她需要你的时候，你总是不在她身边？"

唐劲风无言以对。他确实来晚了，假如高月真的受了伤，他不知会有多么后悔。

他看向高月，还好，她似乎还比较平静。

高月拉了乌格一把，低声跟他说了两句什么，乌格才又杀气腾腾地看他几眼，转身往急诊科里走去。

于是只剩下她跟唐劲风两个人。

还好这时候就诊的人不算很多，外面的大厅还算安静空旷，两人又是同时开口："你……"

这回高月没让步："我先说吧。你那位心理学博士朋友什么时候有空？我愿意跟她见面聊一聊。"

唐劲风怔了怔，完全没想到她这时候居然会提到这个，反而又有点担心起来："怎么好好的突然说这个？"

他怕戴鹰有什么该说的没跟他说清楚，是不是还有他所不知道的细节，才让她本来这么抵触跟心理医生见面的人，突然主动提出约见？

"你别这么紧张，没什么事。"她低声道，"我就是觉得控制不住情绪是挺可怕的事。你都知道了吧？欧伟祺的妈妈用热水泼我，多亏肖雨和乌格他们为我挡了。虽然没什么大事，可我会忍不住想，假如她今天泼的是别的东西呢？万一是红油漆、硫酸呢？谁帮我挡了我岂不是又要内疚一回？而且是我给了她这样的机会，谁让我坚持要到现场去呢。"

这样的可能性也让唐劲风神色一凛："如果你觉得这么危险……"

"我只是说说。"她反而笑着安抚他道，"欧伟祺他妈妈只是要找个情绪的出口罢了，她不是真的要伤害我。"

等江浩开庭了，欧伟祺妈妈的所有悲痛和愤怒就会朝他去了。

"对不起。"唐劲风握住她的手，"我今天不该让你自己去葬礼。"

"你早就料到会有这种情况发生了，是吗？"

"嗯。"他无从否认，接触刑案多年，他对被害人家属和凶手方面各种可能会有的反应都太了解了。

其实她的要求也并不是完全不合理的，她有心结，他应该考虑的是怎么最大限度地帮她解开，而不是简单粗暴地下令禁止。

她是他爱的人，不是单纯的当事人。

偏偏他最近太忙，不能及时跟在她身边避免这种状况的发生。

"我不该不听你的话，今天又害肖雨受伤，我很害怕……"

她的声音带了哭腔，她在他面前终于露出自己的软弱来。

唐劲风展开双臂将她抱进怀里，吻着她的头发："笨蛋，别怕，没事的……"

"我要看心理医生。"

"好，我来安排。"

"你陪着我。"

"好，我陪着你。"

"你会不会觉得我是怪人？"她在他怀里吸了吸鼻子，"会不会从此以后就不喜欢我了？"

"嗯，不喜欢你了。"他果然感觉到怀里的人身体一僵，笑着抱紧她道，"不喜欢你，但是爱你。"

说话都不一口气说完……好讨厌，可是她又好喜欢啊！

高月擦干眼泪，从他胸口抬起头来看着他："那为什么我们吵架，你从来不追我？"

唐劲风长吁了口气："你那天跑出去之后，打了辆尾号358的出租车离开，到江尾桥那边兜了一圈，然后下车到新开的老佛爷百货买了两盒零食，又打了一辆橙色的出租车回家，晚上九点半到家的，对吗？"

高月错愕道："你……"

"我不是不想去追你，只是我知道你的脾气，觉得还是这样的方式更好一些。"

她听他讲她那天回家的路线就知道他悄悄在后头跟着，心已经软了，却还是哼了一声道："我什么脾气？"

不撞南墙不回头呗。

唐劲风轻咳两声道："总之，我是想给你足够的空间，让你先把事情想清楚，再来找你。"

"我不管！你要答应我，以后不管是谁对谁错，我要是跑了，你得先来找我……快说好！"

"好，我一定追出去找你。"他还是抱着她，低头像看着一个抱在怀里的小动物，"那你答应我，就算跑了也不要自作主张做决定，有什么事，等我追上你跟你一起解决。"

"哼,你来得太慢了,我干吗要等你?"

"所以就让其他男人保护你?"

"喂,你吃醋有完没完了?"

要是那人是乌格,还真就没完了,他们整日抬头不见低头见的。

可乌格对高月又确实是全心全意的忠诚,换个人,未必能这样好地保护她。

真是矛盾。

然而才批判完唐劲风吃醋,高月自己就差点失态一回。

他介绍的那位心理医生居然是个大美女!

唐劲风约了三个人一起吃饭,高月刚走进餐厅,远远就看到他们俩谈笑风生,她还以为自己看错了呢!

也是,他压根没说过心理医生是男性啊,是她一厢情愿地以为直男的朋友也是直男。

没想到唐劲风交友广阔,不仅有舒诚那样的大佬朋友,还认识年纪轻轻的心理学女博士。

见她来了,唐劲风很绅士地为她拉开椅子,又为两人介绍:"这位是我跟你提过的心理医生齐妍,这是我女朋友高月。"

啊,本来还憋着一肚子火,高月听到"我女朋友"几个字从他嘴里说出来,火一下子就变成了烟,然后又变成云,轻飘飘的,白白软软的,把她的心都涨满了。

她嗔怒似的瞪了他一眼,转头却仪态万千地跟齐妍握手:"你好你好,齐医生,风哥常跟我提起你,久仰大名!"

风哥?

唐劲风轻笑了一声,连忙喝水掩饰。

高月察觉到他盯着自己,不满地回视:你瞅啥?再瞅揍你!

唐劲风继续喝水。

齐妍不愧是美女博士,笑起来也很好看:"好羡慕你们这种校园恋人修成正果的啊!"

"咦,你知道我?"

"当然啦！"齐妍看了唐劲风一眼，"眼见为实，今天我可算见到他传说中的初恋了。"

两个女生虽然是头一回见面，一顿饭吃下来，却已经从八卦聊到化妆品，又聊到喜欢的车和开春去哪里度假，话题之广，令人叹为观止。

齐妍给高月留了名片："有时间的话，随时来找我聊聊，这是我的地址，在A城进修的这段时间，都会借用我老师的咨询室。"

"嗯，好的，我们先约这个周末吧。"高月很积极，"我们在A市近郊有一个葡萄酒庄园，你不是喜欢红酒吗？欢迎来做客，品鉴一下我们的新品。"

"好啊，有机会一定去。"

齐妍欣然应允，趁高月去取车的时候，单独跟唐劲风说了几句："按照我的专业判断，她虽然具备一些创伤后应激障碍的表现，但并不算很严重。你们应该都很爱她，介入得很及时，同时她的内心也很强大，我有信心能让她平稳度过这段时期，不用太担心。"

"谢谢你。"唐劲风由衷地感谢道，也终于稍稍放下心来。

回去的路上。

"风哥，嗯？"

高月本来正专注于新车的驾驶快感，被唐劲风这突然的一句给惊到了，结巴道："什、什么？"

"刚才吃饭的时候，你不是这么叫我的吗？"

他们虽然大学是同届，但年龄上他是前一年的尾巴，比她大个大半年，这么叫也没什么不对，很亲昵，很特别。

他只是想到她在假想敌面前宣示主权的样子很好笑，还有点得意。

高月咬了咬牙："哼，我这么叫你不行吗？非得连名带姓地叫你，你才舒坦是不是？"

"不是，我挺喜欢的。你怎么叫都可以，反正将来都是要改成另外一个称呼的。"

"老公是吧，我才不会那么肉麻呢！"

两个人这样说说笑笑就到了高月家门口，她抬头看了看客厅里的灯，对他说："上去坐一会儿吧，那个……我爸妈说上回我的事还没好好谢过你，要正式邀请你来家里吃顿饭的。"

"我知道，既然是正式邀请，那我也得正式准备一下才能登门。"他俯身过来亲她，"我要先走了，还得去一趟医院。"

他为了送她回来，自己都没开车，这时候还要出去打车。

高月说："我送你吧，没多远。"

他摇头道："那我还是得送你回来，然后你再送我回去，我们今天就送来送去没完了。"

"伯母的身体怎么样了？我明天去看看她。"

"嗯，有人陪她说说话也挺好的，我太忙了……"他说不出母亲已经到了弥留之际这样的话，更自责最近给不了母亲更多的陪伴，只得匆匆别过脸下车，掩饰自己的情绪。

"唐劲风！"

高月下车叫住他，大步上前，把自己的围巾摘下来绕在他的脖子上，心疼地摸了摸他的脸："你不要逼自己逼得太紧了，都有黑眼圈了。"

他握住她的手道："不努力一些，怎么给你买法拉利？"

"你别听那谁瞎胡扯！"死者为大，她就不说欧伟祺什么了，"我又不是买不起法拉利，要你用命来拼吗？"

她其实是个多么安于现状的人啊！

"我心里有数，你不要太担心。"他把她拉进怀里抱住，"我如果太忙顾不上你，你可以到办公室来找我，我们一起吃饭，或者喝杯咖啡也可以。你自己一个人也要记得按时好好吃东西，有时间就去找齐妍聊聊，我妈妈那里……"

"我知道我知道。"她在他怀里闷闷地说，"我又不是小孩子了，会安排好的。"

他倒提醒她了，办公地点的问题肖雨已经跟S&S所在的那栋大楼的物业谈妥了，这个月就可以搬进去。

这样也挺好，她想他的时候，换一部电梯到他的楼层他们就能见面，不用忍受都市人忙碌到仿佛异地恋的那种相思之苦了。

可是真的等到要签合同的时候,她才发觉,尽管这楼已算是非常经济实惠的选择了,但以酒庄撑起的这个酒品公司目前的财务状况来说,要承租还是有些吃力。

租下之后,他们忙活一整年也就是帮这办公楼打工了。

她跟林舒眉、顾想想都是发酵工程科班出身,能酿好酒,可是业务模式太过单一,经营渠道没有打开,这样的业务量甚至撑不起一个公司的正常运营。

这样下去是不行的。

她跟林舒眉商议之后,决定先到大酒厂去取取经,就像他们当年暑期实习的时候飞赴高原酒厂参观一样。

偏偏最意想不到的情况在这时候发生了——昏迷三年之久的陆潜醒了。

林舒眉,不,甚至可以说是整个陆家的平静日子全被打乱,去大厂取经的任务只能由高月自己完成了。

她也不含糊,带上肖雨和乌格就直接飞了过去。

飞机自然坐的是头等舱,旅客的餐食里包括了香槟和红酒。

高月对这样的配置习以为常,本来并不觉得有什么特别,直到旁边一位口味很挑剔的老绅士对空姐说:"你们这酒的味道是不是有木塞味啊?实在是不好喝。"

品得出酒里的木塞味,必定是品酒的行家了。高月好奇,也要了一杯机上配的红酒,尝过之后,感觉那其实连木塞味都算不上,就是口感太涩、太差,单纯是酒本身的味道不行。

她隐隐嗅到了某种商机。

下机时,一般是头等舱的旅客先走,高月却硬是留到所有人差不多下机了都还没动,乘务长连忙过来询问是不是有什么事。

"噢,没事。我就想问问,你们机上配的酒和香槟是什么牌子的?"

乘务长还在想呢,今天的酒是不是真有那么不好,要不然怎么一个两个客人都在提呢?

"小璇,去把酒瓶拿过来给这位高女士看一下。"她朝身后一个看起来还很青涩的小空姐招了招手。

酒瓶拿来后，高月记下了牌子，果然都是品质相当普通的酒。

听说国内航空急速发展，不断下单各种大型客机，开拓各种国际航线，那么这种口感和档次的酒怕是有点不入流。

她已经有了新的想法，到大厂参观的两天时间里，这个想法不断地在她脑海中膨胀，逐渐成形。

她很有诉说的欲望，想把这个想法讲给懂得这种行业和商业模式的人听一听。

林舒眉要看顾刚刚苏醒的陆潜，肯定没那心情跟她讨论，顾想想完全是酿酒技术流的，渠道和销售的问题帮不上忙。

她只好在晚上跟唐劲风视频的时候聊到这个话题。

"你是说，跟航空公司合作？"

"嗯，是有这个想法。"高月其实也不是那么肯定，"我们酒庄的中低端酒品肯定也比飞机上现有的酒的口感和性价比好多了，质量我是不担心的。可是这块渠道有些特殊，我不知道要从什么地方入手去谈。"

哪怕只是合作的可能性，她也要充分了解之后才能知道可不可行。

她也问了一些朋友和同学，假如有航空公司方面的人脉可以给她牵线搭桥，她作为先遣部队可以先去谈一谈。

"有什么我可以帮你做的吗？"唐劲风问。

"你要是可以陪我一起来就好了。"她在宾馆的床上打了个滚，"这里啊，让我想起以前我们到酒庄实习的时候住的那个小旅馆，有蝎子那个，你还记得吗？"

"当然记得。就是在那儿暴露了我另外的身份。"

他的声音不自觉地放软了些，是可以轻易撩动姑娘心弦的那种男神的声音。

偏偏他长得也那么好，歌唱得好听，游戏打得好，上学的时候是学霸，工作了就努力上进要帮她买法拉利……她上辈子一定做了不少好事，这辈子才遇到他吧？

参观完酒厂，高月本来已经订好傍晚的机票飞回A城，没想到突然接到穆皖南的电话:"听说你最近想找航空公司开辟渠道?"

她没好气道:"这又关你什么事啊?不是连我做生意你也要来横插一杠子吧?当年你差点把我和唐劲风搅散,我还没跟你算账呢,上回才说过了,你敢再管我的事我就跟你没完,这么快就忘了?"

看到手机上是他的来电,她压根不想接,响到第三遍才接的,可别又让她后悔。

她可以感觉到那头的穆皖南情绪也很不好:"你想多了,我只是来告诉你,老四也许帮得上忙,他今天正好在南城,你可以见面跟他谈。至于我……"他又忍了忍,才道,"要不是有人联系我,跟我说起你有这方面的需求,我也不会打电话给你。"

"谁呀,谁打电话……"

她还没问完,他已经挂断了电话。

老穆家的男人真是一个比一个有个性啊,老大了不起吗?居然挂她的电话!

高月气不顺,但懒得跟他计较,刚拨通老四穆峥的电话,他就说:"我现在就在你住的酒店大堂里,其他的,见了面再说。"

这是什么样的效率?她才有了一个初步想法,她周围能调动的人脉资源就已经开始充分调动起来了!

高月踏进酒店大堂,果然看到穆峥跷着腿正坐在大堂吧里喝咖啡,一副很休闲随性的打扮,不像是来这城市公干的。

她也叫了杯咖啡,在他对面坐下,从他面前的桌面上拿了他的烟:"你现在是越来越跩了啊,见了面都不叫人。"

穆峥把打火机扔给她:"难道不是你有事要找我?"

烟在嘴边,高月刚打了火要点燃,想起唐劲风说的优生优育问题……果断地又把烟给拿下来了。

"听说你认识航空公司的人?"

穆峥顿了一下,眉毛也拧了起来:"谁告诉你的?"

"你说有或者没有就行,管他是谁告诉我的呢?"她女性的第六感察觉到了一点点异样,"我可不是要管你的私事啊,这回纯粹是因为酒庄生意上的事,想找个渠道,看看能不能成。"

她把自己的大致想法跟穆峥说了一遍,全听完后,他反倒放松下来:"倒是可以试试,南城这边我认识些人,我牵个线大家聊一聊,看看有没有合作的可能。"

"真的吗?那太好了!"她没想到还真能搭上线,亲热地坐到他旁边的位子上,重重往他肩上拍了一下,"你小子可以啊,手从北京伸到南城来啦!以后真打算长期在这儿发展了吗?"

穆峥倒吸口气,回头道:"你成年以后有没有人提醒过你,你断掌打人很疼?"

比她小时候动手还要疼!

"有啊有啊!"她笑得眼睛都眯了起来,"可我不舍得打他,也就随便揍一揍你们几个。"

穆峥连白眼都懒得翻,起身道:"你可以在南城多留两天,我组个局,让航空系统的几位领导跟你见个面,你先了解一下情况。"

"行,那就多谢了。"

穆峥拨开她缠在他胳膊上的手:"虽然我得叫你声姐,但公众场合,还是注意点比较好,免得叫人误会。"

"你又没对象,谁误会啊?"

哟,她看他的脸色,还不乐意了,所以这是有了对象的意思?

穆嵘好像是说过,他哥悄悄谈恋爱了……

算了算了,儿大不中留,穆峥这么拧巴的个性,就算真有了喜欢的人,不想告诉别人那就怎么问都没用,他不会说的。

虽然是打小一块儿长大的兄弟姐妹,但大家毕竟都是成年人了,彼此尊重,等他想说的时候再说吧。

高月改了行程,要在南城多待几天,跟航空公司的人谈合作意向。

穆峥做事不喜欢拖泥带水,说好组局,很快就约好了人,在南城最负盛名的酒楼吃饭。

乌格开车将高月送到楼下,蹙眉道:"今天这么多人肯定要喝酒,我陪你一起上去。"

她拍了拍他,笑着说:"知道你们内蒙古好汉都有好酒量,但是应酬的事顶不过去的,还是得我自己上。放心,有肖雨和我表弟在,他们占不了我的便宜。"

乌格当然没法放心,可她都这么说了,他也不能硬跟着。还得有个人清醒着,等会儿就算他们喝多了,也好把人给送回酒店去。

高月带了自己酒庄的酒,红、白葡萄酒都有,都是价格适中的性价比之王,可以作为机上配酒的类型,想请来饭局的人都尝一尝。

肖雨把拎在手里的酒交给服务员提前醒酒,然后才陪同高月一起踏进包间。

高月在商务宴请和与人谈判的时候往往有另一副面孔,巧笑倩兮,却又进退有度,全然就是她妈妈穆锦云的翻版。

列席的人当中也有相当有威望的女性,加上穆峥牵引,饭局的氛围还是相当好的,来者都很有耐心地听取了高月的愿景和合作架构,给她讲了讲目前大致的合作模式,并没有使劲儿给她灌酒。

她知道这其中有许多忌惮她家世的因素,因此越是这样,她越是不能恃宠而骄,越要表现出自己的诚意。

带来的酒是她亲自侍酒放到客人面前的,从葡萄品种到酿造工艺,再到市场反馈她都一一做了解释。

敬酒那就更不用提,来者或许今后都是衣食父母,高月敬酒都是一轮一轮的,一个都不能落下。

穆峥帮她挡了一些,肖雨也帮她挡了一些,但带去的几瓶酒到后来全都喝光了,她当然不可能少喝。

她知道自己那点酒量,喝多了容易出洋相,谈得差不多了就赶紧结束,好歹把人全送走了,她自个儿还能站住。

穆峥接了个电话回来,让自己的司机送高月回酒店。

她舌头都大了,挥了挥手道:"不用!你在姐、姐面前摆什么谱啊?我有人开车送、送我回去!"

她的脚步也变得虚浮错乱,乌格连忙上前扶住她。

穆峥也就顺着她说:"是,我在谁跟前摆谱,也不敢在姑奶奶你面前摆。我这不是得亲自送你一程嘛,酒店有惊喜等着你。"

"什……什么惊喜？"

穆峥伸手把人架进自己的车子里："去看了不就知道了？"

他又示意乌格把肖雨扶上车，在他们的车子后头跟着。

不远不近的一段路，高月在后排都晃得快睡着了，脑袋在穆峥的肩膀上使劲儿砸了好几下，车才终于在酒店前面停稳。

她用力睁了睁眼："到了吗？"

"到了，下车吧！"

高月这会儿酒劲儿完全上来了，冲得她一阵阵头晕目眩，一下车就看到酒店的大楼在眼前转个不停，走路都没法走直线。

乌格要扶着也喝了不少的肖雨，自然没办法过来扶高月，她基本是靠穆峥撑着，下车才站稳的。

她闭了闭眼，希望眼前的酒店别再乱晃了，再睁开眼的时候却看见从酒店大堂走出来两个人。

走在前面那个，怎么那么像唐劲风呢？

她歪着头看了半天，又指给穆峥看："喂，你看那个人，好像你未来姐夫啊。你见过他吗？他长得比你们都好看，比你们都高！有……那——么高！"

她像比画哥斯拉似的往大了一比，胳膊肘差点打中穆峥的鼻梁。

他终于松开手，把她往前推了一把："不用怀疑，我今天已经见了，赶紧让他把你领回去。"

高月踉跄了两步，已经有人上前扶住她。她闻到熟悉的味道，手撑在对方的胸口上："咦，真的是你呀？你、你怎么来了？"

唐劲风闻到了她身上浓烈的酒气："怎么喝了这么多酒？是不是不舒服？"

他不问还好，一问她就感觉胃里的东西热辣辣地往上涌，按也按不住，连忙伏到旁边的绿化带去一阵狂呕。

唐劲风心疼不已，却还要轻拍着她的背安抚："吐吧，吐了会舒服一点。"

跟在他身后走出来的穆皖南皱着眉头道："怎么喝成这样了，没谈成？"高月一头埋进了绿化带，开不了口说话。

穆峥替她解答道:"今天只是聊合作意向,看着有戏,但要成还有很多功夫要做。"

高月听到声音,扭过头看了一眼,喘息不定道:"你、你怎么也来了?"

"来看你的笑话,不行吗?"

"穆皖南!"她气得直咬牙,撇了撇嘴看向身旁的唐劲风,"你看他……"

唐劲风给她擦了嘴角,扶她站起来:"别吵了,他逗你的。你看你喝这么多,先上去休息吧!"

高月搂着他的脖子站起来,一搂就不肯放手了,嘤嘤道:"你怎么会来?我不要你来啊,你回去……你的工作好多吧?不用管我,我搞得定……"

说着说着她又想吐了,不过这时候已经什么都吐不出来了。

唐劲风怀里要抱着这个宝贝,还被穆皖南和穆峥这俩表兄弟在边上盯着,不由得有些尴尬,清了清嗓子道:"我先带她上去休息,大家都辛苦了,剩下的事明天再说吧。"

其他人当然没意见,乌格下车看到他的刹那就眼神一黯,扶着肖雨先进去了。

这会儿就剩穆皖南和穆峥还在外头,他们哥儿俩反正不愁话聊,示意唐劲风他们先上去。

高月还揪着穆皖南不放:"说好的跟你没完……没完!你是不是又欺负他了?是不是你抓他来的?"

穆皖南都气笑了:"就算我抓他来的又怎么样?你还想我给你道歉吗?"

"对啊,我要你道、道歉!"

唐劲风叹了口气,给了穆皖南一个眼神示意他别跟她计较,直接半拖半抱地把高月给拖进了酒店大堂。

她真的喝了不少,从大堂缠他缠进电梯,又缠进房间,他一手扶着她,一手要拿房卡开门,她还不老实,让他几乎腾不出手来。

好不容易磕磕绊绊地进了房间,他把她放床上,她就顺势把他也给拉倒了。

今天他要是不来,她这样依赖和拥抱的人是不是就该是乌格了?

唐劲风这么一想,胸口就莫名一阵气闷。

他扒开她的手勉强站起来,去拧了干净的毛巾来给她擦脸、擦手,又脱了她身上的外套,灌了她几口温水,才扶她躺好休息。

刚才还能挣扎着说些昏昏沉沉的话,现在她已经眼睛都睁不开了。

她喝了这么多酒,南城的冬天也有寒潮,却没有暖气,冻得耳朵、鼻头都红通通的,手背还不知在哪儿蹭了一道血印子,这会儿喝醉了大概也感觉不到疼。

他坐在床边看着她,心疼的情绪终归战胜了其他酸甜苦辣,压得他有些离不开她了。

其实她可以不用这么拼的。有那样的家世,她就算什么都不做在家当个大小姐,过着养尊处优的生活,也没有人会说什么。她父母那个圈子里很多跟她一样的同龄人就是这么混日子的。

她还是可以爱他。他现在努力地工作,也养得起她,让她像以前大学时那样无忧无虑,不用为了生意上的事在酒桌上拼成这样。

可她还是选了这条路,做一点自己喜欢的事,哪怕辛苦一些也没有关系。

唐劲风叹了口气,把衣服脱了也躺到床上去,伸出手把她揽进怀里。

她自动寻到一个舒服的位置靠过来,好像已经这样做过千百次,早就习惯了。

宿醉照理睡不踏实,但高月这一觉直接就睡到了第二天一大早,还是因为太口渴了才醒过来的。

"要喝水吗?我扶你⋯⋯慢一点。"

旁边居然有人喂她喝水,等她看清楚唐劲风的脸,惊讶之余,有些记忆片段已经自动在脑海中闪现。

他好像昨晚就来了,她还抱他来着。

她以为是梦呢,原来是真的吗?

唐劲风看她一脸呆相,捏她的鼻子:"喝断片了,想不起为什么我会在这里,还以为是别的男人?"

"胡说什么呀?我没断片,清醒着呢!"她揉了揉还在一抽一抽闷痛的脑袋,"你怎么到这儿来的?专程来接我的?"

她四下看了看,这不是她住的那间房,那就是他专门来开了个房间等着她吧?

"还说没断片。"他下床掀她的被子,"先起来,你昨晚把胃都吐空了,这会儿肯定饿得难受,我们先去吃点东西,其他的再慢慢说。"

妈呀,她还吐了?那她现在该是多么糟的一个人啊,他居然还抱着她睡了一晚,也没嫌弃?

她内心哀号,捂着脸跑进洗手间,捯饬了快一个钟头,还是唐劲风敲门叫她了才开门出来。

她从门缝里露出湿乎乎的头发和一双被水汽浸染过的眼睛,唐劲风伸手捋她的刘海:"头发都没吹干。快,我来帮你,吹完了吃东西,不然会胃痛。"

她已经从头到尾、从里到外洗了个干净,头发和身体都泛着清爽的香气,坐在床上任由他帮她吹头发。

他的手指修长干净,从她的发间穿过,不轻不重地挑着发丝,热风呼呼地穿过去,逆着她头发生长的方向吹,发丝很快就干了。

虽然吹得一头蓬乱,但干燥之后再随便用手拨两下,她这短发的卷度就很自然地呈现出来了。

"你这手艺很好啊!是不是给别的女生吹过?"

呼呼的热风里说话听不真切,唐劲风好像回答了一句什么,可她没听清。等他吹完了,放下吹风机,她不甘心地又问了一遍,他才说:"我帮我妈吹过。"

高月怔了一下,又想到他妈妈的身体状况:"阿姨最近怎么样了?"

唐劲风脸上怆然的表情一闪而过,他特意转过脸没让她看见,只说:"先吃点东西吧,你不饿?"

她怎么可能不饿?喝多了酒,又吐了,她半夜做梦都前胸贴后背地难受。这会儿大概是捯饬了一阵有点饿过劲儿了,反而不着急了。

他们也不出去吃了,索性叫了早餐到房间里来,面对面地坐在沙发

230

上吃。

她面前是一碗内容丰富又熬得黏稠软糯的及第粥，配了水煮蛋和一小截玉米、一个小巧的馒头，正好撑饱她昨天被酒精肆虐过的胃。

唐劲风吃得也不多，而且吃得很快，就是年轻男人那种稀里哗啦一下就吃完的吃法，然后就坐在对面看着她细嚼慢咽，偶尔伸手把她颊边掉落的碎发别到耳后。

"我妈妈这两天胃口好一点了，这样的粥也能吃大半碗，我才放心来出差。"

"那就好啊！"高月听他这么一说还挺高兴，"我那天去看她，也是说胃口不好，吃不进东西，总靠吊水，身体也受不了。"

唐劲风"嗯"了一声。

"不过你说你是来出差？"她仔细回忆了一下，"我怎么记得昨天好像看见我大表哥了，他是不是跟你一起来的，还是我真喝多了记错了？"

"看来你还不算完全断片。"唐劲风笑了笑道，"你没记错，我是跟他一起来的。他这边有新的合作，大概需要做尽职调查。"

"尽职调查？这种活儿你也接吗？"

"现在开荒垦田阶段，什么案子都接，只要有业绩就行，我不挑。"

高月惊奇的不只是业务模式："那你怎么联系到他的业务的啊？"

趁着大清早脑子特别清醒，仔细想了一下那天穆皖南突然打来指点迷津的那一通电话，她忽然想明白了："是你跟他们说我要找航空公司的销售渠道的？"

他"嗯"了一声："其实那天我也跟你提过，你大概没反应过来。"

就算反应过来，她应该也不想找他们。

生意上的事，她首要一条是不想动用她父母的关系。至于家族里的其他人，有渠道、有门路可以通一通其实没什么不好的，世界上那么多家族企业，也都是一大家子人扑在一门生意上营生，互相照应。

可穆家他们这辈人里最有手段、生意做得最像样的就属她大表哥穆皖南，却又因为当年的事跟她生出嫌隙，她偏偏不乐意找他。

唐劲风知道症结在哪儿，她不愿意联系，就由他来打给穆皖南好了。唐劲风先是跟他说了说她灵机一动冒出来的主意，对方也觉得可行，看来这丫头还真有点做生意的头脑。

两人聊着聊着，又扯了些别的。尤其穆皖南的太太……准确来说是前妻，这会儿刚进律所，听说是个四六不靠的年轻男律师做带教，手头接的那些业务也不知道怎么样，穆皖南警醒着想要弄明白的就问问唐劲风。

唐律师不仅全都解释得清清楚楚，而且有种自家人般可靠的感觉，还有他们男人之间的默契，那些不可言说的小九九都会好好保密，绝不会透露出去让她们女人知道。这样一来二去，两人竟然聊得十分投机，穆皖南干脆提出让唐劲风一起来南城瞧瞧，看高月的生意谈得怎么样了，需不需要帮把手。顺带他要帮着家里的老四在南城站稳脚跟，就有不少新业务要展开，正好少个律师，这业务就给唐劲风了。

高月觉得自己看中的男人真是个人才，连穆皖南这么难啃的硬骨头都能啃下来，甚至能从他身上刮层油下来，不愧是做律师的，将来在这个行业大有可为。

"你不怪我？"

高月嘴里还叼着馒头："怪你什么？"

"我陪你大哥过来，一方面是想来支应你，一方面也是因为他自己有项目要交给我来做。说到底，我也利用了他跟你的这层关系，给自己拉案源业绩，你不会觉得我唯利是图吗？"

高月咽下最后一口食物，拍了拍胸口，才朝他竖起大拇指："我觉得你这个'唯利是图'做得特别好，我大表哥那种人是不能跟他讲什么客套的，能斩一刀是一刀。咱这叫什么？君子报仇十年不晚！"

"至于扯到报仇这么严重吗？"

"你不记恨他吗？当年他那样瞧不起你，当着你的面就给你难堪。我后来跟欧伟祺撕破脸要退婚，他也归罪到你头上……"

"月儿。"唐劲风隔着桌子伸手过来，把她的指尖握在手里，用纸巾给她擦手，"我不记恨你们家里任何人，即使当年没有他们，我们可能也走不到今天。"

恋爱婚姻中讲求门当户对，并不是没有一点道理。

大部分时候，门楣高低决定了一个人的眼界和志向，父母的秉性决定了孩子的人格。

唐劲风原本是出自幸福美满的小康之家的，假如父母的人生没有发生那样大的偏差，创办的企业说不定可以走得更远，他如今可能也能算个"不努力就必须回家继承家产"的"富二代"了。

可是既然出了那样的问题，家庭的包袱就会成为拖累他脚步的负担，就像蜗牛背着过于巨大的壳，脚步渐渐也会与伴侣不一致，最终拉开的差距越来越大，结局也只能是分道扬镳。

这个道理，高月以前看不明白，她妈妈和穆皖南大概是看得比较透彻的，唐劲风心里也很清楚。

他家里经历过天崩地裂般的变故，什么人情冷暖都见识过了，终归是比她这个温室的花朵要早熟得多。

好在她现在已经想通了，他能谅解的，她也都跟着一并谅解。

当然，能从穆皖南这里占点便宜更让她欣欣鼓舞，感觉架没白吵，亏没白吃。

毕竟她的想法也不一样了嘛。

午饭他们是跟穆皖南和穆峥一块儿吃的。男人的友谊真的特别奇怪，明明以前坐在一张桌上吃饭都要互相挑剔，看不顺眼。这也才见第二回吧，居然就已经天南地北聊得别提多投机了，不知道的还以为他们是亲兄弟呢。

高月反而闷着头吃菜，她昨晚的鲍参翅肚全吐干净了，早上的清粥小菜也没能填补回来，趁穆皖南请客，能吃她就多吃点。

"你的合作意向谈得怎么样了，拿得下来吗？"穆皖南坐在对面问她，"真的不用我们帮忙？"

他还真拿自己当家长了，这语气，十足像她老爸。

她拿餐巾擦了擦嘴角："成不成还得谈，这不才见了一次面嘛，哪有那么快啊。我心里有数，回头跟我的搭档再仔细商量讨论一下，做个详细的方案出来，再跟人细谈。总之我自己能搞定，你就别操心了，办自个儿的事去吧！"

穆皖南看了看唐劲风，那意思很明白——看见了吗？不是我不帮她，她自己不要我帮。

唐劲风当然尊重高月的意思，她本身也不是个盲目自信的人，该求助的时候求助，认为凭自己的力量能搞定的时候就不麻烦别人了，分得清什么是本分，什么是情分。

他专程跑这一趟，主要还是身为男朋友的担心。她这想法虽然是天外飞仙般的一笔，但真要做成了就是相当大的一笔业务。她单枪匹马到外地来谈业务，林舒眉她们没有一个人在她身边，他就想着多少能来撑她一把，顺便把她跟表哥之间的疙瘩解一解，最后才是穆皖南委托他的那些业务。

现在看来，他的目标基本达成了，接下来的几天，他都得陪着穆家兄弟跟合作伙伴见面。

高月本来可以先回去，但她想跟唐劲风一块儿回，索性留下来，把她这次在南城参观老牌酒厂的经历写成报告，连带跟航空公司合作的这个想法一起发给了林舒眉她们参详。

夜里她自然是不用独守空闺啦，挤到他的房间里来。

有时候两人会一番温存，有时候就仅仅这样抱着，她靠在他的臂弯里，听他絮絮地讲一些白天的见闻和趣事，渐渐就有了睡意。

他其实是把工作和生活划分得很清楚的那种人，跟她在一起，除非她主动提起，否则他不会聊太多他工作方面的难处。但高月知道他很拼、很辛苦，所以所有的温柔都给了他，常有让他欲罢不能的时候。低沉又婉转的男人声音常在她耳边流转，哄着她睡，又陪着她醒。

意外就是来得这么突然。

唐劲风接到母亲病危的电话时，正跟穆皖南一起开会，他硬是挂断了电话又回去坚持到会议结束，最后还是穆皖南发现他脸色不对，主动问他："出什么事了吗？"

"抱歉，我妈妈病危，我可能得赶回家一趟，这边的合同细则……"

"不要紧，回头再讨论修改。"穆皖南蹙眉道，"家里的事是大事，你先改行程回去。高月知道了吗？让她跟你一起回去。"

这样的认可，等同于把他的事看作他们一家人的事了。

高月知道以后，果然是一样的反应："我跟你一起回去。"

就像当初他们大学去实习的那一次一样，他也是接到家里的电话要赶回去，她必须留下，两个人的心却是在一起的。

这回她总算可以陪在他身边了。

姜冬梅的病危是有迹可循的，唐劲风只是没有想到，这回出差之前她胃口好了一些，其实已经是回光返照。

他们赶到医院的时候，姜冬梅已经不行了，大概是靠最后这点念想才勉力支撑。

意外的是，高月发现穆锦云也在，纳罕地问："妈妈，您怎么来了？"

"我先前就跟医院的王主任打过招呼了，知道小唐的妈妈情况不好，特意过来看看。"穆锦云把两个年轻人脸上的慌张和焦虑都看在眼里，"快进去吧，唐妈妈还在等着你们。月儿，你也跟着一起去。"

生死面前，其他都只是小事。

陪在姜冬梅病床边的人是唐正杰。

多年不见，高月只觉得他又苍老了很多，身形佝偻，脸上印刻了更深的皱纹，跟唐劲风越发不像父子了。

看到儿子赶来，他有些惶恐地站起来，把床边的位置让给了他们。

"妈、妈妈，我回来了。"唐劲风伏在床边，抓着母亲的手叫了一声，就再也说不出话来。

姜冬梅艰难地睁开眼："你来了……还有小月……"

高月在旁边站着，不争气地比唐劲风还先红了眼睛："阿姨……"

她本来打算先退出去，把空间留给他们一家三口的，但姜冬梅这一声小月，就已经是最好的挽留。

她没有多少时间了，每说一个字，都是她对这尘世间的最后一点念想。

她抬了抬手，高月会意，在唐劲风身旁蹲下，跟他一样握住了姜冬梅的手，仿佛这样就能让她的生命流逝得慢一些。

姜冬梅似乎很满足，脸上因长期卧病在床而生出的病气似乎都淡了："真好……你们还在一处，真好。小风啊，今后……要好好珍惜。"

其实她知道，并不是孩子不想珍惜，是他背负的东西太多太沉重。

她人生后半程的这三十年……经历婚姻家庭的美满、巨变、怅然若失和病入膏肓……已经很累了，可孩子们的人生刚刚开了个头而已。

"妈……"

姜冬梅吃力地想要摸摸儿子的脸，可是已经连这一点都做不到了。

她看向旁边的高月，年轻女孩的眼睛亮而清澈，眼泪已经漫过眼睫。

她想起她们第一次见面的时候，仿佛也是在这间病房，也是这样一个躺着一个坐着，什么话都还没说，小姑娘就先掉眼泪了。

第一眼就投缘，可能就注定她们是要做一家人的，只是可惜她熬不到再聚天伦就要离开。

高月抓着她熬到干枯的手，她轻轻回握："我们家小风……以后就拜托你了。你们好好的，我会一直……一直守着你们……"

到了这一刻，姜冬梅其实并没有悲伤的情绪，顶多也就是有点遗憾罢了。

至于那个人……

她看向站在床尾的唐正杰，夫妻一场，谁亏欠了谁，这一辈子是说不清了，来生……大概也不会再相见了吧？

她的眼睛慢慢合上，反握住两个孩子的手也终于失去了最后一丝气力。

低着头的唐劲风似乎反应过来，抬起头，已经在那张最熟悉的脸上看不到任何生命的迹象了。

"妈妈……妈！"

高月还是第一次看到唐劲风这样哭，尽管她的眼泪掉得比他厉害，但也很清楚现在没有人比他更伤心难过了。

姜冬梅的后事办得很简单，遗体火化之后，就只剩一抔骨灰交到家属手里，然后转入公墓安葬，今后就只有固定的日子去祭拜时才能再亲近一些。

唐家父子从头到尾都很平静，没再掉过眼泪，这一点上来说，唐劲风跟他父亲其实很像。

有些情绪他装在心里不说，并不等于不存在。

高月悄悄把手放进他的手心,他下意识地握紧了,深冬的天气里,他的手心是滚烫的,捏了一层薄薄的汗。

"别太难过了,你妈妈现在自由自在的,肯定比生病的这几年开心。"

她病得太久,整个人都像被病魔囚禁了一样,除了病房哪里都去不了,现在反而解脱了。

唐正杰离他们远远的,要顾及唐劲风的感受,他一直不敢靠得太近。

唐劲风的脸色是苍白的,不管是面对高月时的一点笑意,还是面对父亲时的不假辞色,跟平时那种生气勃勃的感觉都是不一样的。

如果人的表情也是有颜色的,那此时此刻就只有苍白才能形容他。

走到公墓门口的时候,唐正杰才终于鼓足勇气似的快步跟上来:"小风啊,你妈妈临走前让我帮你一起去家里收拾下东西。这个周末你有空吗?我也很久没回去过了,我想,还是有你在旁边比较好。收拾完了,我再烧几个菜,我们……"

"不用了,我妈的东西,我自己会收拾,你顾好自己就行。"他对父亲依旧冷淡,当年移植肾脏给母亲时稍有缓和的父子亲情,如今又因为他妈妈的离世而跌到新的冰点。

高月能理解他,但看着他爸爸欲言又止地站在那里,本来跟儿子身量差不多的人,被经年累月的愧疚硬生生压得矮下去几头,怎么看都让人于心不忍。

唐劲风去取车了,她趁机跟唐正杰说:"唐叔叔,您别难过,给他点时间。"

"高小姐……"

"您叫我高月吧,阿姨在世的时候都叫我的名字来着。"

唐正杰艰涩地笑了笑,不知该说什么才好。

"周末您要收拾阿姨的遗物,我们会一起过来的。您不是说烧菜吗?我喜欢吃肉,您多烧一点,我带酒去。"

唐正杰愣了一下,高月已经朝不远处开车过来的唐劲风挥手了。

"一起走吧,我们送送您?"

高月瞥了一眼沉着脸坐在驾驶座上的唐劲风,他端坐着一动不动,

237

平视着前方,却也没有表示异议的意思。

"不用,我坐公交车,直接到我住的地方,很方便。"唐正杰连连摆手,心里却记挂着她刚才说的周末一家人一起吃饭,期待又忐忑。

夜晚的纠缠比平时激烈得多,高月甚至见识到了唐劲风少见的狂野的一面。

但他实际并不是非常投入,身体跟心神仿佛是剥离的,身体的动作越是激烈,她越是能感觉到他内心无法立时排遣掉的苦痛。

结束之后,两人都有瞬间筋疲力尽的感觉,唐劲风却睡不着,从床上坐起来,悄悄披上衣服走到了客厅里。大概怕打扰她休息,他没有开灯,就着窗外的一点光亮,静静地坐在黑暗里。

高月也套了件衣服走过来,开了一盏壁灯,从他身后将手搭到他的肩上,然后伸长了手臂抱住他,撒娇似的问:"在想什么?"

他轻轻在她手臂上抚了抚:"没什么,就是睡不着。是不是影响你了?"

"我要说是的话,你是不是现在就打算赶我回自个儿家去啊?"她有节奏似的在他身后轻晃,"原来我们风哥这么坏呀。"

唐劲风拉住她的一条胳膊,微微用力,把她拉过来坐到自己的腿上:"我不会赶你走。"

"我知道,你妈妈说了,不管是七年前还是现在,你对我都是真心的嘛!你那么喜欢我,肯定舍不得赶我走。"

听到"妈妈"这个字眼,他沉默不语,只是紧紧抱紧了怀里的人。

高月的手绕过他的脖子,轻轻摸他的头发,像在给猫咪顺毛:"我也舍不得走啊,我会陪着你的。"

最疼爱他的人走了,但她还在这里,今后的人生路,她会陪着他一同走下去。

唐劲风感觉眼睛一阵阵酸胀,抱着她,半张脸都埋在她怀里。

她仍然那样一下一下摸着他的头发,另一只手也圈住他的脖子,轻声说:"这里只有你和我,你有哭的权利。"

他总说权利和义务要对等。这么多年来,他尽到了做人子女的孝道,一力承担起整个家的重担,那么如今在他感到难过和脆弱的时候,他当然有表达悲痛的权利。

她才不相信什么男儿有泪不轻弹的鬼话呢,该哭的时候哭,该笑的时候笑,他的七情六欲、喜怒哀乐,她全都喜欢。

唐劲风抱着她,没有掉泪,他的眼泪早就在母亲松开他的手的那一刻就流完了。但悲声仿佛还留在心间,夜深人静,如隔岸听钟,仍有回响。

父母健在时,归途可喜,来日可期。现在母亲走了,或许来日依然可期,但归途……他还有归途吗?

高月告诉他,有的,母亲去世了,他也不会是孤孤单单一个人。

他还有她,他们将来会有新的家庭、新的家庭成员——当然,他还有父亲健在。

姜冬梅生前居住的那套老式公寓,从当年家里出事之后,她就带着唐劲风一直住在里面,唐正杰服刑期间一次也没有踏进过那个门槛。

照理要说收拾遗物,唐劲风一个人就能搞定。姜冬梅之所以在临终前特意交代让唐正杰去收拾,说他也有些东西当年搬家的时候由他们母子带过去了,其实就是想制造个机会让他们父子好好谈一谈。

唐正杰曾经毁了这个家的幸福不假,但她一直以来都不希望孩子去仇恨父亲。

唐劲风有唐劲风的固执,要放在过去,他未必愿意去面对。但他现在身边有高月,姜冬梅也知道只要有高月在,这都不算事。

周六是个好天气,高月挽着唐劲风回那套老房子去收拾东西。她带了两瓶酒,怕唐正杰做菜太辛苦,特意开车绕到城中口碑最好的酒楼去买了熟菜,一起带过去。

唐正杰比他们先到,果然已经在厨房张罗着午饭要上桌的饭菜,看到唐劲风肯来,高兴得有些手足无措似的,把人让进去:"快进来快进来,先坐下休息一会儿,菜马上就做好了!"

他转身回到厨房忙碌起来,倒省去了跟儿子面对面不知该说什么的尴尬局面。

唐劲风在自己生活了十几年的地方，反而局促得像个客人，也不习惯，站也不是，坐也不是，有点无奈地看着高月说："要不我先去收拾，看看有什么是要给他拿走的。"

高月完全理解他："行啊，我帮你。"

姜冬梅去世前把钥匙给了唐正杰，他今天不知多早就来了，家里的卫生也全打扫过一遍，柜子上连浮灰都不见，每个角落都很干净。

其实家里也没有太多东西需要收拾。姜冬梅这一年多来身体状况急转直下，久病成医的人对生命终点什么时候来都有自己的判断，可以断舍离的东西早就处理得差不多了，剩下的除了生活必需品，就是给家里人的一点念想。

唐劲风很快整理出一小箱子东西，有一本相册，全是过去他们一家三口拍摄的，高月感到新奇，指着里面的照片："啊，你小时候也被当女孩一样涂过口红！"

童年时期的他啊，没有现在的高冷禁欲脸，被擦了猴屁股一样的胭脂和一点猩红的口红，一脸呆萌地看着镜头傻笑，仿佛地主家的傻儿子。

他笑了笑，指给她看："这里是我学校的大门口，这是元宵灯展，还有这里……是我爸妈他们以前工作的地方。"

就是那个曾被大火毁于一旦的工厂，后来改建成了一片景观很美的公园。

看得出，那时候他们一家子其实是很普通也很幸福的家庭。

他妈妈为他保留了这样美好的回忆，至少让他明白那不是镜花水月，而是真实存在过的。

他可以获得幸福，而且有获得幸福的能力。

其他留下的东西，也大多与他有关。有以前生日和母亲节时他送的礼物，有和他一起合拍后扩印放进相框的合影，还有一本整齐却已陈旧的笔记本，记录的是他们最困难的时候举债的情况。最开始是唐劲风在记录，后来大概姜冬梅身体好一些，能生活自理了，就改为她在记录。

那些借贷的进账，偿还的支出，每一笔都记录着他们母子这么多年来的艰辛。

唐劲风捧着那个本子一页一页翻看了很久，高月就坐在他身边，陪着他看，不时轻轻拍抚他的后背。

唐正杰来叫他们吃饭的时候，看到的就是这样的情形，一时有点愣怔："那个……饭熟了，先吃饭吧？"

"好嘞，早就闻见香了，还真有点饿了。"高月从地上站起来，拍了拍裤子，然后把唐劲风也给硬拽起来，"走了走了，人是铁饭是钢，先吃完饭再收拾也不迟，啊？"

有时候他又倔又冷，像头石牛似的，也就她拉得动他。

饭菜很丰盛，炒花螺、油爆虾、牛肉羹，都是唐劲风喜欢吃的菜，而且唐正杰好像挺会烧菜的，色香味俱全，儿子的手艺说不定还是跟老子学的。

白肉配白酒，高月开了那瓶白兰地："唐叔叔，这酒是我自己的酒庄酿造的，您尝尝，也给我们提提意见。"

唐正杰早年开厂做生意是见识过好东西的，中外各种名酒，应酬时他都喝过。

但挨过了牢狱生涯和这么多年的清苦日子，泼天富贵也早就是过眼云烟了。

他知道高月是在抬举他，她有这样的家世身份，这份抬举才更显得珍贵。

他举起杯子，看唐劲风没有要跟他碰杯的意思，于是自己喝了，入口的甜辣酒香，还带有青草和水果的香气，很快在嘴里漫开回甘。

唐劲风这才拿起面前的杯子喝了一口。

"味道不错吧？也别光喝酒，快吃菜，这个油爆虾好好吃啊！"

高月简直是捧场王，从酒到菜，她能从头到尾夸到停不下来。

唐家父子当然也会接她的话茬，但到了彼此那里就只剩沉默。

算是意料之中，但他们能坐到一张桌上安安稳稳地吃完一顿饭，还是比之前的情况好多了。

也是在这样有一搭没一搭的对话中，高月才了解到唐正杰刑满释放后的这几年，开始是给人家看门，后来凭借过去开厂时的技术基础，到厂子里的生产线上从正儿八经的工人做起，因为踏实肯干，得到车间主任的赏识，竟然成了技术组的一员。

工资虽然也就几千块钱，但是没有那么辛苦，他毕竟年纪大了，又动过大的手术，身体不如从前硬朗，这样的工作养活他自己倒是挺安稳的。

他过得很节俭，不舍得租房，就挤在工厂的职工宿舍里，周围大多是年轻人，生活习惯和作息都有很大不同，过得艰难又孤独。

他有父辈的大度，坐牢这么多年也能吃苦、能隐忍，可想想他在那种集体宿舍里甚至要帮小年轻们刷厕所、洗晒被子，高月就于心不忍。

她还斟酌着回去要怎么跟唐劲风开口，至少给他爸爸租个房子，不用太大、太豪华的，有张床，有个独立的卫生间能安身休息就行。

"你可以搬到这里来住，反正这里现在空着，我以后可能也不会回来了。"

没想到唐劲风会突然这么说，高月和唐正杰都感到很意外。

这酒这么上头吗？多喝了几杯，竟然还有这样的功效？

"你们不用这样看着我。"唐劲风脸上有酒后的红晕，但神志依旧清醒，"这是妈妈的意思，我只不过想让她安心而已。"

她临走前把钥匙交给唐正杰，背后的打算其实就是这个意思，全看唐劲风愿不愿意接受。

她也知道，他不会不愿意的。

就像过去那些年，她总是叫他有空去监狱探视，不管他内心怎么排斥，最后也都去了。

回去的路上，唐劲风有些怅惘，问高月道："你觉得我让他搬到这房子里来住，是不是太心软？"

她摇头道："他是你爸爸，养育之恩总是要报的。而且从法律上来说，你也有赡养的义务啊！"

她还怕他不心软呢，他能自己想明白，那就再好不过了。

唐劲风笑了笑："你跟我越来越像了，开口闭口谈法律。"

"那当然，以后我成了大律所合伙人的太太，也不能显得太白目啊，是不是？"

他的手伸过来搭在她的手背上："这么自觉，就要当我的太太了？"

"我不急啊,我就是看你这么紧俏,先预订个位子嘛!"说完她又有点赧然起来,"你看我这一趟趟的,家长都见好几轮了,你、你难道还想着换人啊?"

"人是不可能换了,我是想……我也该去见见你爸妈了。"

之前帮她洗刷冤屈的时候,她妈妈就盛情邀请过他,她自己也跟他提过,应该要正式上门拜访一下她的家人。

这种事,不能总让她一个女孩子主动提,他要让她知道,这顿家宴他始终是记在心上的。

不过临要上场,高月自己又紧张了,生怕哪里做得不周详,或者爸妈又有意为难,场面会不会很尴尬。

但唐劲风是不会让她失望的,不仅周到地准备了各种礼物,而且是以感谢高家夫妇在他妈妈住院期间对妈妈的照料和关切为名上门拜访的,并不打算承他们要感谢他的那份情。

在长辈面前,他只是谦逊又极有礼貌的小唐,不是意气风发的唐律师。

穆锦云是很高兴的,丈母娘看女婿总是越看越顺眼;老高呢,一开始还端着点大家长的架子,但聊了一会儿之后,也开始欣赏这个年轻人的学识和气度,就生出一种老泰山想要提拔后辈的感觉来。

当然最重要的是两个年轻人互相爱慕着,眼神是骗不了人的,两人之间的每一次眼波流转,甚至只是高月从唐劲风身边走过,他的目光都温柔而自然地追随。

他们还有什么好说的?易得无价宝,难得有情郎。

"你父亲最近还好吗?"

"还好。"唐劲风如实回答,"他找到了稳定的工作,我刚给他重新安排了住处,下周还约了例行的体检。"

"嗯。"高忠民点了支烟,又拿了两条给他,"这个带给你父亲抽,什么时候他有空了,我们两家人一起坐下来再吃个饭,聊一聊。"

聊什么,除了婚事,也不做他想了。

高家夫妇这样的态度简直就差把民政局搬来让他们俩原地结婚了,几乎没有任何刁难和阻碍,只有对未来女婿的肯定和心疼。

243

假如两个年轻人能组建一个新的家庭，甚至能有一个新的生命降临，难道不是对他最大的慰藉吗？

高月却不这样认为，撇了撇嘴："你别听他们的，他们巴不得我马上结婚，三十岁之前务必把孩子生好。你妈妈刚去世，古时候还要丁忧三年呢，哪有这么快结婚的道理？何况我还想逍遥快活几年呢，就谈谈恋爱多好啊！"

"你不想跟我一起生活？"唐劲风低头问她，"之前说的早上要一起醒来，肩并肩刷牙，面对面吃早饭，手牵着手去上班，难道都只是哄哄我的？"

"当然不是了，我当然想跟你生活在一起啊！"

"嗯，看出来了，要不然你也不会一口一个结婚……"

"唐劲风！"发觉又着了他的道，高月恼羞成怒，甩开他的手开始追打他，"你是不是活腻歪了？整天这么套路我！"

他躲闪着她的拳头，最后大手一挥抓住了她的手腕："那你是不想跟我结婚吗？"

祸从口出，高月鼓起腮帮子，抿紧了嘴，坚决不再让他抓住话柄了。

"可是我想。"他把她拉进怀里抱住，"我想跟你结婚，想要早晨跟你一起醒来，肩并肩刷牙，面对面吃早饭，然后手牵着手去上班。"

啊，这该死的表白！

高月伏在他的胸口，吧唧一下嘴，告诫自己心跳千万不要太快，总要习惯一下这样的甜言蜜语、海誓山盟。

"其实我们现在这样也挺好的，真的，你让我多享受一下恋爱的感觉。"

她知道现在不是最合适的时机，他们都需要一点时间来适应生活的变化。

"不如这样吧，我得准备点嫁妆，干脆等我什么时候拿下了航空公司的酒品订单，再考虑结婚的事？"她抚了抚他胸口的衬衫，"那时候啊，你也是个合伙人了吧？然后呢，我想把婚礼放在暖和一点的季节，夏天或者秋天？"

"好，那一言为定。"

她一定没想过目标实现得那么快,第二年开春的时候就迎来了航空公司的第一份合作意向书。

　　虽然只是迈出了一小步,但已经是对她和她们那个酒庄价值的认可。

　　但她也是真忙啊,有小半年的时间,几乎飞遍了全国所有有条件种植葡萄和酿酒的地方,尝了很多酒,见了很多人,但也很谨慎地不再让自己喝醉。

　　因为她的律师不是每次都能陪在她身边,帮她挡酒,陪她谈判,为她改合同的。

　　她的小公司终于能在S&S那栋写字楼里拥有一块小小的空间,初具规模的样子,令人欢欣鼓舞。

　　林舒眉这半年来被陆潜缠得够呛,别说离婚了,几乎都抽不开身离开本地。要不然,她们双剑合璧应该还会有更大的成就。

　　林舒眉自己也恨得牙痒痒,但没办法,只得自我开解:"我还是负责运筹帷幄、算账数钱吧!等想想从法国回来了,你们俩双先锋给我继续冲锋陷阵。"

　　"她在那边还顺利吗?"

　　"还不错,换个环境,人也脱胎换骨似的,笑容都多多了。"

　　顾想想背负使命前往法国家族酒庄进修,这次的目标是回来在A市这个纬度培育稀有的带有霉菌的葡萄,尝试酿造有帝王葡萄酒之称的贵腐酒。

　　其实能不能成功,也不是那么重要,最要紧的是这个进修的过程,让最好的朋友能找回人生的价值和目标。那些曾经被打碎的自尊,最终还是由她自己一片片拼接回来,而不是靠戴鹰或者其他的什么人。

　　唐劲风跟高月一样忙,但他还能抽出时间去做普法公益演讲、法律援助项目以及招聘季到大学校园宣讲。

　　他邀请她道:"你们酒庄不是也要招人,不如跟我一起回去看看。"

　　"又是你啊?"她都纳罕,"舒诚自己怎么不去?"

　　"他本科不是在A大读的,说是牵绊不如我这么深,没有说服力。"

其实就是说自己每小时计时工资五千块,不愿意浪费时间,影响赚钱罢了。

校草级学长回校反哺应届学弟学妹,场面轰动,甭管是不是学法律的学生,先去大礼堂听一回宣讲也不亏。

他想让她目睹他的风采就明说嘛,何必这么"曲线救国"?

可他风采太盛,她压根就没能挤进礼堂里面去。

正好学校的理工学院在搞女生节,负责学生工作的老师正是当年辩论队那位姓朱的领队老师,一听高月他们回校了,立刻邀请她来当嘉宾。

她也有一场小小的演讲,来参与互动的都是可爱的女孩子们。

求职、出国和考研的问题大家问了很多,到最后,终于有人问她:"学姐,你难得回一趟学校,有没有什么特别想去的地方呀?"

特别想去的地方……

她认真地想了想:"有的,那个三号实验室还在不在啊?"

于是一群可爱的女孩子簇拥着她,一起去了实验楼的三号实验室。

当年血溅实验室的痕迹已经完全被覆盖,又白又干净的墙壁和天花板,看不出一点被兔血喷溅过的迹象,但那个传家宝一样的故事还在流传着。

有生物系的学妹看她仰着脖子看天花板,福至心灵般大胆猜测道:"高月学姐,你不会就是当年一刀割断兔子动脉的女侠吧?"

咯咯……她清了清嗓子,这样的辉煌往事,打死她也不能承认啊!

幸好,楼下有人叫她的名字,及时帮她解了围。

"高月。"

磁性而又清朗的男人声音,仿佛当年拍窗来帮她解困的少年,一点都没有变过。

西风几时来,流年暗中换。

可是她还在,他也是。

这次轮到他叫着她的名字,看她在一堆好奇又艳羡的目光中探出头来。

这是一场早有预谋的邀请,他扬起的手中握着一枚璀璨的戒指,也是通往幸福之门的钥匙。

他们是彼此走了许多光年，才最终抵达的星光。

（谨以此文献给珍藏了青春的母校和我的先生，祝所有考生都逢考必过，梦想成真。）

番外一
小事儿

高月喝完一杯咖啡,悄悄到外面点了支烟,还没抽两口就听到里头一阵喧哗。

可算下课了。

她牢记自己今天的使命,跑进教室里去。任课老师刚给孩子们答完疑,忙得脚不沾地,一回头看到她,没等她开口就连忙说:"啊,我知道,您是小事儿妈!"

是了,没错,她就是传说中的"事儿妈",谁让她给儿子起的小名叫小事儿呢!

高月扯出个笑,把刚收好书包的儿子提溜到身后,问道:"老师您好,我听说您要找家长谈谈,是不是我们小事儿最近上课表现不好啊?"

话刚说完,她就接收到儿子从她身后传来的怒气。

果然,老师连忙解释:"不是,您误会了。小事儿表现特别好,这回阶段考也是全班唯一的满分。正是因为这样,综合他的能力和表现来看,我觉得我们这个班的知识深度对他来说可能太浅了,所以我想请你们家长考虑一下要不要给他升一个级别的课程，我们有免费的插班考，因材施教，不耽误孩子进步。"

高月笑不出来了："啊……还要报班？"

"只是在现在的基础上上升一个难度，还是每周两次课，课程强度是一样的，您不要有压力。"

她怎么可能没有压力呢？高月暗自叹了口气："我……回头跟他爸爸商量一下。"

"小事儿爸爸肯定没问题的。"老师一提起唐劲风就眉开眼笑，"还是他最先意识到课程难度跟孩子的能力不匹配，提请我们注意的。"

咦，他知道啊？

那他还叫她来跟老师沟通？

高月带着小事儿坐上车，长吁了口气，问他："下面的课是什么，架子鼓？"

"嗯。"

高月扭过头往后座看了一眼，小事儿头上的鸭舌帽帽檐已经扭向脑后，儿子熟练地给自个儿扣上了安全带。

她想了想，跟他打商量："哎，我说，咱们下面的课别去了，我带你去卡通乐园吧？"

小事儿想都没想道："不行，要上课的。"

"别上了！你看你，上午围棋，下午数学，这会儿还要去打鼓，累不累呀？"

"累呀。"小家伙看着窗外，"可是课不可以不上。"

"没事的，我们去吃炸鸡，回头不告诉你爸就行了。"

"不行。"

"再加个冰激凌？"

小事儿想了一下，还是说："不行。"

高月真是被他打败了，本来还想跟他合谋偷个懒，结果他完全不为所动啊！

学打鼓的艺术中心又在好几公里之外，找的最好的专业老师，一对

249

一授课，上课用的真鼓，那效果……高月第一次跟进去试听差点被震聋了。

小事儿跟老师一样戴着大大的隔音耳机，学了两年，打起鼓来有模有样，还挺帅的。

都说这孩子完全是挑着父母的优点长的，婴孩时粉粉嫩嫩的一团，长睫毛大眼睛。上学之后轮廓渐渐开始有了棱角，越发偏向唐劲风那种英气的长相，只有这眉眼还是像妈妈。

高月觉得造物主真是不公平，她怀胎十月生出来的儿子，长得更像爹就算了，连个性都跟唐劲风如出一辙。

这是个什么讲究？

等儿子打完鼓出来，太阳都下山了。高月以为就该回家了，结果小事儿站在车子面前抬头问她："妈妈，你刚才说请我吃炸鸡的。"

"那是你上课之前，你拒绝了，记得吗？所以现在这个提议已经失效了。"

"那冰激凌呢？"

"也失效了。"

"可我现在想吃了。"

高月笑了笑，扶着膝盖弯下腰看着他说："那你下回听我的话，我就给你买。炸鸡、冰激凌、棒棒糖，还有卡通乐园，随你挑。"

"你今天给我买，我就不告诉爸爸你偷偷抽烟。"

高月恨不得一下跳开三丈远："你怎么知道的？闻、闻得出来吗？"

小事儿把鸭舌帽拉得朝前，很酷地问："可以走了吗？"

一顿炸鸡、一个冰激凌，外加到卡通乐园玩了她一百多个币，这笔封口费才算到位了。

高月捧着脸看满头大汗坐她对面喝饮料的儿子，大概看得他都受不了了，把饮料往她面前一推道："剩下的都给你喝。"

儿子那个恩准的架势，跟他爸当年赏她喝奶茶一模一样，真不愧是亲爷儿俩。

"不用了。"她又把饮料推回给他，"我减肥。"

"是为了生妹妹吗？"

所以她才不能抽烟，不能太胖，还不能太忙，要多在家休息，这才有空陪他上课。

高月喷了一声，抱起胳膊打量他："我说，现在的小朋友都是潜伏在地球的外星人吗？有什么事是你不知道的吗？"

小事儿很实诚地回答："不知道。"

晚上回去，阿姨早早给小事儿洗了澡，高月硬着头皮陪他下围棋。这是围棋课布置的作业，每天得下两局，练好了下回上课才能赢其他小朋友，他才有信心继续学下去。

平时陪儿子练的都是爸爸和姥爷，高月这点棋艺还是唐劲风教的，说"不能全家都会你不会，到时位于鄙视链的末端就不好了"。

她现在这样，眨眨眼就被儿子封死一大片，还不是一样在末端吗？

她头疼地抓了抓头发，听到门口传来钥匙开门的声音，如蒙大赦，哗啦一下站起来，热情地跑去开门，差点把还握着钥匙的唐劲风给拽个跟头。

"你回来啦，辛苦了！包给我……这是拖鞋，快换上。"

她像个贤惠的主妇，又是帮着拿包，又是递拖鞋。伸手脱他的外套的时候，被他顺势拉进怀里亲了一下。

"你今天偷偷抽烟了？"唐劲风皱了皱眉。

高月本来还在跟他挤眉弄眼想让他接手跟儿子下棋，结果听到这句话不由得瞪大眼睛，扭头看了一眼还坐在桌边守着棋局的儿子。

小事儿见怪不怪，摊手表示——这可不关他的事，又不是他告的密。

唐劲风凑过去看一眼棋局，笑了笑道："又欺负你妈妈呢？等会儿，我来陪你下。"

他换了身衣服回来，陪孩子把棋下完，在高月已经走了无数臭着之后硬是力挽狂澜把这局给下成了和棋。

高月在旁边用叉子给小事儿喂水果，下完棋，水果也正好吃完，孩子心满意足地去睡觉了，他才揽住她的腰把她半拖半抱进他们的房间去。

先下手为强，后下手遭殃。高月倒进大床就决定先下手："那个，

251

我真不是故意抽烟,实在是困了,咖啡都不管用,才抽了支烟。"

她生儿子之前就把烟完全戒了,最近才刚有一点点故态复萌而已。

"谁让你昨天出差那么晚才回来?"

"不能怪我啊,航空管制啊,航班晚点啊,能怪我吗?我也想早点回家陪你和儿子啊!"

唐劲风缓了口气:"我的意思是,你不能这么忙了,出差这么多,身体也受不了。"

"所以你就让我陪儿子去上课啊?我宁可出差呢……"

他挑眉道:"你说什么?"

"没什么没什么,我就是觉得儿子可辛苦了,放个暑假也不能好好玩,还得上那么多课,又是下棋又是打鼓的,一搞几个小时呢,多压抑他的天性啊!"

"他的天性是什么?"

"当然是玩啊!"

孩子的天性还能是什么?

"那他今天没玩吗?"

呃……

她仿佛发现了什么不得了的事情。

"你知道我会给他'放水'带他去玩,所以才让我送他去上课啊?"

"何止呢?"唐劲风轻哼了一声,"要不是看到他今晚还有新布置的作业,我都要怀疑你直接带着他逃课去了。"

他紧挨着她,在她身边躺下:"咱们儿子挺聪明的,你要让他天天在家无所事事,他也不乐意。下棋和打鼓都是他喜欢的,那也是玩。你要不让他去,反倒得罪他了。还有今天那数学,老师跟你说要上高级班的事了吗?"

"你还说呢!"高月倒想起来了,"你明明知道是这么回事也不跟我说,害我担惊受怕,以为是小事儿又犯浑惹是生非了呢!"

这小子别的没遗传着她的,揍人疼这一点倒是随她,三岁就在院子里把抢他玩具的大孩子揍得哇哇大哭。

唐劲风不以为意道:"他能惹什么事啊,事儿妈不是你吗?"

252

"不用客气啊，事儿爹！"

他笑了笑，凑过来把手掌贴在她的肚子上："幸亏我的宝贝宜妆不在这儿，看不到妈妈这么凶。"

当初她怀孕的时候，全家都很高兴，尤其唐劲风，特别想宠女儿，连名字都想好了，叫宜妆，一看就是掌上明珠小公主。

结果没想到最后孩子生出来是个小子，杀了大家个措手不及。

怎么办呢？也是亲生的，养着吧！至于名字……高月大手一挥——就叫小事儿吧，小事儿一桩（宜妆）嘛，喊着喊着就能把女儿给带来了。

结果转眼小事儿都五岁了，妹妹还没有一点要来的意思。

儿女双全的穆皖南忍不住在她面前嘚瑟："你俩到底谁不行？"

高月火大得要命："你才不行呢，你哪儿哪儿都不行！"

她当天晚上回家就热情如火地扑倒唐劲风，嚷嚷着："我们今天不做措施了，生个闺女给他们瞧瞧！"

唐劲风面色痛苦："你先起来……快把我给压骨折了。"

两个人都是一阵手忙脚乱，他宽慰她："是不是又有谁跟你说了什么？"

"没有，就是我想要女儿了，自己想生！"

那就是有了。穆皖南下午也给他打过电话，他太太所在的律所跟S&S有一些业务上的往来，他就一块儿来了，兄妹俩肯定见面就打嘴仗呗！

高月气呼呼的，她那是生不出吗？她那是老公疼她不想让她再经历一遍怀孕生子的痛苦！哪像穆皖南啊，当初伤俞乐言伤得那么重，一回头复合了还让人家给他生儿育女，真好意思呢！

一想起这茬，她心里就忍不住翻一百个大白眼给他。

唐劲风春风化雨般安抚她："女儿不着急，咱们先养好这一个，也挺好的。等你把身体养好了，备孕的工作做足了，再要也不迟。"

孩子生出来还要教，教育教育，教还放在育前头，要做好并不容易。儿子从懂事起走的精英化路线确实也让高月挺犹豫的——这得亏是个男孩，如果是小公主，她怕是狠不下心让女儿吃这苦。

因此每当她又起生二胎的心思，唐劲风就让她去感受养育的难，实力劝退，又能让她消停一段时间。

他当然想再要个女儿，但他最在意的还是高月的平安快乐，不想再看她经历一遍妊娠反应的痛苦，还有生产完之后的情绪波动。

当年的创伤后应激障碍就让他的心悬了好久，他好不容易陪着她一起走出来了，不能再让产后抑郁之类的问题缠上她。

现在这样就挺好的，正像书中所写的那样——树在，山在，大地在，岁月在，我在。你还要怎样更好的世界？

他不让她抽烟，不让她总加班出差，都是为她的身体着想。

其他的事，顺其自然吧。

小事儿生日那天有一场演出，第一次在乐队里头做鼓手。他小舅穆嵘自己的乐队，作为主唱，跟贝斯手、键盘手一帮子大人给他做配角，选的歌是《做我自己》，超热血超好听。

高月跟唐劲风手牵着手站在台下，看小家伙拿着鼓棒上场，穿着T恤衫、牛仔裤，仍旧反戴着鸭舌帽，两人手里都紧张得直冒汗。

可是一首歌才开个头，鼓点响起，高月就感动得快哭了，看着唐劲风说："这真是咱儿子吗？他怎么这么优秀！"

在那种震耳欲聋的乐曲声中，唐劲风凑在她耳边说："因为他像你！"

"什么？大点声，听不见！"

这种时候，说什么爱你呀……

唐劲风仿佛知道她听岔了，大声补充："我说我爱你！"

是的，我爱你——星河在上，波光在下，而我在你身边。

番外二
分开的那些年

窗外的黑暗中有蛙声一阵又一阵响起,传进来的全是夏天的气息。

寝室里风扇连轴转,也吹不散白天余下的高温。

周梧坐在电脑面前网购,唉声叹气。什么修容盘、四色眼影、三合一多用眉笔……看得他头都大了。

"到底送哪种比较好啊?小唐,你快过来帮我看看。"

唐劲风不用看都知道:"给胡悦的生日礼物还没挑好?"

"是啊,我又不知道她喜欢哪种,万一买了她不喜欢怎么办?"

"她不是给过你提示了?"

"提示?什么提示?"

唐劲风把朋友圈打开,下划到昨天胡悦发的那条,指给他看:"四张图,她不是在纠结该买哪种吗?你买齐了送她就好。"

除了一个十六格的大盘眼影有点贵,其他都很平价,作为生日礼物很讨喜,又拿得出手。

一语惊醒梦中人,周梧立马照着样本去下单了。

贵一点也不要紧,他跟胡悦在一起的时间还不长,这是陪她过的第一个生日，却也是大学阶段的最后一个。

过完这个暑假，她就要成为一名优秀的同声传译了，而他继续留校读研究生。

两人感情正浓，毕业不分手，但凑在一起腻腻歪歪、打打闹闹的日子肯定不像现在这样多了。

胡悦收到礼物，果然很高兴，买了蛋糕，分好小块，请他带回寝室分给室友们吃。

周梧似乎喝了一点酒，回来靠小小的兴奋吹嘘："你们知道吗？我送的礼物，她很喜欢啊！虽然有从法国寄来的香奈儿，可她还是更喜欢我送的东西，还当场化妆给我看了，嘿嘿。"

说者无意，唐劲风却听进去了，抬头问他："法国寄来的？"

"是啊，高月给她寄的吧。她说有些东西是她们女孩子之间才懂的，她喜欢什么、最适合用什么，高月都特别清楚。"

唐劲风就没再问了。

有那么一段时间，就是高月刚出国的那几个月，所有人都极有默契似的避免在唐劲风面前提起这个名字，不想他伤心。

后来看他跟辩论队一起上北京参赛，带篮球队夺冠，不像是受了情伤一蹶不振的样子，大家又渐渐没了这样的避讳。

最亲近的朋友，像周梧这样的，甚至能感觉到，唐劲风其实是渴望能听到高月的消息的。

唐劲风戒糖中，但今晚的蛋糕他还是吃了，去掉了上面的奶油。

研究生毕业的时候，周梧打算考公务员。

胡悦的同传工作压力大、收入高，但假期也很多，周梧常常陪着她旅行。

考虑到将来周梧要出国旅行就难了，他们约好先去一趟欧洲，正好他打算在那个时候求婚。

班级毕业旅行时去的那个寺庙，据说求姻缘很神。他拿到了上吉签，开心得不得了，就拉着唐劲风也求了一签。

签文说了些什么他不得而知，但出来的时候，唐劲风手里拿了一个小小的平安符。

周梧知道那是为谁求的。动身去欧洲之前，他从唐劲风的书架上将平安符拿下来，在他眼前晃了晃："这个，要不要我带去给高月？"

虽然胡悦没说，但只要她去法国，肯定会想法子跟高月聚一聚。

可唐劲风只是说："不用了。"

"这不是为她求的吗？"

唐劲风不吭声了。

周梧在他身旁坐下，又摆出老大哥的架势道："小唐啊，不是我说你，既然还想着她，就不该这样断了音信。不管之前有什么误会，你表明心迹，她就回来了！别人不理解的，她还能不理解吗？"

她当然理解，她也会回来，可正因为这样，他不能这么做。

唐劲风站起来，简单收拾了下东西："我下午没课了，先回家一趟。"

"伯母最近又不好了吗？"

"不是，是我爸。"唐劲风顿了顿道，"他出狱了。"

父亲多年的牢狱生涯结束，家已不再是家，唐劲风却还是要找个地方供他容身，重新开始。

担子落在唐劲风身上的时候，他知道一切都没有改变。

无法跨越那道鸿沟，他跟高月就永远不可能在一起。

然而相思的煎熬，也有战胜理智的时候，偶尔有自私和侥幸冒头。

所以他去而复返，对周梧道："那个……平安符，如果她不是一个人来的，就算了。"

他也会有所期待。

可是周梧后来再也没有提起过那个平安符的事。

他在欧洲向胡悦求婚成功，回来之后入职上班，大家仿佛一夜之间都长大成人了。

唐劲风没有问他们在欧洲玩得怎么样，经历了些什么，没有问他们有没有见到他心心念念的那个人。

实际上，周梧和胡悦中途行程有些变动，到法国的时候高月刚好不在，没有见到面。他们继续往南前往西班牙，却意外地在巴塞罗那街头跟高月相遇，大概也实在是有缘分。

他们一起吃了顿饭，当时觉得美味的食物，事后却一点也想不起来吃了些什么。

周梧一门心思想着唐劲风的那个护身符，该怎么给她才能恰到好处地显出情意拳拳。

然而饭吃到一半就有个男孩子来找她，高月并不十分热络，可还是看得出两人不是普通朋友的关系。

周梧忽然明白了唐劲风说的"如果她不是一个人来的，就算了"是什么意思。

胡悦知道后埋怨他："这么大的事，你怎么不跟我说呀？"

不过她仔细想了想，就算说了，结果大概还是一样。

唐劲风不是早就猜到会有这样的可能了吗？

胡悦不肯放弃，把平安符收好，想再等一个机会，把这样的心意传达给高月。

她这一等，竟然就等到了她跟老周结婚。

高月说要回国参加婚礼，最后却没有成行。

"我的礼物你收到了吧？"她在那头笑着说，"我不能去，想看你当最美新娘的心愿可没变。这套化妆品很适合你，记得用，多拍点照片给我看。"

大婚的日子，胡悦变得特别感性，听到这种话眼睛就红了，吸了吸鼻子道："你知道今天唐劲风也来吗？你们都多久没见了，你就一点都不想？"

她跟老周，自问不是那种轰轰烈烈的感情，但在一起久了，三天不见就很牵挂对方。像高月和唐劲风这样明明那么爱对方，分开多年还若无其事的，已经不在她的理解范围内了。

高月笑道："你又要做新娘又要做红娘，不嫌累啊？"

"我精力好着呢，为了一场会议能连轴转半个月，这事算什么呀！你回来吧，我还有东西给你，保证让你感动。"

高月却只是说："没事的话，我先挂了。"

后来胡悦再跟周梧说起，他们都觉得或许就是因为知道唐劲风也会来，高月才决定不回来的。

"真是对不住，现在才还给你。"

多年老友就是有这样的默契，周梧把平安符还给唐劲风的时候，其实什么也没说，唐劲风却已经懂了。

他没多说什么，只是难得地喝了不少酒。

他酒量挺好的，不容易喝醉，那天却喝高了。

当年的大学旁边又起了高楼，婚宴就在学校冠名的酒店里。

喝醉之后唐劲风不知不觉又走回校园，路过她曾住过的宿舍楼下。他其实很有冲动高喊那个名字，看看她是真的不在，还是仅仅不想见他。

烈酒过喉，最后却化作苦液涌上来，堵在喉咙里，让他发不出声音。

他问过舒诚，跟喜欢的人分开后，有没有做过什么出格的举动。

舒诚说："最出格的事就是离开北京城。"

那是他从小长大的地方，为了一个人，为了自己的脸面，现在他却回不去了，背井离乡，算不算出格？

算吧。

然而对唐劲风来说，最疯狂的也许是这么多年，他一直在原地。

高月挂断胡悦的电话之后一个人在房间里坐了很久，直到另外的电话打进来。

法国南部最有名的家族酒庄之一通过了她的申请，邀请她到酒庄实地实习。

这样难得的机会，对她来说绝对是个好消息，她却高兴不起来。

欧伟祺来约她出门吃东西，问她遇到了什么事，她只是摇头。

沿着这条路走下去，只会离那个人越来越远吧？

很多东西，在结婚的时候才重见天日。

婚礼那天夜里,高月央求道:"我想看你那个小箱子。"

唐劲风:"什么箱子?"

"还装蒜啊?咱妈都说了,你有个小箱子,装的都是大学时候的回忆——跟我有关的回忆。"

"没有,我妈当时一心撮合我们重新在一起,随便说的。"

"是吗?那你干吗脸红啊?"

唐劲风侧过身道:"我那是今晚被灌了酒,喝多了。"

高月挠他痒痒:"你到底给不给我看?"

怕痒的人受不了这个,一边躲一边回身捉住她的手,好不容易制住了她,她却用脚从床底下钩出一个箱子。

"就知道你不肯承认,我早就抱过来了,别想抵赖,快打开让我瞧瞧。"

"我的钥匙不也都在你手里,干吗不自己打开看?"

"这不是尊重你的隐私嘛!"她看着他笑,钥匙也递到他眼前,"喏,打开吧!"

开了箱子,她一眼就看到那个别致的平安符。

"这是什么呀?给我的吗?我怎么没见过?"

"你当然没见过了。"唐劲风说起来还酸得很,夺过平安符握在手里,"不过现在也用不上了。"

"为什么啊?"

大概是因为,故事的最后,他想要的都拥有,得不到的已释怀。时光的橡皮不停地擦,也总有青春和爱情的印记抹不去。

往后余生,她的平安喜乐,由他来守护。

番外三
梦中人

清晨，阴云如海。

马车刚从公主府出来，雨点就倒豆子似的噼里啪啦地砸在车顶上，不一会儿竟成倾盆之势。

大街上早出的行人和小贩纷纷躲避，只有公主府的这辆马车仍冒着大雨一路朝着国子监的方向驶去。

走到南大街巷口的时候，车速减缓，本来下雨就行得慢，再一减速，车内的人不由得有些着急，问道："怎么回事？"

"公主，前头路有些不好走，有积水和烂泥，可能要慢一些才能过去。"

京城这些日子阴雨连绵，这样的暴雨已经不知下了多少回，城内的道路和民宅都有损毁。官府本想趁着天晴了好好修缮，才开个头，雨就又来了。

"嗯，那小心些，不行的话，可以临时找两个人来推一下车。"

"是。"

车夫小心地驾车蹚过混浊的积水，刚要绕过一堆瓦砾时，竟在巷口迎面遇上另一辆马车。

"怎么又停了？"

华容公主高月坐在车子里心焦得很——今天是她在国子监的广文馆第一次做直讲，眼看就快迟到了。

她刚才通过车窗看到明明已经蹚过了积水最深的地方，现在停下又是什么情况？

车夫似乎踟蹰了一下才回答："前头遇上了一辆马车。"

"谁家的马车，请他们让一下就是了。"

"是……是驸马爷的车。"

驸马爷？

噢，唐劲风啊。

结缡三载，同床异梦。今年立夏之时她刚决定与其和离，放人自由，一别两宽，哪还有什么驸马？

唐劲风如今官拜大理寺少卿。

她抬手掀开车帘子，对面马车上的人已下车伫立车旁，垂眸拱手向她行礼："微臣见过公主殿下。"

他穿大红绰丝圆领官袍，戴玄色乌纱帽，长身玉立。

雨势虽然小了些，但这么一会儿工夫，雨水还是沾湿了他的衣冠，却无损他英气的眉眼。

"唐大人不必多礼，狭路相逢，我也不想的。"高月的语气里带着秋雨的凉意，"我从算学调往广文馆，今儿是第一天，不能迟到，还请唐大人行个方便。"

他如今有了自己的府邸，早不住在公主府了，说不定迎娶了其他娇妻美妾，这才一下朝就忙着往家赶。

"是微臣莽撞，耽误了公主的行程，请公主恕罪。"说完他朝身后的车夫道，"将车子退出去，请公主先行。"

高月这才放下车帘。

车轱辘碾过地上的瓦砾，她却好像没听到唐劲风回到他自己的马车上的动静。

她撩开车窗的一角，竟然看到他跟他的车夫一起，正扶着车辕，帮忙将她的马车从积水和泥沟中平稳地推出去。

这回他是真的被淋得湿透了,身上的官袍被浸染成深绛色,雨水顺着乌纱流到他的额头和脸颊上,他也顾不上擦。

虽然不过是个正四品的衔,但堂堂大理寺少卿冒着大雨、蹚着泥水为已经和离的华容公主扶车,传扬出去,搞不好人家又以为是她仗着皇权欺人太甚,伺机报复呢。

她要低调一些。

"走吧,别再耽误了!"

她令车夫打马扬鞭,出了巷口连声招呼也没打,就走了。

唐劲风依旧伫立在雨中,直到她的马车在视线中消失。

国子监广文馆的监生迟迟等不到今天的直讲,忍不住交头接耳,窃窃私语。

他们早就知道今天要换新的直讲,也很清楚这位高姓直讲的特殊身份。

正因为清楚,所以他们更加不敢妄议。

高是皇姓,华容公主高月与当今圣上是同父异母的姐弟,母妃穆锦云是曾立过战功的巾帼英雄,与先帝感情甚笃。

国祚百年,军户出身的穆氏一门出了不少战功彪炳的人物。除了位列开国二十八侯之首的先祖平凉侯和穆锦云,如今袭爵的穆氏长子穆皖南刚大败鞑靼归来,族弟穆峥刚升任锦衣卫指挥使,穆嵘为锦衣卫千户,都深得帝王信任。

别的不说,单是这耳目无处不在的锦衣卫,一般人就惹不起。万一说了什么不中听的话传到皇上或者公主的耳朵里,他们不死也要掉层皮。

但众人嘴上不说,暗中较劲还是可以的。

本朝民风开化,不限制女子读书习字,也出过穆锦云这样的女将军,但当朝公主入国子监读书还是头一遭。

高月从进入国子监那天起就被当作一场胡闹,更不要提她一待就是十年,从监生成为助教,如今又做直讲。

她还在国子监里为自己物色了一位驸马。唐劲风是当年进士科会试的会元，殿试也是第一，没点状元就被当场赐婚，尚华容公主，一跃成为驸马爷。

驸马不得入朝为官。意外的荣宠意味着他的前程没有开始就已经终结，终其一生只能做一个富贵闲人。于是唐劲风选择留在国子监做一个无阶无品的读书人，帮着博士整理书卷、备课，也给学生们讲学。

他不走，高月也跟他一起留下。她擅长算术，原本是在算学科的。今年和离之后，唐劲风入朝为官，广文馆的老博士又致仕，讲学的人青黄不接，皇上才破例允许她升任直讲，调入广文馆。

说是破例，其实算是对她婚变的补偿和安慰。

朝廷得到一位唐劲风这样的良臣，给她做个直讲又算得了什么？

但监生们就要怀疑，一个教算学的，又是女儿身，能到广文馆教策论？

何况这才第一天开讲就迟到了，女人真是麻烦！

"不等了，我们去请秦博士回来！"坐在前排一个叫封清越的监生站起来道，"我们不需要这样的直讲！"

"秦博士昨儿携带家眷回乡去了，上哪儿找啊？"

"那我们自己做清谈，也好过这样傻等！"

封清越拿起写有今日论题的卷轴，念道："我朝统一华夷，官遵古制，孜孜求贤，数用弗当。其有能者，多面从而志异；纯德君子，于事束手；中才下士，廉耻无知，彰君之恶。若非直贤至圣，亦莫不为其所惑。若此无已，奈何为治？"

这问的是任人之法，吏治之道。

看起来十分平常的论题，要答得好，反而不容易，何况这还是先帝最后一次殿试的策问。

众人凝神思索，这堂课到底是不是要改为他们自己清谈也还未可知，谁也不想出这个头。

封清越气他们没有男儿气概，一挥广袖，开口道："自古有志者少，无志者多。有志者立志在己……"

"无志者立志在人。"

高月穿一身玉色襕衫从外头款步走进来,接着这句念了下去:"惟立志在己,是以困其身而不易其志,穷其志而不易其操。今之君子则不然,遇穷困而失其身,遇患难而失其所守,惟务苟免,靡所不为,何畏乎人神哉?"

包括封清越在内的所有人都怔住了,眼睁睁地看着她走到讲堂前面,拿起书卷,扫视他们一眼:"继续吗?"

要给这位公主直讲一个下马威的想法并没能得逞,相反,上完这样一堂策论课,众人已经被她清晰的思路和口才折服了。

雨还在下,高月站在屋檐底下,等着婢女送伞来。

封清越追上来:"直讲……不,公主殿下,你没带伞?"

"嗯。"

"我送你一程。"

他撑开油纸伞,宽大的伞面仿佛连往日的光阴都一同遮去。

曾经也有个人像这样为她撑伞,那时他们还只是国子监的同窗。

高月深吸口气,回头看了封清越一眼:"你是那个带头的监生?"

"学生鲁莽……"

"你想做我的面首?"

啊?

她眼看着封清越的脸色涨红得仿佛要滴血,摆了摆手:"不想就走吧,好好做文章,将来前途无量。"

就这样?

封清越愣怔了一下,本以为公主要怪罪,至少要冷嘲热讽一番,没想到就这样轻描淡写地过去了。

婢女夏草送了雨伞来,看她还站在屋檐下听雨。

"公主,您怎么了?我刚才听监生们说您今天可威风呢,策论讲得棒极了!"

高月回过神来笑了笑:"你知道那篇策论是谁写的吗?"

夏草看看她的表情就猜到了:"不会吧……"

"嗯,是唐劲风啊。"

这篇策论正是他当年殿试折桂所写的。

景仰他的后来者能背,她自然也能背。

这么多年来,跟他有关的一切她都烂熟于心,仿佛已经成为一种习惯,即使和离也无法抹去。

平凉侯穆皖南大败鞑靼归来,皇上在宫中设宴庆贺。

文武百官悉数到场,唐劲风当然也要来的。

高月本来不想参加这场宫宴,穆锦云知道她别扭,但穆皖南不仅是功臣,还是高月的表哥,于情于理她都应该列席才是。

华容公主的封号不是白得的,她打扮起来雍容华贵、光彩夺目,连皇帝身边最受宠的妃子都比不上她。

然而群臣到齐之后,宫宴的菜肴一道道传上来,却只有豆腐青菜各一道、肉汤一碗、咸菜一小碟、糙米饭一大碗,荤腥几乎不太看得见。

众人面面相觑,然后不约而同地看向当今圣上。

丹陛之上的帝王看了一眼穆皖南,他是今日的主角,有功之臣,自然是坐在离皇帝最近的位置上。

穆皖南不动声色,端起酒杯向大家敬酒,然后一饮而尽。

平凉侯都喝了,众人岂有不喝的道理?

酒喝完了,却没有人动筷子,因为面前的饭菜看起来实在不像宫廷菜肴,让人提不起胃口,也摸不准皇帝的意思。

只有唐劲风坦然地吃着这样的粗茶淡饭,就像平时在家吃饭一样。

皇帝扫视一眼群臣道:"怎么,朕准备的饭菜难以下咽?你们可知朕和皇后、太妃近来吃的就是这几样?朕吃得,你们吃不得?"

众人惶恐,连忙说不敢。

"不敢吗?我看你们平素逢事必宴,每次宴请都极尽铺张奢华之能事,一顿饭就够寻常百姓家生活半年!穆爱卿,将你行军这一路上的见闻与大伙说说,好让他们也感受一下民间的疾苦。"

"是。"穆皖南不疾不徐地说,"今年北方遭遇蝗灾,很多农田颗粒无收。冀州、朔方等地的百姓正经历饥荒。班师回朝这一路,饿殍千里,百姓易子而食,惨状甚怖。陛下因此才食不下咽,与民同忧。"

原来是这么回事。

京城里什么消息进不来啊，饥荒的事当然不可能没人听说。放粮赈灾的提议在朝堂上也已经认真商讨过了，皇帝这时候敲打群臣应该还有别的用意。

宫里头果然宴无好宴，散了席众人也是忧心忡忡的。

高月奉了母妃的旨意去请穆皖南过来叙话，却见唐劲风先她一步到了他跟前，拱手行礼："下官参见侯爷。"

"噢，原来是唐大人。"穆皖南永远是一副自矜冷傲的神情，"才几个月不见，做不成一家人，见了面也越发生疏起来了。"

虽领兵在外，但京城里有点什么风吹草动他也时刻留意着呢。华容公主跟驸马和离，于穆皖南来说，既是国事，也是家事。

"不过我这表妹，从小任性，这么多年你也受委屈了。如今你我同朝为官，都是为朝廷效力，有什么事不妨直说。"

穆皖南似乎已经察觉她就在不远处，背在身后的手挥了挥，示意她先不要出来。

我忍。

高月只好藏身于一块屏风后面，默默听他们把话讲完。

"多谢侯爷。下官今日是为近日京城闹得沸沸扬扬的'海棠红'案向侯爷请教。"

"'海棠红'……那个专偷官员和富户的江洋大盗？"

"正是。下官听闻多年前侯爷就曾督办此案，对'海棠红'的作案手法应是再熟悉不过的了。"

"嗯。当年在应天府我不仅督办此案，还曾与他正面交手，可惜没能将他缉捕归案。"说到这件事，穆皖南微微蹙眉，"但他与我亦有君子之约，应承不再犯案，风平浪静多年，怎会突然又在京城出现？"

唐劲风点头道："正是觉得事有蹊跷，我才认真查看了当年留下的卷宗，发现与如今关押在刑部大牢里的盗匪不像同一人。"

"听说人是锦衣卫缉捕的，你可曾向穆峥提过此事？"

"未曾。"

穆皖南明白了。唐劲风行事一向谨慎，即使已经察觉了案件的蹊跷之处，但在得到他的肯定答复之前，不想贸然惊动锦衣卫，锦衣卫也不会听唐劲风的。

"他们做事一定有他们的理由。"穆皖南略一沉吟道,"这样吧,我与我们家老四商议一下,请锦衣卫协助你再详细调查。'海棠红'不好对付,亦非寻常盗匪,若是弄错了,只怕不好向百姓交代。"

"多谢侯爷成全。"

穆皖南"嗯"了一声:"还有何事?"

唐劲风也是喜怒不形于色的人,这时却行礼道:"侯爷明察秋毫,下官感激不尽。但与公主和离一事,与公主无关。月儿生性活泼,一片赤诚,是我辜负了她。"

躲在屏风后面的高月听到这番话,怔了一下,差点以为自己听错了。

等唐劲风走远,穆皖南才朗声叫她:"出来吧,别躲了,他已经走了。"

高月绕过屏风,有些不自然地叫了一声:"表哥。"

穆皖南应了一声,一脸"你本事可真不小"的神情,却什么都没说,只问:"可是姑母请你来叫我去叙话?"

高月点了点头。

其实她的心思早不在这上头,她遥遥看着早已消融在夜色中的背影,仿佛还能看清那个人一样。

京城的街市,热闹非凡。

男装打扮的高月穿一身细领大袖的牙白色道袍,手拿一把折扇,唰地一下打开,就是位翩翩浊世佳公子。

身旁小厮打扮的夏草已经嘀咕了一路:"公、公子,我们还是回去吧,万一遇到危险怎么办?"

"只不过是听书喝茶,刺探情报而已,能有什么危险?"

"听书喝茶是没有危险,可重点在于您想刺探情报啊!"夏草苦着脸道,"您真应该叫上冬虫那丫头的,她功夫比我好,万一等会儿打起来了……"

"哎呀,不会打起来的!"高月抬头看了看面前的茶楼,兴冲冲道,"到了,咱们赶紧上去,抢个好位子!"

醉香楼的酒菜未必是城中最可口的，它却有着全京城最厉害的说书先生。

那些志怪传奇、江湖异闻，甚至是坊间流传的通俗话本，经由他加工一番之后就变得精彩绝伦。

加之不知这说书先生有什么样的消息网，有些故事后来印证了，可见是半真半假掺着讲的，更让听众欲罢不能。

正因如此，连锦衣卫和刑部、大理寺这样的狱讼衙门也常有乔装的探子到这楼里来，点上一壶茶，表面听书，实则探听消息。

最近说书先生讲的，正是江洋大盗"海棠红"的故事。

他只偷为富不仁的大户人家和贪官污吏，且无论你将金银宝藏在内宅何处，他都能准确无误地将其找出来，并在室内墙壁上留下一树海棠花的图画，证明是他所为，不要错诬了其他人。

直到多年前，他在应天府犯案之后就销声匿迹。传说是与当时刚刚袭爵的平凉侯穆皖南立下君子之约——朝廷放粮解江南水患之困，他不再以"海棠红"的身份行盗窃之事。

在天下人眼中，这是一位不折不扣的侠盗。

近来京城中接二连三发生官员府中失窃的案件，案发现场的墙壁上都画有海棠图，重新将"海棠红"拉回众人的视野。

然而最后一起案件中，一位普通员外郎不仅家中失窃，十余口人竟也惨遭毒手，现场照例留下一树海棠，宣告这是"海棠红"所为，这才引起朝廷重视，派出锦衣卫缉捕要犯。

贼是抓到一个，下狱用过刑之后承认自己就是杀人盗宝的"海棠红"，交由刑部大牢看管。

三法司会审时，新的大理寺少卿唐劲风却觉得案子透着蹊跷。

平凉侯穆皖南似乎也支持他的看法。

既然这样，高月当然就好奇地要看看究竟怎么个蹊跷法。

两人在二楼靠窗的雅座落座后，夏草低声说："幸亏今天都是听书的人，没有锦衣卫的探子什么的。"

高月四下打量一番，笑了笑。

话可别说得太早了。

眼看楼上楼下都已经坐满了人，说书先生终于出来了，没想到一开口说的却是："'海棠红'的案子已破，今日我们改讲一个天帝之女下嫁人间又和离的故事吧！"

"噗！"

高月一口茶水全喷了出去，夏草连忙拿出帕子给她擦嘴。

他这也太明显了吧？不能妄议皇族，就粗粗加工一下，什么天帝之女，以为谁听不出来指的是她华容公主吗？

好吧好吧，虽然她是为"海棠红"而来的，但既然都编派到她头上来了，就姑且听听能有什么花样。

高月轻咳一声，唰地一下打开扇面遮住半张脸，就听那说书先生道："这天帝之女乃司月之神，不仅花容秀丽，而且冰雪聪明，好奇人间的学问，就女扮男装进入国子监，成为一名监生。"

喂，她那不是女扮男装好吧！国子监上上下下的人都知道她是女的，只不过监生的衣服就那一种，外形上难辨雌雄也不是她有意而为之的嘛！

"国子监集合了天下才俊，不乏权贵公子，可司月神偏偏一个都看不中，唯独倾心于住她隔壁的那位庶人监生。这位监生也不过弱冠之年，那是风流俊雅、一表人才啊！可惜家道中落，身世凄凉。他当年就要会试应考的，司月神既然动了凡心，自然不能遂了他的心愿，于是上禀天帝，请他朱笔偏漏，本要点中状元的一笔圈在了其他人的名字上。"

"年轻的监生得知落榜，失魂落魄，司月神就在此时向他表明心迹，要他入赘天庭，带他上天做神仙去。年轻人见司月神貌美，答应娶她为妻，可无论如何不死心，一定要再考中状元。然而命中已注定他与功名无缘，否则就是违逆天意。他考了一年又一年始终不第，也迟迟不肯上天去做神仙。直到年华老去，司月神仍貌美如初，他却已白发苍苍。司月神终于决定不再执着于自身的情爱，以自己所有灵力还他青春年少，解除当年亲自从父亲那里求来的天命，助他求得功名利禄，锦绣前程。"

"后来呢？"有人问。

"后来，司月神因逆天改命，散尽灵力，再也不能化作人形到人世间来。月圆时，有人说月亮上影影绰绰的影子便是司月神，可她曾经的丈夫每每抬头望向夜空，都有乌云蔽月，只有水中倒影能让他勉强见她一面，只是永生永世再看不真切了。"

这就完了？高月刚嗑了半盘瓜子，还等他继续呢，这就没了？

故事还是精彩的，只不过在座的绝大多数是男人，并不同情司月神，不过当她仗着天帝之女的身份为所欲为，坏了人家的前程，也都明白过来华容公主跟驸马之间原来是这么一回事。

于是听完故事的人说什么下流话的都有。高月低着头嗑瓜子，嗑完又拿了块桂花糕，小口小口地啃，假装听不到，假装一点也不在意。

提出和离的时候她就知道将要面对怎样的非议，也明白悠悠众口，想堵是堵不住的。

闲言碎语中，角落里传来一声轻嗤："凡夫俗子，又怎懂得天人的皎洁之意？"

咦？高月抬头，看向夏草身后那桌身穿青灰色窄袖衫的女子，刚才开口说话的人正是她。

她一身利落打扮，头上带有面纱的帷帽一直不曾取下来，桌上用布条捆扎好的物件看起来应该是刀剑一类的兵器，本就十分显眼，这一开口，更是将所有人的注意力都集中到了她身上。

有好事者喝问："你是谁呀？难不成是那个倒霉天女本人？"

众人发出一片哄笑。

"两处天涯各白头，这样的情意，你们这些人只怕一生一世也遇不到，又怎么能体会？"青衣女子一字一顿地说着，"你们应该庆幸那位'天帝之女'不在这里，否则你们怕是有十个脑袋也不够砍的。"

"你！"

嘴上占不到便宜的男人凶神恶煞地要扑过去揭她的帷帽，却不想她随手抓了几支筷子脱手朝他射去，连带他身后已经站起来要帮忙的同伙都被打中，哀号着跌回椅子上。

说书先生分明在这酒楼也入了股，一看要打架，连忙过来做和事佬："姑娘莫动气，喝茶听书就为图个乐子，万一受了伤不值当。"

"你叫他们这些人嘴巴放干净点,别把女人不当人,我就不跟他们计较。"

哟,有点意思,这还是位侠女。

高月生平最仰慕侠女,觉得她们秀丽又潇洒,自由自在,快意恩仇。不像她,顶着公主的头衔,一举一动都有诸多规矩和限制。

何况她还帮"天帝之女"出头,那就是自己的朋友啦!

高月决定结交对方一下,于是不顾夏草一个劲儿地给她使眼色,绕过桌子走到女子面前说:"姑娘好胆识、好功夫,高某钦佩姑娘的胆识和武艺,不知是否能跟姑娘交个朋友?"

"你姓高?"

"正是。"高月也怕露馅,清了清嗓子,急中生智借用了封清越的名讳,"在下高清越,敢问姑娘芳名?"

"梁知璇。"

"梁姑娘……"

"呸!"身后挑事的大汉已经晃晃悠悠地站起来,打断她们道,"你又是哪里冒出来的臭小子,嘴上没两根毛还想学人泡姑娘,我……"

没等他说完,又有一块绿豆酥朝他飞去,正好堵在他嘴里,噎得他直翻白眼。

高月落井下石地嘲讽道:"哎,你说谁是臭小子?有种再说一遍?"

最怕她惹事的夏草连忙拉住她,她这才在梁知璇那桌坐下,笑吟吟道:"梁姑娘真是好身手,果然是女中豪杰。在下结识姑娘实在三生有幸,今日的茶点,我请。"

"不必。高公子若是有心,不如请这位说书先生再讲一遍'海棠红'的故事。"

原来她也是冲着"海棠红"来的。

"这有何难?"高月从袖袋中掏出一小锭金子放在桌上,对说书先生道,"今日我与这位姑娘一见如故,这楼上所有宾客的茶钱由我包了。当然,不包括口中污言秽语的杂碎。烦请先生将闹事之人清理出去,再为我们讲一段'海棠红'的故事,余下的金子就当打赏之用。"

说书先生连连称是，只是看那刚才挑事的人不知何时已经悄无声息地离开了，倒省了些功夫。

然而故事听到一半，那人去而复返，身后还跟着身穿甲胄的兵卫，说是要上这酒楼来缉捕衅闹事的贼人。

"烦不烦，还让不让人好好听故事了？"高月不耐，探头往窗外看了看，"是五城兵马司的人，原来这家伙还有靠山呢！"

她完全不以为意，示意说书先生继续，又对梁知璇道："你别怕，今天就算五城兵马司的指挥使来了也不敢拿我们怎么样。做贼的喊捉贼，我倒要看看到底谁有理！"

"就是他们，给我拿下！"

兵卫已经上了楼，二话不说直扑高月和梁知璇而来。

有理说不清，眼下只能动手了，梁知璇攻势凌厉，却无意伤人，手中的剑始终包裹着布条，未曾示人。

冲到楼上来的人越来越多，高月不由得着急起来，对夏草道："别愣着啊，快帮帮她！"

"帮什么呀？"夏草比她还急，"您没看场面已经失控了吗？"

现场的确是一片混乱，原本劝架的人不知怎么也都朝着梁知璇去了，双拳难敌四手，她渐渐有些支持不住。

楼下又来了新的人马，高月一眼就看出是锦衣卫，而且为首的那一个是她家行四的表弟穆峥。

高月真是头大，都不知道什么事，居然就惊动了锦衣卫指挥使亲自出马。

"锦衣卫来了，快走！"

高月拉起梁知璇，夏草终于挥出缠在腰间的软鞭，掩护她们下楼。

"来不及了！"梁知璇回身看了眼楼下，"跟我来。"

她带着高月从二楼的窗户跃出，楼下就是锦衣卫，大概是打算来个瓮中捉鳖。但以她的武艺来说，突围应该不成问题。

可谁都没想到，穆峥会突然从人群中一跃而起，手中的雁翎刀直攻向她们的面门。

梁知璇似乎吃了一惊，向后堪堪避开这一刀，落地时却被身后偷袭的人刺伤了肩膀。

"喂,你受伤了!"

高月话音刚落,脖子已经被扼住,梁知璇将她抵在身前,对锦衣卫和兵马司的人说:"别过来,否则我就杀了她!"

高月连忙抬袖子捂脸——别看别看,真别看!天灵灵地灵灵,保佑穆峥没看出她是谁来!

"放他们走。"

咦,这是穆峥的声音,他打算放她们走?

梁知璇拖着高月慢慢后退,终于从那个包围圈里逃了出来。

逃到僻静的角落,她终于松开高月,护住自己受伤的肩头:"不得已出此下策,得罪了……你走吧,不用管我了。"

"我懂的,你别说了。你受了伤,我们先找个地方躲一躲吧!"

这会儿只剩下她们两个人,高月不肯丢下她,时不时回头看有没有人追上来。

还好,不管是锦衣卫还是兵马司都没有穷追不舍。

两人逃到城外时,天色已近黄昏。高月雇了辆马车,想要为梁知璇疗伤,却又不知该去哪里。

突然带个伤者回公主府实在太可疑了,而且她也不指望刚才穆峥真的没认出她来,那他还做什么指挥使?

她这会儿回去,说不定穆峥就在她府上等着她们自投罗网呢!

想来想去,她忽然想到一个地方。

"到了,小心点。"

她扶梁知璇下车,眼前不过是一座普通农舍,实际上是她跟唐劲风在城外的"别苑"。

他当年进入国子监读书之前就住在这里,婚后她知道了,就将这里买了下来,有时闲暇便与他一起到这里来清净几日,寄情山水。

她知道,他不喜欢事事有人伺候,不喜欢金银绫罗堆砌在眼前,所以在这里,衣食住行都由他们自己张罗。她学会了种菜,甚至学会了在他做饭的时候帮他添柴烧火。

瞧,他们还是有过开心美满的日子的。

这别苑她很久没来了，居然还是这样井井有条，莫非冬虫、夏草她们叫公主府上的人定期来打理过？

高月扶着梁知璇走进小院，屋子的门居然从里面打开了。唐劲风站在门口看着她们，仿佛已经恭候多时，一点也不像高月看到他的瞬间那么惊讶。

"先进来吧。"他说得仍旧云淡风轻，带她们进了屋子，反锁上门。

高月瞪圆了杏眼："你怎么会在这里？"

"现在不是说这些的时候，她受伤了，先给她包扎吧。"

上好的金创药和干净布条，他早已准备好了，就像知道她们会来一样。

"不要怕，我来帮你，我也是女子。"

高月怕梁知璇有顾虑忙表露身份，没想到对方莞尔道："我知道。"看来他们个个都能看出她的乔装打扮，也就她自欺欺人罢了。

上药包扎之后，高月掀起帘子，看到唐劲风在外间恭候。

她展臂往梁知璇身前一挡，对他说："梁姑娘是我的朋友，你别想给锦衣卫和五城兵马司报信！大理寺最近是不是闲得慌，你不在你府上待着，跑这儿来干什么？"

唐劲风没答她的话，只对梁知璇说："梁姑娘，你身上有伤，今日暂且在寒舍歇下，明日再做打算。"

"你是新任的大理寺少卿？"

"正是。"

梁知璇像是想到什么，踟蹰片刻，问高月道："请问可有作画的笔墨？"

"有啊，你等着！"

这屋子里什么没有？一针一线，一草一木，都是当年她跟唐劲风一起置办的。只有这文房四宝是他们用惯了的，从公主府里带出来的贡品，都收在书房里，还放在原来的位置。

高月取了笔墨来，梁知璇忍着伤口的疼痛，转身提笔在屋子里的粉墙上作起画来。

不过寥寥数笔，她竟勾勒出一树栩栩如生的西府海棠。

275

她转头看着一直静静看她作画的唐劲风，拱手道："唐大人，可看明白了？"

"嗯。梁姑娘放心，唐某自有判断。时辰不早了，锦衣卫暂时不会找到这里来，你先休息。近日京城不太平，以后行事也要多加小心才是。"说完他便敛眸退后一步，捉住身旁高月的手腕，半拖半拽地将她拉了出去。

"哎，你干什么呀？快放手！"高月还没搞清楚状况，又被他拽疼了手，使劲儿挣扎着，"叫你放手听见没？唐劲风，你好大的胆子，敢对本公主无礼！"

直到两人进了东厢房的寝房，他闩上门，将她推到软床上，又顺势压住她，高月才结巴道："你、你想干什么？"

"这话应该由我来问——公主到底想干什么？为何乔装出府，又为何与江洋大盗混在一起？"

高月蒙了："什么江洋大盗？"

"那位梁姑娘。"

"好端端的，怎么扯到梁姑娘身上去了？近来京城的江洋大盗不就是'海棠红'嘛，还有谁啊？"

唐劲风定定地看着她。

"不、不会吧？"高月脑海里闪过刚才那幅画在墙上的海棠图，还有梁知璇之前在酒楼听书时表现出的对'海棠红'的兴趣，蓦然反应过来，"你是说……你是说……"

"没错，她才是我们要找的'海棠红'。"

高月惊诧，随即又摇头否定这个结论："不对，这不可能！她如今才多大年纪？穆皖南当初跟'海棠红'立下君子之约的时候，她应该还是个孩童啊！"

"那时的确不是她，但或许与她是家人，或是师徒。"

呃，也对。

"那这么说，刑部大牢里关押的嫌犯是冤枉的了？"

"嗯，屈打成招。"

高月有点迷糊："既然有了替罪羊，那么对真正的'海棠红'不是只有好处吗？她为什么反而暴露自己的身份？"

"'海棠红'是侠盗，从不伤人性命。这回京城的案子里却有一家满门被杀的血案，定是有人借着'海棠红'的名头行凶。"

"可前面几起案子的确是'海棠红'的手笔啊，那又为的是什么？"

她咬唇思索，浑然忘了两人这会儿面对面挨得极近有多么暧昧。

唐劲风伸手在她唇上轻抚，逼她松开牙关，拇指却不肯挪开："这不是华容公主该操心的事。在国子监做直讲做得如何？监生们可还满意你这位女先生？"

"喊！"高月拍开他的手，"我的事你少管！咱们已经和离了，记得吗？"

"那公主又为何对我的事如此上心？"

"哪有？"

"我听说你在国子监策论课上吟诵我的文章。"他顿了顿，又道，"还有，追查'海棠红'也是我的案子。"

高月气红了脸："我、我好奇不行吗？你少听那些人胡说八道，窥视皇族可是死罪！"

唐劲风面不改色道："我还听说有年轻监生亲近公主，也是胡说八道吗？"

"那可不一定。"说到这个，高月仰起下巴，"只许你们男人和离后娇妻美妾，我堂堂华容公主，还不能找些面首相伴？"

"公主需要面首？"

高月偏过脸哼了一声。

没承想，唐劲风径自吻了上来，身体压得她动弹不得，唇舌间的纠缠也极其缠绵悱恻。

直到两人都气喘吁吁，他才稍稍退开，声音喑哑："依公主看，我来做面首可还够格？"

"谁要你做面首！唐劲风你……"

她话没说完，又是一记长吻。这回他没再给她任何拒绝的空间，做尽了夫妻间才能做的所有亲昵举动，然后将累极的她揽入怀中。

277

她一定是太寂寞了,她想,或者真的还没那么快对他忘情,才会将错就错地又跟他风流了一回。

夜里两人什么都没说。翌日清晨,高月被门外的喧哗吵醒,拥被坐起来,才发觉身旁已经没人了。

"你醒了?"唐劲风从门外进来,拿过衣裳轻柔地披在她肩上,"快把衣服穿好,有人来了。"

门外来的人是穆峥和他属下的锦衣卫,高月很不高兴:"一大清早的,你跑这儿来耍什么威风?"

她衣冠不整,又这个时辰跟唐劲风在一起,要是让酒楼的说书先生看到,能编一出三天三夜都说不完的风流韵事。

然而穆峥神色未变,拱手行礼道:"微臣奉命捉拿朝廷钦犯,职责所在,还请公主见谅。"

听他这么一说,高月才想到屋里还有个梁姑娘,忍不住深吸口气,看了身旁的唐劲风一眼。

唐劲风表情平静,泰然自若,很好。

高月心中有数了,冷下脸道:"穆峥,你好大的胆子,连本公主的地方也敢查。不过看在你是为朝廷效命,也是为了百姓安乐的分上,我就姑且放你进去查探究竟,看看我这里到底有没有你要找的人。"

结果自然是没有的。

梁知璇应当是天没亮就离开了,只留下墙上那幅海棠,穆峥竟没说什么,只是在离开时对唐劲风道:"到府上叨扰,实非得已。'海棠红'的案子,今日便请唐大人到衙门详述,我大哥平凉侯也会一同前往。"

不是,等会儿……府上?

高月又看向唐劲风,他完全明白她想问什么:"嗯,和离之后我就一直住在这里,这就是我的府邸。"

"海棠红"的案子在大理寺和锦衣卫的通力彻查之下,不久便真正了结。

惨遭灭门的员外郎一家其实是被家中赶出去的旧仆所害。劫财杀人之后，想到京城最近都因为"海棠红"而人心惶惶，那人索性在墙上画了一幅海棠，又将凶器嫁祸给这家人对面的一个镖师，这才有锦衣卫先前抓人下狱屈打成招的事。

阴雨过后，天终于放晴。高月坐在国子监的院子里，胳膊肘撑在石桌上出神。

金黄的银杏叶忽然落雨似的飘落，她抬起头，竟然看到许久不见的梁知璇。

"你怎么来啦？我还怕你出了什么事呢……最近可还好？"

梁知璇依然戴着帷帽，看不清脸，手中依然拿着那把用布条包裹严实的剑，朝她拱手："一切都好，多谢公主。"

高月有些悻悻的，但凡谁确定了她的身份，便不得不多出许多顾忌，朋友也好，爱人也罢，都像是隔了一层东西。

"我今日来，是特地向公主道谢。多谢你与唐大人追查真相，还人公道。"

"这是应当的，不要谢我，再说我也没做什么啊……"高月摆摆手，又像突然想起什么，"对了，那个，你能不能告诉我，'海棠红'先前在京城犯下的那几桩案子是为了什么？"

梁知璇也不瞒她："今年北方灾荒，京城大水，朝廷理应放粮赈灾。可连年征战鞑靼，国库空虚，赈灾的钱从哪里来？那些贪官污吏既然搜刮民脂民膏，不如就让他们出一分力。"

"海棠红"盗了多少，别人不知道，查案的锦衣卫是知道的，那与俸禄明显不匹配的钱银数目自然很快传进皇上的耳朵里。

这才有了宫廷宴会上皇上对群臣的那番"敲打"。

最后案子是破了，但皇上可不会追究"海棠红"是谁，他要追究的是那些贪赃枉法的贪官，从他们嘴里抠出钱银来。

其实这其中的关联，高月也猜到一些，但就是想听梁知璇亲口确认一下。这种感觉，有点像当年的"海棠红"跟穆皖南定下君子之约。

"那之后呢，你有什么打算？"

梁知璇没回答："公主最近脸色不太好，可请了太医？"

高月红了脸，似乎不太想说这个，胡乱摆了摆手："没事没事，就是有点吃坏肚子了，胃口不好。"

梁知璇笑了笑，凌空扔来一包东西："如此，吃些山楂酸枣干，健脾开胃。"

高月伸手接住，沉甸甸的一包东西。

她再抬头，哪里还有人在。

啊，这民间的小食味道还真是不错。

她专心致志地吃着那包蜜饯，冷不丁耳畔突然冒出声音："你请了太医？哪里不舒服？"

她吓得手里的东西差点掉地上，一回头就看到唐劲风那张颠倒众生的脸在眼前放大，不由得气闷："叫你别管我的事！"

怎么全天下的人都知道她请了太医？

不会是梁姑娘告诉他的吧？这人谢人的方式还真特别……

唐劲风不懂她为什么扭着身子脸红，拉过她的手想将她掰过来，顺势切了下脉。

他也通医理，普通的病痛难不倒他。

"你上次月信是何时？"

高月羞恼地看向他道："让你别管我，你还问起我的月信来了！"

"你有了身孕，让我如何不管你？"

高月不说话了，把脸埋进膝间："你走吧。这孩子是我的，不关你的事。"

那天两人在别苑过了一夜，怀上这个孩子，她也感到意外。毕竟夫妻这么多年，他从没想过要让她生养，因为他从未心悦于她。

唐劲风却道："你的孩子是皇家血脉，不仅关我的事，还关圣上和太妃娘娘的事。你是打算自己去跟你母妃说，还是由我去跟他们说？"

"你！"高月气得脸上一阵红一阵白，指着他道，"你凭什么说这些冠冕堂皇的话？当初是你跟皇上说，做驸马非你所愿，我在御书房外听得一清二楚！我知道你有惊世之才，殿试头名明明是你，却没点中状元，这是你一生的遗憾。我现在已经把这遗憾给你补上了，把你想要的功名都还给你了，你还想怎样？"

"原来你听到了我跟圣上说的那番话。"

"对！就算没听到，我也知道你心中没有我。你不愿住在公主府，也不愿与我生儿育女……我为什么还要钟意你？自欺欺人三年还不够吗？"

她情绪激动，整个人都很不舒服，不想被他窥见自己的狼狈，站起来想走，眼前却一阵天旋地转。

唐劲风看她摇摇欲坠，变了脸色："月儿！"

"你别过来，你去找其他女人，去问你的锦绣前程……"

话没说完，她已经像一片树叶般坠落，幸好唐劲风手疾眼快地将她捞进怀里。

"公主！"她的两个侍女冬虫和夏草进来就看到她晕倒的这一幕，吓得魂飞魄散，"公主，你怎么了？"

"快去请太医到公主府，我送她回去！"

唐劲风打横抱起她高月，三步并作两步上了外面公主府的马车。

高月醒来的时候，外面天色已经黑了，屋里只有豆大的一点暖光，笼着她和坐在她床边的人。

"醒了？"唐劲风扶她坐起来，"厨房准备了甜浆粥，太医说你醒来可能会饿，我让人端一碗进来给你喝？"

才一时半刻不见，他竟然一下子憔悴了好多似的。

"你……一直守在这儿？"

"嗯，太妃娘娘刚才也来了，今夜宫中要礼佛，她不能久待，就先回去了。"

"母妃……她也知道我怀孕的事了？"她忽然紧张起来，"太医呢，太医怎么说？"

"太医说你只是气血不足，思虑过甚，孩子好好的，你别担心。你母妃虽觉得荒唐，但其实是高兴的，有什么罪责由我来承担好了，你只要安心将孩子生下来就好。"

"你……"

"我是罪臣之后，官场诡谲，当年殿试若是直接授予官职，恐怕我走不到今日就已经遭贬黜，甚至尸骨无存了。赐婚华容公主，是圣上的恩宠，也是我一生之幸。"

高月瞪大了眼睛,不可思议地看着他。

他仍捧着她的手,像捧着无价珍宝,看着她的眼睛说:"前几年我不想你太早怀孕生子,是知道你想做国子监直讲,不愿你被孩子分散精力,而不是因为我心中没有你,更不是因为我想与其他女人生孩子。我第一次见你,就想将来如果我有孩子,孩子的母亲只会是你。"

"你胡说!那时候我还是监生打扮呢,难道、难道是因为我太美?"

他目光温柔:"是啊,又美,又冰雪聪明。"

高月都要哭了:"你从未对我说过这些……"

"从前是没有机会,后来想说,你又坚持要和离。公主殿下,是你抛弃了唐某,如今反倒误会我不曾心悦于你?"

高月垂下头:"那现在怎么办嘛?孩子都有了,你又做了大理寺少卿,我去哪里找个驸马来当孩子的爹?"

"你不是说要养面首?就说是与面首生的孩子好了。"

"你还说笑!"

唐劲风握住她的拳头,轻轻拥她入怀:"放心,驸马是我,面首也是我,你且好好安胎,其他事就交给我吧!"

一年之后,京城醉香楼的说书先生又有了新的故事,说的是思凡的天帝之女因为诞下麟儿,特获恩准到人间与丈夫团聚。

楼下街道有马车徐徐驶过,车厢内的华容公主探出头去,感慨道:"唉,好想再去醉香楼听一回书啊!好想再路见不平拔刀相助啊!"

"你那是被人拔刀相助。"唐劲风怀里抱着刚满百天的女儿,"再说朔方城内也有说书先生,讲得不比京城的差。"

"哼,封了异姓王了不起啊?就知道编派我,别把女儿教坏了。"

"不敢。无论王爷还是驸马,我永远都只是华容公主的丈夫。"

"嘴这么甜?"高月抿唇笑道,挪到他身旁跟他一起逗弄女儿,"真的不悔?"

因治理北方灾情、安置灾民有功,又有平凉侯穆皖南保荐,唐劲风受封异姓藩王。封地是从鞑靼手中收复的北方诸城,以文治协理穆家的军队,共同抵御鞑靼对边境的骚扰。

本朝开国之后，就没再分封过异姓藩王，唐劲风是第一个。但朝廷上下的人都知道，这是为了华容公主的终身幸福着想。

公主爱驸马，驸马有治世之才，做藩王打理地方事务不算做官，反正北方蛮荒之地也需要人管，正好，一举数得。

于是众人也就象征性地反对了一下了事，关键是公主肚子里的孩子等不起啦！

高月生下女儿宜妆，分封的圣谕也到了。

收拾准备了数月，与母妃和她那稳坐江山的皇帝老弟依依惜别，她就跟唐劲风一起踏上了前往北方封地的路程。

临走之前，母妃也曾问她："想好了，此去万水千山，远离京城，可会后悔？"

与所爱之人相守，有什么可后悔的呢？听说朔方郡也要建国子监的广文馆，她可以继续做直讲，做她喜欢做的事。

只是她还来不及听唐劲风的答案，梦就醒了。

啊，一定是那天在姥姥家吃饭时穆嵘那家伙缠着她讲什么前世今生的梦，她才做了这样一个相似的梦。

梦中人这会儿正撑起身，一只手臂轻拍着她："怎么了，睡得不安稳？宜妆又踢你了？"

二宝月份大了，她睡觉也觉得吃力。

她仰起脸说："做了个梦。"

唐劲风低头在她的额上落下一吻："那再睡一会儿，我陪着你，没事的。"

窗外有风和夏日的虫鸣，其实她不用问，他也不用说什么，就这样轻柔地触碰，一切便有了答案。

【全文完】

MEMORY HOUSE